刘芊玥 编著

感受的力量

像艺术家一样观看

上海人民出版社

本书由江苏省优势学科项目
经费资助出版

目　录

前言

　　在艺术的广阔天地中，感受的力量（the Power of Feelings）是一种无形却强大的驱动力，它超越了语言和文化的界限，触动着每一个灵魂深处的共鸣。本书旨在探索艺术鉴赏的深层意义，不仅教授学生如何认识和解读文学、电影、戏剧、绘画等艺术文本，更重要的是引导他们学会感受艺术，体验艺术带来的情感教育。

　　艺术，作为一种人类情感和思想的表达，自古以来就是文明的重要组成部分。它不仅反映了社会现实，也折射出人类的精神世界。在艺术的世界里，每一幅画、每一部电影、每一部戏剧、每一篇文学作品，都是艺术家情感和思想的结晶。它们等待着我们去发现、去感受、去解读。然而，艺术的真正价值，不仅仅在于其形式和技巧，更在于它能够激发我们的情感，启迪我们的思想，丰富我们的精神生活。

　　本书的核心理念是强调感受的力量在艺术欣赏中的重要性。我认为，艺术教育不应仅仅停留在知识的传授上，更应关注情感的培养和审美能力的提高。通过艺术，我们可以学会如何感受美、表达美，如何在日常生活中发现美的存在。艺术教育应当是一种情感教育，它教会我们如何与自己的情感对话，如何与他人的情感产生共鸣，如何在艺术的体验中找到自我。

在本书中，我将各艺术门类不仅作为知识的对象，更作为审美感受的对象。我们鼓励学生像艺术家一样观看和思考——像作家一样感受文字的力量，像导演一样把握影像的节奏，像画家一样捕捉色彩的韵律，像戏剧家一样体验舞台的魅力。通过这样的学习和体验，学生不仅能够增长知识，更能够培养出一种对艺术的敏感性和鉴赏力。

在苏州大学，我有幸讲授一门名为《中外艺术鉴赏》的课程，本书的撰写，很大程度上得益于该课程所积累的丰富的教学经验、所激发的灵感以及由此引发的深入思考。当前市面上尚缺乏一部兼具系统与新颖、能够紧扣当代艺术发展脉络的艺术赏析与解读之作，同时在批评与阐释方面具有理论深度和前沿视野。为弥补这一缺憾，本书旨在提供一套全面而独到的艺术框架，既为专业学习者提供重要参考，同时也适合所有艺术爱好者阅读，无论其背景如何，都能从中获得知识和乐趣。我希望本书能成为一座桥梁，连接艺术与大众，让每一位读者都能在艺术的海洋中找到属于自己的岛屿。

本书分为五个部分，分别探讨文学、电影、戏剧、绘画、大众文化的艺术鉴赏。每一部分都包含了艺术作品的分析、艺术家的创作过程以及艺术作品对观众情感的影响。希望通过这些内容，本书能帮助读者建立起全面的艺术鉴赏框架，让他们能够在艺术的海洋中自由航行。

在艺术的世界里，感受的力量是无穷的。它能够让我们超越自我，体验到不同文化、不同时代、不同个体的情感和思想。通过艺术，我们能够与人类历史上最伟大的心灵对话，与最深刻的情感共鸣。本书旨在引导读者开启这段旅程，让他们在艺术的体验中找到自我，发现世界。

　　我相信，通过感受的力量，艺术不仅能够丰富我们的生活，还能够改变我们的生活。让我们一起踏上这段艺术鉴赏之旅，去感受、去体验、去思考、去发现艺术的无限可能。

刘芊玥

2024 年 9 月

文　学

《都柏林人》：孤独是一场久违的大雪

　　詹姆斯·乔伊斯（James Joyce），1882 年 2 月 2 日出生，1941 年 1 月 13 日去世。乔伊斯是爱尔兰作家和诗人，出生于都柏林一个富庶的天主教家庭。父亲是税收官，有强烈的民族主义思想，母亲是虔诚的天主教徒。后由于父亲酗酒及对家庭财产管理不善，乔伊斯家由富裕走向衰落。乔伊斯从小就读于一所寄宿学校，后因无力承担学费而辍学，经过短暂的家庭教育以后，接下来的小学和中学一直就读于基督教会学校。1898 年乔伊斯进入都柏林大学学院读书，修习现代语言专业，并掌握英、法、德、拉丁语等多种语言。母亲期待乔伊斯可以成为神父，然而他在中学时期便与天主教决裂，对文学产生浓厚的兴趣。尽管乔伊斯后来不再将天主教作为他的信仰皈依，他的作品仍深受天主教的影响，尤其是神学家阿奎那的影响。乔伊斯的一生颠沛流离，大半个人生都是在欧洲大陆度过的，1915 年他移居苏黎世，1920 年再次到访巴黎并定居了近二十年，其间往返爱尔兰两次小住。二战爆发后，乔伊斯被迫离开巴黎，晚年又搬回苏黎世，直至去世。他被葬在苏黎世"弗伦特公墓"。

　　詹姆斯·乔伊斯的一生贯穿了 19 世纪末至 20 世纪中

叶，这一时期爱尔兰社会动荡不安，文化冲突频发。爱尔兰社会深受天主教教义的严格约束和英国殖民统治的压迫，这一双重影响共同导致了一种普遍的"精神瘫痪"。这种瘫痪状态不仅阻碍了文化、经济和政治的发展，还使爱尔兰社会陷入了衰退。此外，民族主义运动的失败和经济的萧条进一步加剧了民族精神的衰败。在乔伊斯的文学创作中，他巧妙地运用多种叙事技巧来描绘这一精神危机。在《都柏林人》这部作品中，他通过一系列故事展现了爱尔兰社会的冷漠与萎靡不振。这种瘫痪状态不仅体现在宗教和政治层面，更深刻地影响着个人的情感和心理状态。乔伊斯通过描绘人物的孤独、沟通障碍、社会与个人的挫折以及文化和阶级的冲突，揭示了爱尔兰社会的道德沦丧和精神死亡。他的作品深刻地反映了这种精神危机对个体及社会的深远影响，展现了一个时代的困境与挑战。

《都柏林人》包含 15 个独立的故事，它们共同描绘了20 世纪初都柏林市民的生活、爱情、奋斗和挣扎，反映了当时爱尔兰社会里生活着的人的精神状态。

《都柏林人》记录和描绘了形形色色的人和他们或隐秘或公开的小故事。这里面有默默奉献一辈子、却怀着愧疚去世的神父，有和亲人处于互不理解状态的姐妹们，有想改变生活、却终究无法脱离当下苦难生活的少女，有向往出去玩却屡屡受挫的小男孩，有每年都要举办酒会、坚持爱尔兰古老传统的老妇人，有还没有和爱人好好在一起就感染风寒而死的少年，有人到中年还在回忆初恋的妇人……乔伊斯以极其精微的笔触，描写了爱尔兰人的人生。他们生活在社会的不同阶层，对爱尔兰的伟大传统至今念念不忘。他们互相不理解，哪怕是最亲密的家人。他们怀着满心的理想却无法在日常生活里展开行动，于是当死亡来临，这些人也处于这样的疏离与隔膜之中。乔伊斯在这里不仅是要描写爱尔兰人普通的生活，更是通过这些小说来试图勾勒爱尔兰人的精神图谱。

在这部短篇小说集中，尤以《死者》《姐妹们》和《伊芙琳》三篇最为动人和引人入胜。三个故事，横跨了两到三代人，写了爱尔兰人三种截然不同的人生状态。这三种状态，每一种都代表一种孤独，直到最后都没有被别人所理解的孤独。这种孤独更是超越了爱尔兰民族的界限，成为人类普遍共享的情感与精神体验。

在《死者》里，乔伊斯写出了一个人的感情，也写出了他人生美好梦想的破碎。这篇小说以盛大的热闹开场，却在冷峻的孤寂中结束。乔伊斯在细致地描绘了加布里埃尔的姨妈家的传统宴会，在这个宴会上，形形色色的人粉墨登场，如老电影的幻灯片，又遵守着时间的秩序：有长大了的看门人女儿莉莉，羞涩却犀利，不经意间让自以为是的加布里埃尔感到尴尬；有关心他、以他为荣的姨妈，牵挂和关心着他的生活，在宴会刚开始的时候不断询问他什么时候到来，每年的宴会的重头戏，演讲的任务都会交给他；有经常爱迟到又轻易喝醉酒的马林斯，让主人担心他总会出什么岔子给宴会带来不快；有喜欢在女士面前展示自己幽默开朗从而获得异性赏识的布朗先生；有没有什么个性和才华，却严格守着规范的表妹简；有在歌声回忆里浮现的，不太喜欢自己妻子，让加布里埃尔有些恼怒甚至怨恨的母亲；有让他感到局促、困惑和不安，犀利指向他的思想矛盾罅隙处让他无法招架的舞伴艾弗丝；更有让他感到幸福和狂喜，他深深爱着的妻子。乔伊斯的笔触磅礴浩大又细腻入微，优雅且精致。他完整地描写了一场宴会的全过程，从进门的一刻开始，怎样起音乐，怎样安排跳舞，怎样分配酒饮和美食，宾客们如何闲聊和八卦，演讲如何开始，演讲过后人们被渲染的情绪，以及最后宾客们如何离场。在这样一个完整的宴会流程里，每一个人物的外貌特征、性格、事迹都有鲜活的展示。甚至连食物的细节和仪式性都描绘得十分细致，比如在加布里埃尔"切鹅"这样一个每年他都会做的流程上，乔伊斯生动地描绘了肥鹅的颜色，它被放在怎样的空间里，空间里还有哪些食物，这些食物是怎样的讲究，如何具有地方传统；如果与外来食物堆叠在一起，甚至连搭配的餐饮都具有细致而明晰的分类。他表面上是在写食物、写礼仪，活色生香，实则暗写这些事物后面主人的讲究：在并不富裕的生活里依然坚持着传统，在丧失活力的框架里仍然葆有光辉和自我感动。同时展开的，还有对都柏林的历史、语言、音乐、文学的讨论。

乔伊斯在这其中，对于人物心理和情感的把握精细到令人叹为观止的地步。其中最主要的情感部分，是围绕加布里埃尔和格丽塔展开的。或许有的读者会奇怪，小说的标题叫作"死者"，但为什么对于"死者"的描绘直到小说结尾才出现？"死者"是谁？那是加布里埃尔的妻子少女时期的恋人，那个少年体弱多病，但唱歌很好听，格丽塔年轻时同他很亲密，两人经常一起散步，他经常唱着格丽塔在宴会上刚听过的那支《奥格里姆的姑娘》。后来男孩患了肺结核，在一个格丽塔要短暂离开前的雨夜来探望她，因为生病，再加上淋雨，他很快就死掉了。这是格丽塔关于男孩的全部回忆，这些却击垮了加布里埃尔。

在《死者》的叙事策略中，对格丽塔与加布里埃尔之间情感世界的深入剖析显得尤为精妙。小说的开头、主体和结尾，看似没有关系，实则通过精心设计的层层铺垫，钩破了加布里埃尔对格丽塔的爱恋及其内在的虚幻本质。加布里埃尔登场的情节，是在姨妈全家的热切期待中展开的，读者从一开始便能感受到他对妻子格丽塔的偏爱、关怀以及真挚的爱意。然而，这种爱恋实际上是一种由加布里埃尔自身构建的幻象。乔伊斯通过对细节的微妙处理，暗示了这种表面上看似美满和甜蜜的婚姻关系背后的虚伪性。这些细节往往被加布里埃尔习惯性的情感波动所掩盖，从而未能引起他有意识的关注。例如，当格丽塔对加布里埃尔的关心进行戏谑时，朱莉娅姨妈观察到这一场景后感到不快和不适。再如，当艾弗斯小姐触及加布里埃尔关于都柏林民族性的深层思考的敏感点，并向他发出前往爱尔兰西部的邀请时，加布里埃尔实际上感到非常不悦和愤怒，然而，格丽塔完全没有察觉到他的情绪和想法，而是沉浸在对少女时期恋人的回忆中。比如在玛丽·简的音乐中，加布里埃尔回忆起母亲，想起的还是和格丽塔相关的部分，尤其是母亲反对他婚姻时的怨恨，以及母亲对格丽塔的不满。他身边的亲人，其实都没那么喜欢格丽塔，因为她们能感知到，格丽塔没有那么爱加布里埃尔。但加布里埃尔不以为然且感到愤怒，正如他对母亲的态度一样。作为一位人文知识分子，加布里埃尔展现出理想主义、天真和诚挚的一面。他对文学和政治持有独到的见解，对极端狭隘的民族主义者持批判态度，但又因顾及体面而不得不忍让，忍无可忍时，他便会情绪激动地与对方争执。同时，加布里埃尔的情绪也表现出敏感、虚伪和脆弱的特质。这些复杂的情感和性格特质，作为妻子的格丽塔却完全没有捕捉到。小说的后半部分，乔伊斯很精确地呈现出了加布里埃尔从满腔的热情和情欲，到心如死灰的全过程。

他静静地站在过道的暗处，试图听清那声音所唱的是什么歌，同时盯着他的妻子望。她的姿态中有着优雅和神秘，好像她就是一个什么东西的象征似的。他问自己，一个女人站在楼梯上的阴影里，倾听着远处的音乐，是一种什么象征。如果他是个画家，他就要把这个姿势画出来。

她和巴特尔·达西先生一块在他前面走着，她的鞋子包成个褐色的小包，夹在一只胳膊下，双手把裙子从泥泞的雪地上提起。她的姿态已不像方才那么优雅了，可是加布里埃尔的眼睛依然因幸福而发亮。血液在他的血管中流涌，他思潮起伏，澎湃激荡，自豪，欢乐，温柔，英勇。她在他前面走得那样轻捷，挺拔，使他很想不声不响地追上她，抓住她的肩膀，在她耳边说点什么傻气的、充满深情的话。在他看来，他是那样地脆弱，他渴望能够保护他不受任何东西的侵犯，并且和她单独在一起。

一阵更为温柔的快乐从他心底迸出，随同温暖的血液，在他的动脉里流着。如同星星的柔和的光，他们共同生活中的一些瞬间，没有人知道，也永远不会有人知道的瞬间，突然出现了，照亮了他的记忆。他急于想要让她回想起那些瞬间，让她忘记那些他俩沉闷地共同活着的年月。而只记住他们这些心醉神迷的瞬间。因为他觉得，岁月并没有能熄灭他或她的心灵。他们的孩子、他的写作、她的家务操劳，都没有能熄灭他们心灵的柔情之火。

她下车时……她那么轻轻地靠在他的手臂上，轻得像几个钟头之前他搂着她跳舞时似的。那时他感到骄傲和幸福，幸福，因为她是他的，骄傲，因为她的美和她那做妻子的仪态。然而此刻，在那许多记忆重新激起之后，一接触到她的身体，这音乐般的、奇异的、方向的身体，他立刻周身感到一种强烈的情欲。趁她默默无声时，他把她的手臂拉过来紧贴着自己，他俩站在旅馆的门前，他感到他俩逃脱了他们的生活和责任，逃脱了家和朋友，两人一块，怀着两颗狂乱的、光芒四射的心跑开了，要去从事一次新的冒险。

她在看守人的身后登楼，她的头在向上走时垂着，她娇弱的两肩弓起，好像有东西压在背上，她的一群紧紧贴着她身体。他本来要伸出两只手臂去拥住她的臀部，抱着她的身体，只是他手指甲使劲抵在手掌心上才止住了他身体的这种狂热的冲动。

他这时烦恼得浑身颤抖。为什么她看起来那么心不在焉？他不知道怎么开头才好。她也因为什么事在烦恼吗？她要是能转身向着他或是自个儿上他这儿来该多好！像她现在这样去搂她是粗鲁的。不，他必须先在她眼睛里看见一点儿热烈的感情才行。他急于掌握住她的奇特的情绪。

　　他正处在冲动和情欲的狂热之中，连她从窗前走过来也没听见。她在他面前站了一会儿，目光奇异地瞧着他。然后，她忽然踮起脚尖来，两只手轻轻地搭在他的肩头，吻了吻他……加布里埃尔在颤栗，因为她突然的一吻和她说这句时的仪态让他欣喜……他心里的幸福已经满得溢出来了……

　　笑容从加布里埃尔脸上消逝了。已故阴沉的怒气开始在他思想深处聚集，而他那股阴沉的情欲的烈火也开始在他血管中愤怒地燃烧。

　　加布里埃尔一声不响。

　　加布里埃尔感到丢脸，因为讽刺落了空，……他正满心都是他俩私生活的回忆，满心都是柔情、欢乐和欲望的时候，她却一直在心里拿他跟另一个人做比较。一阵对自身感到羞惭的意识袭击着他。他看见自己是一个滑稽人物……一个神经质的、好心没好报的感伤派，在一群俗人面前大言不惭地讲演，把自己乡巴佬的情欲当作美好的理想，他看见自己是他刚才在镜子里瞟到一眼的那个可怜又可鄙的愚蠢的家伙……他试图仍然用他那冷冰冰的盘问语气讲话，可是开起口来，他的声音却是谦卑的、淡漠的。

　　加布里埃尔感到一阵朦胧的恐惧，似乎是在他渴望达到目的的时刻里，有某个难以捉摸的、惩罚性的东西正出来跟他作对，正在它那个朦胧的世界里聚集力量反对他。然而他依靠理性努力甩开了这种恐惧，继续抚摸她的手。

加布里埃尔斜靠在臂肘上，心平气和地对她乱蓬蓬的头发和半开半闭的嘴唇望了一会儿……在她一生中曾有过那段恋爱史。一个人曾经为她而死去。此刻想起他，她的丈夫，在她一生中扮演了一个多么可怜的角色，他几乎不太觉得痛苦了。她安睡着。他在一旁观望，仿佛他和她从没像夫妻那样一块生活过。

他奇怪自己在一小时前怎么会那样感情激荡。是什么引起的？

屋里的空气使他两肩感到寒冷。他小心地钻进被子，躺在他妻子身边。一个接一个，他们全都将变成幽灵。顶好是正当某种热情的全盛时刻勇敢地走到那个世界去，而不要随着年华凋残，凄凉地枯萎消亡。他想到，躺在他身边的她，怎样多少年来在自己心头珍藏着她情人告诉她说他不想活的时候那一双眼睛的形象。

泪水大量地涌进加布里埃尔的眼睛。他自己从来不曾对任何一个女人有过那样的感情，然而他知道，这种感情一定是爱……他在想象中看见一个年轻人在一棵滴着水珠的树下的身形。其他一些身形也渐渐走近。他的灵魂已接近那个住着大批死者的领域……他自己本身正在消逝到一个灰色的无法捉摸的世界里去……正在溶解和化为乌有。[1]

乔伊斯以非常细腻的笔触，生动地描写了加布里埃尔情感变化的整个过程，喜悦、虔诚的仰慕、激动、快乐、骄傲、幸福、狂热汹涌的情欲、被意外震惊的失落和愤怒、自怨自艾、悲伤、恐惧、绝望……他想象中的温暖、甜蜜、互相喜欢的爱情，他自以为幸福的婚姻，他所理解的与妻子之间多年如一日的爱情，原来是巨大的幻象，他的妻子不仅没有真正爱过他，甚至是从来没有爱过他，生活岂能承担这样大的"不爱"的玩笑？乔伊斯不仅写出了加布里埃尔的狂喜，也写出了他的绝望。这种绝望因为少年的早逝永远定格在了爱尔兰漫天的大雪中，因为死亡永远无法跨越。死者不仅是指那个拥有好听歌喉的少年，也指加布里埃尔麻木绝望的心，同时还指在沉睡的爱尔兰。

小说多次写到"雪"的意象，而"雪"似乎是特意为加布里埃尔准备的，并且是带有物质形态、触动读者感官的。比如加布里埃尔的出场就带着雪，乔伊斯很精细地写道："室外的芳香的寒气从他衣服的缝隙和褶皱中散发出来"[2]；比如加布里埃尔不忍妻子冒雪回家而提前安排好的落脚旅店；比如在宴会上面对无聊谈话时，他通过冰冷的窗玻璃遥想到河岸散步，看到树枝上覆盖着雪花时心里的惬意；比如宴会结束时覆盖着白雪的码头；比如男女主人公回到酒店以后，天空又飘起大雪，"整个爱尔兰都在下雪"[3]。雪作为季节更迭的标志，既是终结，

---

1 以上引文皆出自詹姆斯·乔伊斯：《都柏林人》，王逢振译，上海译文出版社 2016年版，第186—230页。

2 《都柏林人》，第188页。

3 同上书，第230页。

又暗含着新生的希望，它可以涤荡心灵，也可以穿越死者和生者。在小说里，窗外雪的自由、纯洁、清新与宴会里的温暖沉闷形成鲜明对照，它可以逃脱室内的虚伪与空虚，在自由的天地里畅游。雪下得越大，加布里埃尔对心灵追求的愿望也就越强烈。在《死者》里，死去的人对还活着的人影响深远，死者在生者心中不断重现，不仅影响着生者的情感，也影响着生者的思考。加布里埃尔对母亲的想念、重视与愤怒同在，太太格丽塔对于年少时爱人的怀念至今仍在精神层面牵动着她。这些都让加布里埃尔感到痛苦，似乎死者才控制着生活，而他要在死者的阴影之下苟延残喘。这让他绝望，也让他开始觉醒，因为他终于意识到他从未真正理解妻子的深刻情感。而他的顿悟还在于，不仅他这样，是整个爱尔兰都这样，人与人之间、人与文化之间疏离又无力，人们生活平庸，精神空虚。雪是可爱的精灵，也是大自然残酷的象征；是安慰心灵的审美对象，也是可以将心覆盖掩埋的神物。雪不仅飘落到了本就绝望悲哀的加布里埃尔和爱尔兰人身上，也覆盖了超越时间、超越生死的永恒的大地。

《死者》就篇幅而言，是一部短篇小说，在整部《都柏林人》里，它又是一个长的短篇。在这场如影像般流动的盛宴之上，乔伊斯孜孜不倦地写情感流动的变化，写如水般流动的人物、美食、音乐、爱尔兰的歌剧、民族国家的历史、关于逝去亲人的回忆、关于窗外的雪……乔伊斯充分运用了"意识流"的写作技巧。"意识流"是 20 世纪初在欧美等国兴起的一个重要的现代主义文学流派，盛行于 20 世纪二三十年代，其代表人物之一便是我们这里提到的乔伊斯，还有英国作家伍尔夫、法国作家普鲁斯特、美国作家福克纳。这一派的作家着力于表现人物的内心世界，尤其是人物意识的流动过程。意识流小说家都十分重视感觉，他们认为，只有感觉和与感觉紧密相关的那些心理活动才是真正的真实。也就是说，只有人的意识和精神世界才是真实，作家的主要任务便是表现人物内心的奥秘和意识活动。因而，这个流派的小说家擅长描摹"各种飘来转去、连绵不断的思绪"[1]，借助自由联想、内心独白、象征等形式，将人物内心的真实展现出来。在这一点上，乔伊斯的整部《都柏林人》可谓是意识流的典范。在《死者》里，作家通过加布里埃尔的行动和思绪浮动串联起了整篇小说。乔伊斯非常成熟地展示了他高妙的写作技巧，全知视角和有限视角相结合，在交代完故事背景和基本人物以后，迅速以加布里埃尔穿针引线，将他以外的人、事、物通过他的内心活动全面铺展开来，收放自如。

除了《死者》以外，在小说集中另一个小短篇《伊芙琳》里，乔伊斯的意识流技巧更是得到了淋漓尽致的展现。小说开篇两段话，就迅速调动起了读者的感官感受。视觉——看着夜幕漫过街道；触觉——头靠在窗帘上；嗅觉——鼻腔里充满落着灰尘的印花布帘的气息；听觉——有个男人从街尾经过伊芙琳的窗前，她听见男人的脚步声在混凝土路面哒哒作响，接着又嘎吱嘎吱走在红色新房前的煤渣路上。小说一开篇，读者的感官就被全面、充分地调动起来，紧接着乔伊斯笔锋一转，以简练细腻的笔触开始写伊芙琳的童年回忆，交代她在幼年的成长经历，她的父亲、母亲、兄弟、玩伴，交代她的家庭状态、

1　王茜:《意识流小说叙事的"空间形式"研究》，南京师范大学硕士学位论文 2014 年。

工作状态，还有她不如意的生活。于是，此时此刻在窗前思考的伊芙琳正面对一个抉择——她是否要跟相爱的水手男朋友私奔？她每天都反复掂量和思考这件事情。并且，她还做了正反两面的考量，无论是理性考量还是感性考量，都在表明她的离开是对的。母亲去世后她的生活开始充满折磨，充满苦难，苦难来源于父亲的不争气。工作辛苦、生活不易，伊芙琳要靠自己微薄的收入来支撑两个弟弟、混蛋父亲和整个家庭的运转。父亲每每拿走她所有的钱，还要时时辱骂她。与这种生活相比，前往布宜诺斯艾利斯开启新生活显得尤为诱人，似乎任何具有正常判断力的人都能够轻易做出选择。在这样的沉思中，伊芙琳不禁回想起她已故的母亲，那个女人以其悲惨的一生，向伊芙琳展示了逃离现状、追求新生活的必要性和迫切性。母亲的经历如同一面镜子，不仅映照着过去，也预示着未来。伊芙琳经过反复的思考和挣扎，大脑思绪在过去、现在、未来的时间里反复跳跃，在家里、工作的店里、约会的歌剧院里、街头、码头这些空间里来回穿梭，最终她再次肯定了自己的初衷——跟水手男朋友离开，一起创造新生活！然而，令人意想不到且备感震惊的是，到了要离开的那一刻，伊芙琳的双手死死抓住码头的栏杆，整个人陷入无法动弹的状态，她的双脚无法离开土地踏上轮船。更令人惶恐的是小说的最后一句话："她抬起苍白的脸，茫茫然像一只走投无路的小动物，她的眼中既没有爱意，也没有流露出依依惜别之情，她仿佛看一个陌生人。"[1] 句中的冷漠疏离足以让人血液冰冷。乔伊斯在这里写的不仅是伊芙琳的突然瘫痪，他还在写个体人生的有限性和无

---

1 《都柏林人》，第 37 页。

法向前，无论如何都无法再向前迈一步。如果你也到了这个状态里，你要怎样做？

《姐妹们》是一篇构思精巧且意味隽永的小说。故事的题目是"姐妹们"，然而"姐妹们"既不是小说的主人公（神父），也不是小说的叙述视角（小男孩），而是小男孩跟姑妈在神父葬礼上遇到的神父的两个老姐妹。故事发生在1895年7月1日，弗林神父因第三次中风死于瘫痪，小男孩的姑妈带他去悼念。当他们到达以后，姑妈紧紧握住两姐妹的双手，表示哀伤。小男孩假装祈祷却完全无法集中思绪，他仿佛看到老神父在对他笑，却又分明看到他已经死了，脸色苍白。这里故事交代了小男孩和神父的一段交往。他喜欢跟随着严肃而博学的老神父，两个人亦师亦友。虽然他并不能完全懂得老神父的话，但是老神父无论从知识上、视野上，还是为人处世的判断上，都为小男孩开启了新世界的大门。老神父教了小男孩拉丁语、历史、宗教的弥撒仪式和着装规范。然而，当涉及老神父内心更深层次的矛盾、煎熬和期待时，小男孩的理解能力便显得力不从心。尽管如此，作为可以情感共通的孩子，他依然能够深切感受到老神父内心的诸多复杂情感。面对老神父弗林的逝世，小男孩可能是最为难过的人。他的情感体验是一种复杂情绪的交织：对再也无法见到神父的失落和难过，对死亡本能的不安与恐惧，以及对未知领域的好奇和兴奋。在丧礼现场，弗林神父的两位姐妹回忆起神父打破圣杯后的郁郁寡欢以及他生平的不得志，这使得他更加疏远社交，常常独自一人在昏暗的忏悔室中，有时甚至自顾自发笑。两姐妹和外界人士均认为神父行为古怪，甚至有人建议小男孩的姑父让小男孩减少与神父的接触。作为神父的亲人，两位老姐妹在丧礼上除了唉声叹气，便是反复强调她们对神父的关爱和付出，即便贫困也尽力准备丧礼，包括清洁、打扮，购置棺材和举行弥撒等。她们试图变现对神父的深情和尽心的照料，但遗憾的是，神父已无法实现带她们前往梦想之地的愿望。

神父弗林作为小说的主人公，作者对他的描述都是通过姐妹们、小男孩、小男孩的亲人来完成的。作为当地社区受人尊敬的牧师，他曾经和蔼可亲、乐于助人，后来变得越发孤僻。在小说中，弗林没有任何直接的内心独白或正面心理描写。通过这些间接描述拼凑出的神父形象表明，没有一个人真正理解他，即使是那些与他亲近的人也无法洞察他的孤独与秘密、理想与期待。乔伊斯通过对弗林及其周围人物的描写，探讨了"精神瘫痪"这一主题，展现了当时爱尔兰社会在宗教压迫和英国殖民统治压迫下，人与人之间的无法理解和疏离。所有人的生活似乎都被一种无形的力量所束缚，无法动弹。乔伊斯通过小男孩的视角对爱尔兰社会进行了深刻的批判，无情地剖析了都柏林人生活的萎靡不振和停滞不前。这种描写同时隐含了作者对民族命运的忧虑和对爱尔兰社会的深切关怀。

《奥兰多》：两种性别，一个灵魂

　　弗吉尼亚·伍尔夫（Virginia Woolf），是20世纪初英国文学界的杰出人物。她不仅是现代主义文学的代表作家，还是女性主义批评家和文学理论家。伍尔夫出生于1882年1月25日，成长于一个充满文化氛围的家庭，她的父亲是著名的文学评论家和传记作家莱斯利·斯蒂芬（Leslie Stephen）。她从小就在家庭图书馆中广泛阅读，这为她后来的文学创作打下了坚实的基础。伍尔夫的早年生活并不平静，家庭的变故令她的精神遭到极大的挑战。在母亲于1895年去世后，她和姐姐受到同母异父的哥哥们的性骚扰，这段糟糕的经历伴随了她的整个创作生涯。1904年，父亲去世，她和姐姐搬到了布卢姆斯伯里。后来，这个地方成为著名的布卢姆斯伯里团体（Bloomsbury Group）[1]的中心，聚集了许多知识分子和艺术家，对伍尔夫的思想和创作产生了重要影响。

1　布卢姆斯伯里团体是20世纪初在英国形成的一个知识分子和艺术家的非正式团体，以成员在伦敦布卢姆斯伯里区的聚会而闻名。这个团体最初由伍尔夫姐妹俩与家人组成，后来成员包括作家、艺术家和思想家，如小说家E.M.福斯特、经济学家约翰·梅纳德·凯恩斯和诗人T.S.艾略特等。他们在个人生活和艺术创作上展现了极大的自由精神，在现代主义运动中扮演了重要角色。

　　伍尔夫的文学生涯始于为《泰晤士报文学增刊》撰写评论，她的第一部小说《远航》于 1915 年出版。随后，她的作品逐渐展现出现代主义文学的特点，如叙述方式的非线性，时间跳跃，常常混合现实与幻想，对传统叙事结构提出挑战。她的代表作包括《夜与日》《墙上的斑点》《雅各的房间》《达洛维夫人》《到灯塔去》《奥兰多》《海浪》《岁月》《幕间》等，其作品常常采用意识流技巧，深入探索人物的内心世界和情感。她的语言富有诗意，善于通过细腻的心理描写来展现人物的复杂性和多面性。这些作品不仅在文学上具有创新性，而且在探讨性别、阶级和战争等社会问题上也具有深刻的洞察力。同时，这些作品也是其女性主义文学批评观的实践。除小说创作外，伍尔夫还写了 350 余篇论文和文学评论，主要结集为《一间自己的屋子》和《普通读者》。

　　还需要强调的是，丈夫伦纳德·伍尔夫（Leonard Woolf）对她的写作事业给予了巨大的支持。夫妻二人成立了霍加斯出版社（Hogarth Press），这不仅使伍尔夫能够摆脱其他出版社限制，自由地出版自己的作品，同时还推广了 T.S. 艾略特（T. S. Eliot）、克莱夫·贝尔（Clive Bell）等作家的作品，以及弗洛伊德（Sigmund Freud）等心理学家的著作，对现代文学的发展起到了真正的推动作用。

　　伍尔夫长期与精神疾病作斗争，这最终导致了她在 1941 年的自杀。但她的作品和思想对世界文学产生着深远的影响。

　　《奥兰多》（*Orlando*）发表于 1928 年，是伍尔夫的代表作之一，也是意识流小说的经典之作。这部小说也被她视为一部自传体小说，研究者通常认为，其人物原型是伍尔夫的密友薇塔·萨克维尔-韦斯特（Vita Sackville-West）。从男性变成女性，小说很少会这样去设计，哪怕在《奥兰多》发表近百年后的今天，伍尔夫在性别议题上的大胆探索与想象力仍无人能及。伍尔夫在塑造奥兰多这一角色时，超越了单纯的形象塑造，传达出一种理想——一个理想的形象与理想的世界。她主张个体内在同时存在男性特质与女性特质，这些特质并非对立，不应引发冲突，更不应成为歧视与不公的根源。通过奥兰多这一角色，伍尔夫展现了性别的和谐共存，同时，她亦通过奥兰多的视角，揭示了在男性主导的公共生活中女性所受的轻视（在奥兰多的男性时期，他也曾持有与当时男性相同的女性观），以及奥兰多在转变为女性身份后对新身份的自然适应，和对外界态度的严肃内省。奥兰多对性别议题的机智思考与独到见解，体现了伍尔夫对性别二元对立的深刻质疑。此外，这部小说也表达了她对世间万物的深邃思考，涵盖了诗歌、名利、爱情、婚姻、人生、死亡、自然以及时代精神等诸多主题。伍尔夫将这些广泛的议题与她对主体性和性别的深刻思考融为一体，展现了她对"双性同体"创作和批评理念的成功实践。这一理念的贯彻使得该小说跻身世界文学经典之列。《奥兰多》不仅是一部探讨性别流动性与身份认同的文学作品，也是对传统性别角色和社会结构的深刻反思与批判。在这部小说中，奥兰多这一角色不仅是伍尔夫的"朋友"，更是她理想自我的投射，或者说，是理想化人物形象的代表。伍尔夫的文笔不仅优美，其感受力亦极为精微，她所描绘的自然景观将读者带入了四百年前的时空，使读者仿佛能感受到那个时代的树木繁茂、牛羊成群，整个英国的历史图景随之栩栩如生地呈现在眼前。

奥兰多是 16 世纪英格兰伊丽莎白时代的贵族青年，从一个英俊少年成长为一名宫廷重臣。在受命前往君士坦丁堡执行任务的途中，奥兰多遭遇战乱并陷入沉睡，醒来后意外地转变了性别，由男性变为女性。这一转变标志着奥兰多身份认同的另一阶段，他 / 她随后返回英格兰，开启了一段以不同性别身份体验生活的新篇章。奥兰多的故事，以几次关键的"沉睡"为节点，贯穿了四个世纪的时空跨度。在这四个世纪的流转中，奥兰多见证了时间的流逝、空间的转换、人际关系的变迁、社会环境的演进以及风俗习惯的更迭。然而，尽管性别的转变对奥兰多的未来产生了深远影响，这一变化并未对其身份认同的核心构成产生根本性的改变——即便奥兰多的性别身份从男性转变为女性，其依旧保持着个体的核心特征和本质。奥兰多的性别转换经历揭示了一个深刻的哲学命题：个体的性别身份虽然在社会和文化层面上具有重要意义，但在个体同一性（identity）的连续性和稳定性面前，性别的变化并非决定性因素。个体同一性超越了性别的界限，指向了更为深层的自我认同和存在的本质。

伍尔夫从少年奥兰多着手，塑造其性别身份。这是一个 16 岁的英俊少年，继承了家族的军事荣耀和贵族地位。伍尔夫对奥兰多外貌的描写极为细致，突出了其外在美的各个方面，如"匀称的双腿、优美的身姿、结实的双肩"[1]，以及精致

1　弗吉尼亚·伍尔夫：《奥兰多》，任一鸣译，上海译文出版社 2022 年版，第 2 页。

的双唇、洁白如杏仁的牙齿、挺拔的鼻梁、精致的耳朵、清澈的紫罗兰色眼睛和光洁如大理石穹顶的前额。这些描述不仅展现了奥兰多的外在美，也反映了他内在的纯真、宁静、优雅和礼仪，这些品质使他赢得了英国女王的青睐。女王对奥兰多的欣赏，涵盖了力量、优雅、天真、浪漫、诗意、青春以及透明的心灵等多重维度。因此，奥兰多得以迅速晋升，被派遣出使欧陆各国，并最终因女王的宠爱而留在宫廷之中。伍尔夫在塑造奥兰多的形象时，突破了传统文学中对女性外貌的过度关注，转而对一个男性角色的美貌进行了前所未有的详尽生动的描绘。这种描写在英国文学史上具有开创性，为后来的同性文学提供了某种意义上的先例，尽管在思想深度和文学价值上，后者与伍尔夫的作品存在显著差异。

伍尔夫在塑造奥兰多这一角色时，不仅在外貌上赋予了他传统意义上的女性化特征，更在性格刻画上融入了通常被认为是女性特质的天真、文人气质和多愁善感。例如，奥兰多在面对冰冻的河水时，会因联想到死亡而感到忧心忡忡，甚至暗自垂泪；他对诗歌和文学的热爱使他常常沉浸其中，被诗句中的痛苦与压抑所击倒；他对俄国公主的迷恋导致他为爱疯狂，甚至愿意抛弃前程、名声和荣誉与对方私奔，而在被抛弃后显得萎靡不振；他常常沉溺于自己的幻想之中，对现实正在发生的事件视而不见，不去深究其真相；他的情绪敏感而脆弱，时而欣喜若狂，时而沮丧悲痛；他善良且盲目崇拜文豪，即便被欺骗也表现出大度，不与他人计较。这种大起大落、"不稳定"的性格特征，通常在传统规范中被视为女性的特质，而伍尔夫却有意将其赋予奥兰多这一男性角色，以此挑战性别刻板印象，揭示男性同样可以拥有这些情感和性格特征。通过这样的描写，伍尔夫不仅展现了男性情感的复杂性，也暗示了许多男性文学家实际上也具有这样的性格特质，从而对性别规范进行了深刻的反思和批判。相反，当奥兰多经历性别转变，成为女性后，伍尔夫继续在她的身上展现传统男性特质，如穿着男性服饰、携带武器、勇敢面对艰险、喜欢饮酒、热爱冒险。奥兰多对丈夫谢尔莫丁的深情以及对他热爱冒险的理解，展现了情感深度与性别流动性的结合，这种跨越性别的性格特征的融合不仅挑战了性别二元对立的观念，也体现了性别气质的流动性和多样性，从而丰富了文学对性别议题的讨论，并为性别研究提供了深刻的洞见。

奥兰多与其丈夫之间的相遇、迅速结合，以及随之而来的心灵相通和深情向往，随后二人面临不确定何时能够重逢的离别，小说对于这个情节的处理极具电影感：

"起风了，"他喊道。他们一起在树林里奔跑起来，狂风尾随着他们，在他们的后背上贴满了树叶。他们跑着穿过了大大小小的庭园……很快，小教堂里燃起了星星点点的烛光，有人碰翻了椅子，有人弄灭了烛芯。随着钟声响起，人们纷纷聚拢过来……她抓住晃动的马镫，而马已经戴好嚼子配好鞍，嘴巴两侧吐着白沫，只等着她的丈夫翻身上马。而他真的一跃跨上马背，策马奔腾而去。奥兰多站在那里，高声呼喊，"马尔默杜克·邦斯洛普·谢尔莫丁！"而他答道，"奥兰多！"这几个词好似几只疯狂的鹰隼，在钟楼间猛冲猛撞，盘旋翱翔，越飞越高，越飞越远，越飞越快，直至撞到钟楼上，粉身碎骨，把一堆碎片纷纷扬扬洒落到地面。奥兰多回到了屋里。[1]

　　伍尔夫以一种匠心独运的笔触处理了奥兰多与丈夫的离别，这一情节是全书中最触动人心的神来之笔。作者为奥兰多量身打造了谢尔莫丁这一角色，在奥兰多深受时代风气困扰、迫切需要婚姻以维系社会地位的时刻，谢尔莫丁如一阵风般策马而来，他的形象与奥兰多形成了鲜明对比：如果说女性时的奥兰多拥有男性化的特质，那么谢尔莫丁则展现了女性化的男性气质，他充满冒险精神，同时敏感而热情。两人之间的深刻理解和默契，以及他们对于性别角色的颠覆性认知——"你肯定自己不是男人吗？""你怎么可能不是女人？"[2] 奥兰多和谢尔莫丁邂逅以后，二人分享彼此的经历和观点，惊喜地发现彼此对对方话里的含义心领神会，他们一见如故，心照不宣。奥兰多对谢尔莫丁的温柔细腻感到惊讶，而谢尔莫丁则对奥兰多对男性心理的深刻洞察和宽容态度表示赞叹。这种相互的认可和惊喜，体现了灵魂层面的认同，从而引发了上述对话。这一情节不仅印证了伍尔夫关于"双性同体"的观念，而且展现了性别认同之外的心理认同。这种认同超越了生物学性别的界限，触及了个体在精神和情感层面的融合与和谐。

　　伍尔夫对奥兰多和谢尔莫丁的描述不仅充满智慧，而且通过这对男女主人公，她传达了一个超越时代的信息：在她的笔下，爱情和婚姻不再是女性生活的全部或主体，也不再是决定女性命运的关键。在奥兰多的故事中，爱情和婚姻只是生活中

1　《奥兰多》，第276—277页。
2　同上书，第272页。

的一种事件，而非构成女性自我实现或改变的重要砝码。恋人和夫妻之间可以充满爱意、理解和包容，可以激情四溢，但他们彼此独立，不依附对方。相爱的人可以在一起，也可以为了理想而分开。两人各自照顾好自己的生活，没有谁对不起谁，也没有谁会成为谁的负担，即使分别也能相互祝福。在成为爱情的主体之前，每个人都是独立的个体，对另一种性别或个人，像爱自己一样爱对方。这种对爱情和婚姻的现代观念，体现了伍尔夫对于个体独立性和性别平等的深刻理解。

　　这里引出了一个在文学史上以及性别研究的历史上一个很重要的议题："双性同体"（Androgyny）。伍尔夫如此定义道："在我们之中每个人都有两个力量支配一切，一个男性的力量，一个女性的力量。在男人的脑子里男性胜过女性，在女人的脑子里女性胜过男性。最正常、最适意的境况就是在这两个力量在一起和谐地生活、精神合作的时候……只有在这种融洽的时候，脑子才变得非常肥沃而能充分运用所有的官能。也许一个纯男性的脑子和一个纯女性的脑子都一样地不能创作。"[1]"双性同体"观是伍尔夫文学创作和文学批评中非常重要的一个环节。在构建这个环节的过程中，她首先解构的是历史中男性霸权对女性的压抑、贬低的真相。随着她的挖掘，她逐渐发现所谓的女性"低劣""无能"是源于她们社会地位、经济地位低下，被剥夺了受教育的权利。社会不平等造就了两性差异，而这种差异成为性别歧视的根源。所以伍尔夫认为，女性在物质上和心理上都应当独立。为了实现女性的价值观念，创造属于

1　弗吉尼亚·伍尔夫：《一间自己的屋子》，王还译，上海人民出版社2008年版，第137页。

女性的文学和事业，伍尔夫认为女性需要经过两次冒险。第一次冒险是"杀死房间里的天使"，回归自我；第二次冒险是表达自我，真实地说出自己的欲望和体验。"房间里的天使"指的是社会规范、传统文化意识对于女性的规训，以及女性对这种压迫的自觉臣服——将男权社会的压迫、禁忌内化为自我的要求和自觉的行动，从而阻碍了自身的创造力；后者是指女性欲望的表达，伍尔夫认为这是解构父权制压迫的重要手段之一。

　　《奥兰多》里亦涉及了有关性别和服装的探讨。伍尔夫写道："她正变得更像是一个女人，像女人那样有点儿羞于流露自己的情思，像女人那样对自己的形象有点儿虚荣。某些脆弱的情感越来越占主导地位，而另一些情感则正在消失。有的哲学家会说，她的易装也与此有关。他们认为，服装看似无关紧要，却有着比御寒更为重要的作用。服装可以改变我们对世界的看法，也可以让世界改变对我们的看法。"[1] 奥兰多发现，服装和行为规范一样，可以重新塑造一个人。当她穿着女性的衣服时，不仅她的行为模式会发生改变，甚至她的一些行为都会受到影响。一个人穿男人的衣服还是女人的衣服，会决定这个人是像男性一样还是像女性一样去处理事情。伍尔夫的这个观点，直接启发了后世性别研究者和女性主义学者诸如朱迪斯·巴特勒（Judith Butler）对于"性别操演理论"（Gender Performativity）的论述。是我们穿衣服呢，还是衣服穿我们？性别和服装的关系是复杂且多维的，涉及社会构建、身份认同、文化表达和个人自我呈现等多个层面。尤其在性别问题

---

1 《奥兰多》，第 193—194 页。

上，服装在建构强化传统性别角色中扮演了关键角色。

　　伍尔夫在《奥兰多》中以一种深刻的文学手法描绘了奥兰多从"他"到"她"的性别转换，以及其在四个世纪的历史长河中所经历的起伏与变迁。这一过程中，不仅英国历史和社会风气经历了显著的变化，奥兰多个人及其周围环境也在不断地演变。奥兰多的形象体现了个体在历史进程中的自我消解与重建，以及对自我内在欲望的追求与自我认同的深刻体察。伍尔夫巧妙地构建了一个角色，他/她在历史的每一个阶段，无论是处于高峰还是低谷，都能找到安放心灵的空间，如大自然、文学、祖先的遗产，以及庄园中始终忠诚的仆人。这些为奥兰多提供了在面对外界冲击和伤害后的支持与慰藉，使其能够维持内心的平衡与独立。通过这样的叙事，伍尔夫不仅探讨了个体与历史的关系，也展现了性别、身份与自我认同的复杂性。通过奥兰多的故事，伍尔夫展现了一个跨越时间和性别界限的个体如何在不断变化的世界中寻找并维持自我的核心。

　　伍尔夫精妙地描绘奥兰多经历的人生起伏，亦为探讨女性在面对生活低谷与困境时的应对策略提供了深刻的启示。奥兰多对于名誉、财富和爱情的态度，如同对待从身边掠过的龙卷风，虽有所感受，却能够释然接受失去，显示出一种超脱的态度。他/她真正珍视的，是在四个世纪的变迁中始终热爱的大自然，它在他/她最沮丧的时刻提供了慰藉，承载了他/她所有的痛苦、失落与悲欢离合。除大自然外，文学亦是他/她四百年生命中的恒久伴侣，无论身处的境遇好坏，他/她都在阅读和写作中寻找心灵的栖息之地，将经历的沧桑与辉煌化为笔下的文字，视其为一项神圣的事业。在奥兰多的人生低谷时期，他/她如同幽灵般存在，以最低限度的生存需求沉浸在书籍的世界里，悄无声息地度过这段时光。

　　奥兰多又何尝不是伍尔夫呢？奥兰多的形象在很大程度上反映了伍尔夫自身的特质。奥兰多对写作和冒险的热爱，以及对不断变化的世界所持的超然态度，都在文本中得到了清晰的体现。她的文字透露出一种清醒和犀利，这是她对周围世界的深刻洞察力的直接体现。尽管生活中充满了活力与乐趣，奥兰多始终保持着一种旁观者的冷静视角来观察这个世界。与奥兰多相比，伍尔夫在现实生活中走得更远。她早年的不幸经历使她在很年轻的时候就展现出超越其年龄的成熟。这种早熟可能源于她对周遭世界的深刻理解和敏感性。因此，当伍尔夫洞察到生死的真谛后，她选择了一种"放下"的态度，这成为她面对死亡时保持内心平静的一种方式。1941 年 3 月 28 日，伍尔夫再次选择以投河自尽的方式结束自己的生命旅程。在这一决断中，她放弃了深爱她的丈夫、她所钟爱的大自然以及她毕生热爱的文学创作。在生命的最后阶段，她向友人表达了对人生幸福时刻的深刻体悟："在人的一生中，最为幸福的瞬间莫过于徜徉于自家的花园，或许会摘下几朵凋零的花朵，而就在此刻，蓦然忆起，自己的丈夫正在那栋房子里，并且他深爱着自己。"尽管生活里流淌出来的幸福简单而深刻，尽管世界上还有深爱她的家人，但在那一刻，这些似乎已不再具有重要意义。通过这种方式，她寻求并最终回归到了内心深处渴望的宁静之中。因此，她的生命经历也成为她文学创作中一个传奇性的组成部分，增添了其作品的深度与复杂性，在文学史上留下了不可磨灭的印记。这一行为不仅是对个人命运的终极抉择，也是对生命意义的透彻省察，其影响深远地渗透于她的文学遗产之中。

《第一炉香》：飞翔是一种苍凉的姿势

张爱玲，中国现代文学史上的卓越女作家，以其苍凉犀利的文风和曲致深刻的情感描写而闻名。1920年9月30日，张爱玲诞生于上海的一个显赫家族，祖父张佩纶是清末名臣，祖母李菊耦是李鸿章的女儿。但这个底蕴深厚的家族并没有给她带来幸福的童年。其父张志沂有着旧式文人的才情，但同时有吸食鸦片等不良习惯，其母黄逸梵（后改名黄素琼）则是一个向往西方文化的新式女性，两人的婚姻并不和谐。在父母离婚后，张爱玲随父亲生活。这种家庭背景和成长经历对张爱玲的文学创作产生了深远的影响，使她尤其善于揭示家庭生活的纠葛和个人情感的挣扎。

在张爱玲的小说创作中，显著的主题是亲情关系的冷漠和扭曲，透露出人性的复杂和世态的苍凉。张爱玲笔下的亲密关系充满张力，那是一种欲靠靠不近、欲疏远却终生受其羁绊的纠葛。这种纠葛，一方面来自她目睹父母不和的童年创伤，另一方面也来自她与胡兰成的婚姻关系。在她的小说中，爱情常被描绘为一种苍凉的飞翔姿态。女主人公们既敏感又多情，既坚强又脆弱，她们在追求现世安稳的同时，也不顾一切地投身爱情。与此相对，她笔下的男性形象缺乏阳刚之气，显得那样孱弱、自私和无用，甚至丧失了最起码的情感能力和道德担当。在张爱玲的小说世界中，男男女女的悲剧命运归根结底是源于家庭关系和亲密关系的扭曲。张爱玲的深刻之处就在于，她通过个人的悲剧揭示了传统家庭结构的不公和压迫，并对更为广泛的社会问题展开了批判与反思。

《第一炉香》是张爱玲的成名作，发表于1943年。这部小说的故事背景设定在战前的香港，讲述了上海女孩儿葛薇龙在香港上流社交界的沉沦经历。葛薇龙原本是一个普通的上海女中学生，因战乱随家人逃到香港。她的家庭原属中产，但香港高昂的物价迫使她家计划返回上海。为了继续在香港求学，葛薇龙投靠了富有但名声不佳的姑母梁太太。梁太太早年与葛家断绝关系，嫁与香港富商为妾。在小说中，梁太太的豪宅成为故事发展的核心场所。这幢豪宅不仅是故事背景意义上的物理空间，更是当时复杂的香港社会的缩影，象征着中西文化的冲突与融合，新旧势力之间的斗争与较量。葛薇龙在梁太太的豪宅中逐渐沉迷于奢华生活，最终在梁太太的操控下，沦为一名交际花。她与乔琪乔之间的情感纠葛，以及梁太太如何利用葛薇龙以实现个人私欲，构成了故事的主线。小说通过葛薇龙的个人经历，深刻揭示了物质欲望和情感欲望对人性的破坏性影响，以及道德的脆弱性。

葛薇龙的转变过程，即她如何清醒地让自己逐步陷入物质的深渊并最终成为她原本极力避免成为的人，是一个复杂的心理和道德的演变过程。这一过程涉及三个关键人物，即梁太太、乔琪乔和司徒协。在其进展中，有四个节点值得注意。首先，葛薇龙抵达香港山头的豪华住宅区，即姑妈梁太太的住所，她此行的目的是获取资助得以在香港继续上学。她和家人在内心深处对姑妈持有轻蔑态度，但张爱玲巧妙地展现了薇龙前往姑妈家的路上内心情感的波动。张爱玲以一种既疏离又诱惑的笔触描绘了那些华丽而精致的景物，这些景物背后充满了荒诞。在描写这些景物的同时，张爱玲不忘刻画人物的心理活动，如"满山轰轰烈烈开着野杜鹃，那灼灼的红色，一路摧枯拉朽烧下山坡子去了"[1]这样的描写，"轰轰烈烈""摧枯拉朽"等词汇，不仅描绘了景物，也反映了人物的心理状态，并隐喻了人物未来的命运。值得注意的是，当葛薇龙决定入住姑妈家后，她一方面为姑妈及其过去的行为进行了心理上的合理化，另一方面则坚定了自己的信念，认为自己不会步姑妈的后尘。这一心理转变揭示了个体在面对物质诱惑和社会压力时的复杂反应，以及在自我认同和道德选择上的挣扎。

　　在葛薇龙的心理演变过程中，她对梁太太为她准备的、挂满衣橱的华美衣物的反应构成第二个节点。张爱玲细腻地描绘了葛薇龙的内心转变：她"忍不住锁上房门，偷偷地一件一件试穿着，却都合身"，她开始意识到这些衣物是梁太太特意为她准备的，她试穿了"家常的织锦袍子，纱的绸的、软缎的、短外套、长外套、海滩上用的披风、睡衣、浴衣、夜礼服、喝鸡尾酒的下午服、在家见客穿的半正式的晚餐服，色色俱全"[2]，也在私下试穿这些衣物时，体验到了一种隐秘的愉悦。这些衣物的合身和多样性让她意识到自己被梁太太精心策划的

1　张爱玲：《倾城之恋》，北京十月文艺出版社 2024 年版，第 1 页。
2　同上书，第 16 页。

"美丽"陷阱所捕获。她认识到自己与古代青楼女子的相似之处，同时也意识到自己被物质的诱惑所吸引。然而，葛薇龙仍然坚持自己的信念，认为自己能够超越环境的影响，不会重蹈梁太太的覆辙。

随着情节的推进，第二位核心人物——乔琪乔——出场了，葛薇龙的心理演变过程也来到第三个节点。乔琪乔是一位中葡混血的浪荡子，以其独特的魅力和不羁的生活方式强烈吸引着葛薇龙。然而，他与葛薇龙的关系充满了复杂的利用与欺骗。葛薇龙对乔琪乔的情感从最初的吸引逐渐演变为深陷爱河，这种转变可能源于乔琪乔对她姑妈的反抗和挑战，也可能是乔琪乔的天真和孩子气激发了她身上的母性，使她的内心变得柔软，从而对他产生了情感上的依恋。同时，梁太太和司徒协共谋，意图使葛薇龙成为司徒协的情人，这一外部压力进一步加剧了葛薇龙想要通过结婚来逃离现状的迫切心情。她将逃离的希望寄托于乔琪乔，然而乔琪乔在对她甜言蜜语的同时，却也拒绝承诺，他既发表了免责声明，又与她保持着肉体关系。张爱玲是怎样写这个情节的呢？"乔琪乔低声说：'薇龙，我不能答应你结婚，我也不能答应你爱，我只能答应你快乐。'"[1] 乔琪乔的言语满是冷漠，非常具有伤害性，令人感到心底荒凉。然而，这些免责声明因其坦率，竟也减少了一些卑鄙之感。张爱玲很会写男人，把男人那种既迷人又不可信赖的性格特征刻画得入木三分。结合之前那些表面上为对方考虑的"贴心话"，乔琪乔温暖的情话中透露出的尽是凉薄。尽管如此，葛薇龙仍然深陷其中，甚至放弃了自我。然而，在次日清

---

1 《倾城之恋》，第 37 页。

晨，她目睹了刚从她身边离去的乔琪乔又与她姑妈家的下人纠缠在一起。在这里，张爱玲不仅描绘了爱情的沦陷，还深刻地刻画了爱情的仓皇与绝望。更甚的是，即便在绝望之后，情况仍可能进一步恶化，因为她的内心可能重新燃起新的幻想。

当司徒协为葛薇龙套上手镯时，故事达到了高潮，而这一刻也是葛薇龙内心变化的第四个节点。在生命历程中，每一个个体都不可避免地会遭遇诸多试炼，尤其是追逐某种心仪之物时，往往需要以某些宝贵的资源为代价才可获得。在这一过程中，个体的价值观、道德观和自我认同将受到严峻的考验。葛薇龙的案例便是一个典型例证，她未能逾越这一难关。因为对乔琪乔的迷恋，因为被富贵奢华生活所诱惑，加上姑妈的诱导，葛薇龙从最初的抵抗转变为主动接受，甚至戴上了象征着束缚的手镯。随后，为了与乔琪乔订婚，她不惜在几位年长男性之间周旋，并以此谋生。

葛薇龙清楚地意识到乔琪乔并不真心爱她，却仍旧选择与他步入婚姻，并不惜出卖自己的肉体以供养他。在彼时的社会文化背景下，这种关系显得尤为悲哀。葛薇龙之所以无法割舍乔琪乔，一方面是因为她对乔琪乔抱有一种近乎迷恋的情感，她认为即便乔琪乔不爱她，只要能够与他相伴，她便心满意足。另一方面，在葛薇龙内心深处，她认为通过与乔琪乔的关系，她能够证明自我的价值。她的爱情观念带有自我感动的色彩，她沉溺于自己构建的爱情幻境中，哪怕这个幻境是虚幻且易碎的。美国劳伦·贝兰特（Lauren Berlant）有一本很有影响力的学术著作《残酷的乐观》（*Cruel Optimism*），主要是探讨乐观主义背后的复杂性和残酷性。所谓"残酷的乐观"，指的是个体对某一目标或对象抱有希望，而这一目标或对象实际上却成为愿望实现和个人成长的障碍。人们对爱情、生活乃至政治都有着某种理想化的追求，这种追求本身是无可厚非的，不过，人们往往没有意识到，在异化的社会关系中，这些理想化的追求实际上阻碍了人们实现其最初的目标——在这个悖谬中，乐观主义便是残酷的。尽管如此，身处其中的人们仍然不愿意放弃，因为这些追求为他们提供了一种情感上的连续感和生活的支撑，使他们感到自己在这个世界上还有所依恋。[1] "残酷的乐观"是多因素共同作用的结果。首先，社会文化背景、教育方式和个人经历等因素影响个体对乐观主义的理解和追求，可能导致个体在追求梦想时过分强调积极结果而忽视潜在风险。其次，个体对某些欲望场景或对象的过度执着（通常与情感吸引相关），使其即使面对阻碍也难以放弃。再者，对失去的恐惧也是一个因素，个体害怕失去那些已经威胁到他们幸福和健康的欲望对象，因为这种依恋关系包含了生活的连续性和前进的动力。最后，人们对美好生活的渴望和追求，使他们对某些承诺美好生活的对象或情景产生依恋，哪怕这种依恋导致现实生活中的情感磨损和消耗。在张爱玲的笔下，葛薇龙与乔琪乔的关系，以及她与姑妈的纠葛，都呈现为典型的"残酷的乐观"情境。这种关系不仅展现了人物内心的复杂性，也深刻揭示了他们命运的悲剧性。葛薇龙虽洞悉这种生活和爱情的残酷本质，却缺乏必要的意志力与理性去摆脱它，甚至未能积极反抗。在经历了情感的挣扎之后，她选择了接受这种生活，为自己的行为找到了合理的借口。这种心理和行为的转变，展

1　Lauren Berlant, "Cruel Optimism: On Marx, Loss and the Senses," *New Formations*, 63（2007）: 33.

现了个体在面对残酷现实时的无力感和适应性，以及在情感和理性之间的复杂斗争。

乔琪乔在这部小说里是一个复杂的角色。他家庭关系复杂，父亲乔诚爵士也向来不喜欢他，他是一个内心有缺失的人。乔琪乔并不爱葛薇龙，他对她的感情更多是一种利用和玩弄。他曾直白地对葛薇龙表达过自己并不想结婚，即使有结婚的能力，他也认为自己不配，他不能给薇龙一个令人满意的丈夫，只能给她快乐。他的内心是矛盾的，既不想承担责任，又无法抵挡薇龙对他的迷恋。乔琪乔代表了张爱玲作品中常见的一类男性角色：精神空虚、放浪形骸的没落男性形象。他们往往在社会和家庭中缺乏责任感和担当，同时在情感上显得自私和懦弱。在张爱玲塑造乔琪乔这一人物形象时，其文学手法的精妙之处在于，她频繁地将姑妈梁太太豪宅外的风景和特定意象作为欲望或心理暗示的先兆。张爱玲在她的作品中巧妙地运用了环境和意象作为心理和欲望的象征，这些象征不仅通过乔琪乔的视角展现，也通过葛薇龙的视角传达，赋予了景物和意象深刻的象征意义，成为主人公内心欲望的延伸。例如，在描述葛薇龙与乔琪乔的邂逅时，月亮被描绘成"黄黄的，像玉色缎子上，刺绣时弹落了一点香灰，烧糊了一小片"[1]，这不仅隐喻了主人公初恋的不完美和瑕疵，也暗示了爱情和命运的残酷与悲剧性。再如，张爱玲对姑妈家外和葛薇龙阳台外花草茂盛的描写，象征着葛薇龙对物质欲望的膨胀、对奢华生活的向往以及对自由的渴望。又如，她对葛薇龙窗外阳台上的风雨的描写，将雨点打到地面上的灯光反射比作"足尖舞者银白色的舞

---

1 《倾城之恋》，第 27 页。

裙"[1]，葛薇龙的叹息表明了她对这种生活的沉迷。此外，阳台对面突出的山崖被比喻为"山岭伸出的长舌在舐着阳台"，充满了暗示性。当乔琪乔与葛薇龙发生亲密关系后，借着阳光从阳台逃走，小说是这样描写的：

> 丛林中潮气未收，又湿又热，虫类唧唧地叫着，再加上蛙声阁阁，整个的山洼子像一只大锅，那月亮便是一团兰阴阴的火，缓缓的煮着它，锅里水沸了，咭嘟咭嘟的响起。[2]

这些景物仿佛正感应着人物心理状态和情感变化，构建出一种类似地狱般的氛围，前路不可预测，周遭光怪陆离，人无法掌控自己的命运，只能任由自己不断沉沦。在中国文学史的广阔画卷中，张爱玲对月亮的描绘可谓独树一帜。月亮本象征着美好与纯净，但在张爱玲笔下却抹上了一层残酷的色彩，成为爱情中最不可靠、最肮脏一面的见证者。

张爱玲极擅长从物的意象的描绘深入至人的心理层面，无论是人物、风景还是日常生活中的物品，她都能通过感官体验将外在世界的动荡和奇异与人心的迷茫和不安全感巧妙地结合起来。这种从具体物象到抽象心理的转换，展现了她对人类情感复杂性的深刻洞察。这是一种将物象与人物情感及命运紧密相连的叙事技巧，通过将具体景物和意象与人物的心理状态相映射，作者能够更加细腻且深入地刻画人物的内心世界。同

---

1 《倾城之恋》，第35页。
2 同上书，第38页。

时，这种手法也为读者提供了一种直观且形象的认知途径，以理解人物的命运和心理演变。这种写作手法不仅丰富了小说的意象，也使得小说里的主人公的情感表达更加细腻，增加了文本的艺术魅力和深度。在张爱玲的笔下，葛薇龙与乔琪乔的形象被赋予了深刻的心理维度和悲剧色彩。两个角色并非平面化的刻板形象，而是充满了内在矛盾、相互冲突，同时又以一种清醒的态度冷眼旁观自己不可避免的堕落。正是这种复杂性，使得葛薇龙在中外文学史的众多交际花形象中脱颖而出，成为独一无二的存在。卑微的人把头埋进泥土里，放荡不羁的人残忍得坦坦荡荡：葛薇龙的身上体现了一种自愿的自我伤害和偏执的迷恋，以及一种自认为得到回报的付出，这些特质被作家淋漓尽致地展现出来；而乔琪乔，他的不善与善良指向同一目标，这不仅仅是缺乏爱意，也不仅仅是在消费女性肉体换取金钱时感到愧疚，而是在于他在冷眼旁观对方因自己而遭受的痛苦时，没有丝毫的心理负担和内疚，依然能够温柔地对待眼前的女性，从而维持她们的幻想和对自己的迷恋。

在当时新旧交替的社会里，存在着诸多物欲横流、道德沦丧的现象，以乔琪乔的形象为代表的诸多人物类型就是这种社会背景下的产物。他的形象揭示了人性中的消极、自私和懦弱，以及社会对个体的影响和塑造。乔琪乔不仅是情感上的失败者，也是社会和道德责任上的逃避者。通过这样的人物塑造，张爱玲探讨了更深层次的社会和文化问题，对传统男性角色进行了颠覆和批判。通过葛薇龙的父亲、卢兆麟和司徒协等人物，张爱玲不仅交代了魑魅魍魉的复杂人物关系，也勾勒出男性形象的集体坍塌，以及女性在情感面前所抱有的幻想的破灭。张爱玲叙写了这些人物的命运轨迹，既展现了他们对于

自由的渴望与追求，又揭示了这种追求最终转化为悲剧性结局
的不可避免性，从而深刻地揭示了爱情与自由背后所隐藏的苍
凉本质。这种从自由追求到悲剧结局的转变，不仅令人难以接
受，而且深刻地反映了人性中的矛盾和挣扎，以及在现实面前
理想与幻想的脆弱性。

　　张爱玲在《第一炉香》里不仅写出了爱情令人绝望的下
限，同时也写出了亲情的冷漠与残忍。尤其是在梁太太亲手把
葛薇龙推到堕落的环境里以后，还对在犹豫订婚的乔琪乔说：
"你要钱的目的是玩，玩得不痛快，要钱做什么？当然，过了
七八年，薇龙的收入想必大为减色。等她不能挣钱养家了，你
尽可以离婚。在英国的法律上，离婚是相当困难的，唯一合法
的理由是犯奸。你要抓到对方犯奸的证据，那还不容易？"[1]一
席话说得乔琪乔心悦诚服，却让故事外面的每一个人感到彻骨
的寒冷。马克思和恩格斯批判了资本主义社会中人与人之间的
关系，指出资产阶级"撕下了罩在家庭关系上的温情脉脉的面
纱，把这种关系变成了纯粹的金钱关系"。[2]但在葛薇龙这里，
亲情是连那层温情脉脉的面纱都没有的赤裸裸的"人吃人"的
关系，是一片令人绝望的黑暗。在梁太太的豪宅这一象征性空
间中，每一个年轻人都在不可避免地走向堕落的深渊。卢兆麟
放弃了自我，葛薇龙逐渐沉迷于奢华的生活，而乔琪乔的人生
和爱情则受制于他人的精心布局。张爱玲通过这些复杂的人物
关系和心理描写，展现了他们的内心挣扎与最终的自我放逐。
他们放弃的不仅仅是瞬间的生活，更是他们的整个人生。小说

---

1 《倾城之恋》，第 50 页。
2 《马克思恩格斯全集》(第四卷)，人民出版社 1958 年版，第 469 页。

中的人物无一不在经历精神上的衰败，他们在清醒的状态下目睹自己的堕落，却无力改变这一悲剧性的进程。这种自我反省与自我欺骗的矛盾，不仅构成了葛薇龙悲剧命运的核心，也普遍存在于小说中每一个沉溺于享乐的人物之上。

张爱玲通过《第一炉香》描绘了当时香港社会的现实情况。香港被英国殖民统治，其文化身份复杂，中国的传统价值和文化在某种程度上被边缘化，而西方的价值观和生活方式则占据了主导地位。小说中的香港被描述为一个华丽而悲哀的城市，外在的繁华掩盖不了内在的空洞和文化的失落。在《第一炉香》中，中国的形象是扭曲和边缘化的。小说中的梁宅，尽管有着传统的中国元素，这些元素只被用作装饰，如同中国文化的存在价值退化为一种装饰性的元素，仅仅用于满足殖民者的东方想象。在这样的环境中，葛薇龙的命运也受到了影响，她是东西方文化冲突和融合的产物，她和她身边人的故事反映了个体在社会和文化大背景下的那种尽管充满无奈、挣扎与绝望，但仍不得不继续前行的生活状态。

此外，《第一炉香》在叙事上也颇具造诣。张爱玲对叙事时间作出十分巧妙处理，通过"一炉沉香屑点完了"的时间段，将故事时间与叙事时间有机结合在一起。这种叙事形式产生了奇妙的艺术效果，营造出一种阅读过去与讲述现实之间的不和谐，增强了小说的节奏感和感染力。当我们打开这部小说，进入故事情节时，我们可以深刻地感受到一种强劲的叙事冲力，它仿佛是从人物内心深处、从他们的挣扎中迸发而出。《第一炉香》中的语言是古典中散发着腐朽，葛薇龙是在清醒和主动选择中逐步走向堕落，其间的苦痛与不甘，构成一种近乎残酷的情感力量，推进着情节的发展。甚至可以说，小说的

叙事并非源自外部的剧烈冲突，而是根植于人物内心的挣扎和
选择。张爱玲的这种叙事技巧，不仅在形式上突破了传统叙事
的框架，也在内容上展现了更为深刻的人物心理和社会现实，
对后来的文学创作产生了深远的影响。

《第一炉香》不仅是一部深刻探讨个体命运与社会环境复
杂关系的文学作品，而且深刻揭示了人性的复杂性以及现代社
会的多重挑战。它以其独特的叙事动力和深刻的人物刻画，对
后世文学创作产生了不可磨灭的影响，成为现代文学史上的一
个重要里程碑。

《我爱比尔》：当爱情遭遇身份困惑

　　王安忆是中国当代文学领域内享有盛誉的作家，亦是复旦大学中文系教授，1954年3月6日出生于江苏南京，祖籍福建同安。她出生在一个文学气息浓厚的家庭，她的母亲茹志鹃是知名的女作家，父亲王啸平则是剧作家，这种家庭背景为她日后的文学道路奠定了坚实的基础。王安忆的文学生涯始于1978年，当时她由插队的安徽回到上海，担任《儿童时代》杂志的编辑，并发表了处女作短篇小说《平原上》。她的作品包括小说、散文和儿童文学等多个领域，其中《小鲍庄》和《长恨歌》等作品尤为著名，比较重要的作品还有短篇小说集《流逝》《小城之恋》，以及长篇小说《69届初中生》《纪实与虚构》等。在这些作品中，王安忆表现出独特的文学风格和深刻的女性视角，在"知青文学"和"寻根文学"等文学流派中占据着举足轻重的地位。2000年，王安忆的《长恨歌》获得第五届茅盾文学奖，外文译本在海外出版后，获得了国际读者、评论家和作家的广泛好评。2011年，王安忆凭借这部作品入围了英语文学界极具声望的布克国际文学奖的最终候选名单，进一步巩固了她在国际文坛的地位。

　　王安忆的小说涵盖了从知青文学到都市生活等多样题

材，展现了她丰富的创作才华和对不同社会现象的深刻洞
察。她擅长将宏大的历史背景与个体的微妙情感相融合，
使得作品既有历史的厚重感，又不失个人情感的细腻。王
安忆的作品从早期的情感抒发逐渐转向后期的冷静观察，
写作风格趋向成熟。她以细腻的笔触描绘了上海市民的生
活，让国内外读者更深入地了解了上海乃至整个中国。她
的作品被改编成多种艺术形式，影响了许多读者。

《我爱比尔》是王安忆在 1995 年所著的中篇小说，通过讲
述主人公阿三的爱情和生活经历，深入探讨了个体情感与文化
认同之间的复杂纠葛。阿三是一名美术专业的大学生，她有一
位初恋男友叫比尔，是一位美国年轻的文化官员。阿三对比尔
产生了深厚的情感，并因此放弃了自己的学业。她与比尔共度
了一段快乐时光，但最终比尔因外交政策限制而与她分手。分
手后，阿三试图通过与画商马丁、在中国教书的美国老师、陌
生的美国老头、比利时人等形形色色的外国人交往来寻觅比尔
的影子，却因此被误解为性工作者，最终导致她被劳教。在劳
教农场，阿三被称为"白做"，她在那里的生活和与其他女犯、
队长的关系构成了小说的后半部分，小说的结尾，阿三逃离了
劳教农场，故事戛然而止。王安忆通过阿三的故事，展现了中
国女性在面对西方文化冲击时的自我探索和身份认同的挣扎。
阿三的经历不仅是她个人的情感历程，也是当时中国社会在全
球一体化背景下的一个缩影。

在小说的开篇，阿三对比尔产生了说不清的"爱情"，之
所以说不清，是因为阿三对比尔的感情很难说是一种爱情，而
是混杂了很多东西。比尔是谁？在小说里，比尔是一名美国驻

沪领馆的文化官员，他喜欢中国的文化，关注中国的民间文化活动，沉醉于中国美丽的风景，他对中国的一切都感兴趣和好奇，"比尔爱中国。中国饭菜，中国文字。中国京剧，中国人的脸"。[1] 甚至还起了一个中国名字"毕福瑞"，并以此为荣。阿三与比尔的初次邂逅发生在一次画展上，互相吸引的原因非常简单，一个是典型的西方人，向往东方文化，一个是东方人，倾慕西方的一切，两个人一拍即合。对于比尔来说，阿三便是东方文化的温柔化身，这也是他迷恋阿三的深层原因。而对于阿三来说，追随并享受比尔所带来的新奇体验毋宁也是追求西方文化的表现形式，这种追求也给她打开了理解艺术、性别观念和中国社会的视角。两人的关系最初是基于肉体的亲密，由于学校宿舍对外籍人士的限制，阿三为了更方便地与比尔见面，不得不频繁更换住处，甚至放弃了学业。

在小说里，阿三像是一个游魂，她没有目的，没有方向，她的生活几乎完全以比尔为中心——等待与比尔见面，和比尔约会，为了和比尔约会努力画画赚取房租。在与比尔相处时，阿三沉浸在与他相见的快乐之中。不和比尔在一起的时候，她好像变成一个隐藏起来的、不存在的人。小说这么写道："天花板那么高，阿三在地下，埋在一堆枕头里，快要没有了似的。阿三自己也忘了自己。这么一埋可以整整一昼夜不吃不喝，睡呢，也是模棱两可的。没有比尔，就没有阿三，阿三是为了比尔存在并且快活的。这间房子，是因为比尔才活起来的，否则，就和坟墓没有两样。"[2]

---

1 王安忆：《我爱比尔》，云南人民出版社 2009 年版，第 4 页。
2 同上书，第 26 页。

阿三很在意是否能得到比尔的爱，很纠结他"爱不爱我"的问题。因为比尔的爱，在阿三那里不是纯粹的爱情，而是包含了对阿三的认可和认同。阿三的价值是建立在这个基础之上的。她在乎到什么程度呢？在乎到和比尔交往的方方面面。比如"比尔曾经对她说过：你是最特别的。阿三敏感到她没有说'最好的'"。[1]比如她给比尔准备约会惊喜的时候，比尔"盯着阿三说：你真奇异。阿三注意到，比尔没有说'你真美'"。[2]比如当"比尔说：你是我的大拇指。阿三心里就一动，想：为什么不说是他的肋骨？"于是紧接着"又为自己动了这样的念头害起羞来，就以加倍的忘情来回报比尔的爱抚，要悔过似的"。[3]在和比尔的交往中，阿三一直把自己放得很低，取悦式地对待比尔，她想抹除自己的一切特质、像西方的女孩子一样去爱比尔。这种倾向在她对性的态度上表现得尤为明显。面对比尔对中国传统贞操观念的犹豫，阿三主动按照其刻板印象中西方开放的性观念去勾引比尔，并与他发生了性关系，这是她对西方文化认同的一种体现。在阿三的价值观中，西方的认同被视为更优越的，因此她努力摒弃自己的东方保守观念，甚至将这些观念视为羞耻。她试图根据西方的价值观来重塑自己的身份认同。在这一过程中，她非常渴望得到比尔的爱。这种渴望不仅是对个人情感的寻求，也是对文化认同和自我价值确认的追求。

然而，对于比尔来说，在中国的阿三只是他人生中的一段插曲，是他迷恋的东方文化的象征。相对于他整个人生来

---

1 《我爱比尔》，第12页。
2 同上书，第18页。
3 同上书，第20页。

说，阿三太微不足道，因为他的前程远大，而性关系也需要平等，所以他会在金钱上多补偿阿三，比如为她寻找性价比高的住房、为她介绍报酬丰厚的家教，以此来维持他和阿三的亲密关系。对于阿三来说，和比尔的交往是她人生和爱情的最初成长阶段的启蒙，也是她年轻时能够触及的最广阔的视野和最优质的异性伴侣。阿三在彼时还认定这是一件幸运、令人快乐的事情，但和比尔的交往影响甚至摧毁了她的一生。因为在她的世界观、人生观、价值观还没有充分成长和建立起来的人生阶段，她被怂恿着、诱惑着得到了本不该属于她自己的年龄和能力的东西，在人生的后续阶段里，她又拿什么去交换？也正因为如此，阿三在爱情方面的思考和体认一直没有成长起来，无论是后来与马丁、比利时人还是其他各种男性的交往，她都缺乏清晰的认识和对过去经历的深刻反思。她反复陷入相同的模式，对爱情的理解和认同始终停留在与比尔交往的阶段，再也没有发展出来。

　　阿三是一个有主体性的人，但是她缺少自我认同的能力。因为阿三有主体性，所以她可以在面临选择的时候，快速做出抉择，并承担责任。比如和比尔发生关系，她毫不犹豫地给出了自己的第一次；在学校敦促她重视学业、好好上课的时候，她毅然决然地提交了退学申请，为了便于与比尔见面，她频繁更换居住地；面对市场需求，她迅速调整自己的绘画风格以适应市场；在劳教所遭受欺凌时，她以坚定而有力的方式进行反击。然而，阿三却没有自我认同的能力。在她的观念中，西方文明高度发达，而西方人则代表了这种文明。因此，她对西方的一切充满了崇拜和向往，甚至将追求西方文化视为一种值得骄傲和庆幸的行为。但是，阿三对西方文化的追慕是以牺牲自

己的文化特质为代价的，在她看来，这些特质都是可以被抹除
的。她乐于这样做，并渴望成为一个像西方人一样的人。这种
观念贯穿了整部《我爱比尔》这本书，而阿三自始至终都没有
改变过这种看法。

比尔是阿三身份认同挫败过程中的关键人物。尽管比尔的
离开给她带来了挫败感，但这一事件也促使阿三逐渐认识到了
问题的根源。在与比尔的交往中，阿三内心长期存在一种困
惑，或者说是一种矛盾，这种矛盾始终困扰着她：她不希望比
尔将她视为一个典型的中国女孩，然而，正是她作为中国女孩
的身份吸引了比尔。这种矛盾导致她的行为出现摇摆不定的情
况，同时也驱使她努力寻找中西方文化融合的平衡点，以缓解
她的矛盾处境。[1] 起初，阿三尝试利用自己的中国特质来吸引
比尔，但随着时间的推移，她越来越渴望成为像比尔那样的西
方人，甚至那些和比尔一样的外国人在她的心里都是与众不
同的。她对比尔的外貌描述充满了神话色彩，称他"像一尊希
腊神"，拥有"巨人的身躯"，并幻想在他怀里死去也是幸福
的。她对自己的吻感到不自信，认为它们"显得特别细碎和软
弱"[2]，这使她怀疑自己是否能够得到比尔的爱。这种对西方人
的幻象和光环不仅限于比尔，她对其他西方人也抱有同样的看
法，例如她将马丁形容为"上帝"。在这种膜拜的情绪中，小
说将情节推向了反讽的一幕：当马丁离开阿三以后，她遇到了
一个同样寻找机会的男性，他操着一口流利的英语，使得双方
都误以为对方是富有的华裔。在不了解对方真实身份之前，阿

---

1 《我爱比尔》，第 17 页。
2 同上书，第 19 页。

三描述他为:"他是一个亚裔的外籍人,中国男孩很少有这样清明的脸色,干净整洁的发型,和文雅的笑容。"[1] 两人用英语亲切交谈,讨论上海、文化和政治,彼此都在期待对方邀请自己喝咖啡,却都未采取行动,只是"干聊"。经过长时间的对话,他们最终发现彼此都是上海本地人,感到失望,迅速告别并分道扬镳。在此之前,阿三坚信他具有西方人的品质,一点儿也不像中国人。这些先入为主的观念一直影响着阿三。事实上,无论是比尔、马丁还是比利时人,他们对她的喜欢和与她的交往是她人生中最引以为傲的经历,甚至构成她的自我认同和价值支撑,以至于到最后,她始终没有弄明白一个问题:我不是娼妓,我索取金钱,为何会被送往劳教所呢?

在阿三心目中,以比尔为代表的西方男性除了是她的情人,还是西方文明和文化的象征,这一点构筑了阿三那自认为的独特性,进而影响了她的自我理解和生活理解。在爱情方面,阿三经历三次情感挫败。第一次来自比尔,他拒绝说爱她,并因工作离开了中国,而他留给阿三的道别是这样的冷漠:"作为我们国家的一名外交员,我们不允许和共产主义国家女孩子恋爱。"[2] 后来她爱上法国画商马丁,恳请马丁带她回法国,而马丁表示拒绝:"我从来没想过和一个中国人在一起生活,我怕我不行。"[3] 第三次失败则来自比利时人,阿三在机缘巧合之下认识了他,这时她感到仿佛到了"家",遐想着收获爱情结果,却不料对方的比利时女朋友要来旅游,于是被请了出门。自此以后,她的自我认同不断瓦解,在情感和亲密关

1 《我爱比尔》,第 73 页。
2 同上书,第 23 页。
3 同上书,第 63 页。

系上更加疏离和冷漠。

　　除了西方的男性，阿三所从事的绘画艺术也是她构建自我认同的途径。只是很可惜，她这条道路上的探索和追求走向了失败。阿三是一个有绘画天赋的女孩子，她对绘画有自己的思考，也做出了一些成绩。在阿三的成长历程里，探索艺术和追求爱情（包括性亲密关系）实际上是同步的。她和比尔的第一次性爱关系，就是借助艺术来完成的。比尔刚来中国的时候，听过很多有关中国女性的贞操观和《烈女传》的故事。在他的眼里，中国女性对于性的严肃和慎重让他敬畏，也使他感到恐慌，所以他一开始并没有意图和阿三发生性关系。但阿三却将此举误以为比尔认为她不够好，于是她责怪自己没有情趣、不懂主动。进而，她创作了一幅带有性暗示的画：一个没有面目的女人，直垂下来的头发变成茂盛的兰草，而"从她的阴部却昂首开放一朵粉红的大花。在一整幅阴郁的蟹绿蓝里，那粉红花显得格外娇艳"。[1] 正是通过这幅作品，她成功俘获了比尔。

　　在和比尔谈恋爱期间，她主要依靠画手绘丝巾为生，维持她在郊区的房租和生活费用。随着比尔的离去，阿三经历了一段自我放纵的时期，她认为"比尔没有了，其他的都无所谓"[2]。然而，生活仍需要继续，她开始借助艺术创作来缓解内心的伤痛，这一时期是她艺术创作的高峰。在这一阶段，小说首次提及了"劳动"的概念，这一概念在故事后半部分阿三身处劳教农场时被反复强调。劳动的价值在于它有效地填补了阿三内心的空虚，艰苦的劳作将她从无目的的精神漂泊状态中解

1　《我爱比尔》，第 8 页。
2　同上书，第 32 页。

救出来，同时也将她从懒散的生活中拯救出来，赋予了她新的
目标。[1] 她为了即将到来的画展而勤奋作画，其作品获得了评
论界的肯定，她的画作开始进入国际市场，并逐渐成为受追捧
的对象。随后，想买她画作的香港画商来看她的作品，指出那
个时期中国画坛的一个问题：若隐去画家姓名，中国画家的作
品与西方画家的作品有何区别呢？他强调，西方人期待的是在
中国人的油画创作中看到独特的东方元素，而非西方艺术。阿
三在这里发表了很犀利且独到的见解，她断然说道，当她拿起
油画画刀的时候，思想方式自然就是西方的思想方式。在她看
来，工具——无论是油画画刀，还是中国的毛笔——决定了画
家按照哪种创作方式来创作。中国的绘画简约含蓄，西方的绘
画纷繁复杂，一个是在做减法，一个是在做加法，一个是隐
匿，一个是凸显。根据这种见解，她创造性地融合了中西方绘
画，借助中国的碑拓，尝试大胆用色，用俗丽去表达雅致，用
繁复庞杂去表达"余地"。于是她的创作开始以魏碑为形状基
础，并将其如湘绣般织进绘画当中。阿三的画越来越受欢迎，
她越来越有名气，比尔的影响也离她越来越远，她在艺术上的
崭露头角让她更努力工作。她开始有更多的想法，有更多的主
体性，也在积累自己的专业领域的自我认同。

然而，令人遗憾的是，她的"西方梦"始终挥之不去，这
个问题在她遇到马丁的时候再次呈现了出来。马丁是法国的画
商，老家里有一个画廊，他不懂画，但这并不妨碍阿三迷恋他
的家族深厚的底蕴。正是这位马丁，在评论阿三的画作时，做
出了非常彻底的否定。马丁的否定不仅仅是对她个人的否定，

---

1 《我爱比尔》，第 36 页。

而是对她所追求的生活方式及其为接近该生活方式所做的努力的全面否定。这对于阿三的打击是非常大的，于是，当马丁离开阿三以后，她突然发现自己再也不会画画了。从此以后，她就真的没有再画过画，而是开始了在酒店的大堂结识不同外籍男士的生活。当然，她并不随便，也有其讲究，她要看着符合她心意的，她要先和对方聊天，要有自由而愉悦的交流，她不单是为钱财，当然，如果对方乐于给予，她也乐于接受。阿三享受着这种交往方式，对她来说，与这些外籍男士的交流"有一些特别的意义，接近于创作的快感。这不是追求真实的，这和真实无关，倒相反近似做梦的。这是和比尔在一时初时获得的"。[1] 阿三一直试图在其他西方人身上寻找比尔的影子，也寻找她心目中的西方，她认为这些西方男性有着"希腊神圣的头脑"。[2] 阿三在酒店大堂的游荡不仅是为了消磨时光，也是在寻求更有利的机会，尽管她并不明确自己究竟在寻找什么。她的内心剖白揭示了她的迷茫："与这些外国人频繁建立有频繁破灭的亲密关系，磨蚀着她的信心，她甚至已经忘了期望什么。可是有一桩事情是清楚了，那就是她缺不了这些外国人，她知道他们有这样或那样的缺点，可她还是喜欢他们，他们使得一切改变了模样，他们使阿三也改变了模样。""有些东西，比如外国人，越是看不明白，才越是给予人希望。这是合乎希望的那种朦胧不确定的特征。"[3] 阿三在迷茫中随波逐流，没有明确的方向或目标，甚至她的天赋也在这一过程中被逐渐消磨。尽管如此，她仍旧怀揣着隐约的希望，继续梦想着、向往着，并

<hr>

1　《我爱比尔》，第36页。
2　同上书，第86页。
3　同上书，第89页。

寻找着她心目中的西方世界……

　　王安忆曾说，她写的不是一个爱情故事——她有着显见的抱负，那就是书写中国的现代化。[1] 比尔这个人含有的内容太多，他可以是一个现代化的符号。阿三的困惑主要表现在两个方面：首先，她在自我身份认同上存在迷茫，并对西方文化抱有一种误解性的追求；其次，这种困惑与她的专业绘画紧密相关，她作为一个东方女孩，还是一个热爱浪漫的东方女孩，与西方艺术所呈现的身份观和价值观存在着某种错位。在《我爱比尔》这部小说中，阿三对比尔的爱，并不是真正意义上的爱情，而是对一种西方文化形象的迷恋。她通过比尔来实现自己对西方世界的想象，这种想象是阿三对西方文化的一种非真实的幻想。这种对"形象"的盲目信任和对幻想世界的沉溺，让她难以准确把握现实情况。阿三曾无条件地尊敬和信赖西方人，直到她亲身经历了挫折，才开始逐渐意识到她永远成为不了西方人，但她对西方的迷恋难以割舍。她没有意识到的是，在她眼中开放的西方男性和家庭，实际上可能比她还要保守，他们看待包括她在内的中国女性时，仍然持有一种西方人的优越感。直到最后，阿三都没有认识到，两个人之间亲密关系的建立，并非仅仅基于喜欢或浪漫，而是应该建立在平等的基础之上。

　　在探索自我的同时，阿三也在探索她的绘画专业实践。在小说中，绘画不仅是阿三专业学习和所要从事的领域，而且成了她探究个人身份认同以及理解中西方文化冲突的一个重要工

1　出自 2016 年张旭东、王安忆等在纽约大学《我爱比尔》作品研讨会的发言，讨论会部分发言见张旭东、王安忆等：《王安忆作品研讨会——〈我爱比尔〉》，《作家》2021 年第 6 期。

具。爱情和性生活是阿三艺术创作的灵感来源。她通过艺术来
表达自己对性爱的看法，并在性爱中寻找自我价值。阿三是敢
于献身艺术的人，也是敢于投身爱情的人。她在艺术领域、在
爱情领域近乎献祭式的呈现，不仅代表着那个时代的年轻人在
探索自我的道路上的全力以赴，也彰显着独属于那个时代的迷
茫与疼痛。

《我爱比尔》的故事背景被设定在 20 世纪 90 年代的中国，
这是一个改革开放后社会快速转型的时期。经济的蓬勃发展带
来了社会价值观和文化观念的巨大转变，特别是在艺术领域，
中西方文化的交流与碰撞产生了显著的影响。例如，西方的油
画、雕塑和建筑等艺术形式，深受文艺复兴等运动的影响，形
成了独特的艺术风格。与此同时，中国的水墨画和篆刻等传统
艺术形式，凭借其深厚的历史积淀，在全球化的浪潮中与西方
艺术形式相互影响和融合。

阿三在她的绘画实践中，尝试将这些艺术形式融合。除了
艺术形式的探索，这个时期的中国绘画和画家也面临时代性的
迷惘和寻找认同的过程。在这一时期，众多对东方艺术及绘画
抱有热情的西方人士纷纷来到中国，他们与阿三共同体验着一
种文化上的困惑。这些西方人士将对东方文化的想象和迷恋投
射于东方艺术及其女性身上，但这种迷恋并不是建立在对当代
东方艺术深刻理解的基础上。尽管如此，他们拥有经济实力，
而这种经济实力在一定程度上塑造了当时中国绘画市场的喧嚣
氛围。在这一时期，中国绘画领域日新月异，陷入了形式上不
断竞争和攀比的怪圈。在这样的时代背景下，阿三的故事成为
个人在中西方文化碰撞中的困顿和挣扎的缩影。

在小说的尾声，阿三逃离劳教农场后，意外地发现了一枚

半掩于土中的处女蛋，蛋上还残留着母鸡的体温。这枚蛋象征着新生的希望和脆弱的生命，蛋壳上的血迹暗示着新生过程中的艰辛与苦楚。阿三的泪水或许是因为这枚蛋唤起了她内心深处的复杂情感，那些曾经被年少时的她视为不纯洁、不被认同并抹杀的纯真、美好以及对未来充满憧憬和希望的瞬间，在回望中才被认识到其真正的价值和珍贵。只有在反思过去的时刻，阿三才意识到，那些曾被自己所厌弃的特质，实际上是何等的宝贵。阿三所经历的阵痛和觉悟，也是那个时候的中国和中国人所经历的。这或许也是王安忆想表达的美好的期许：面对西方和西方文明，我们的国度或许稚嫩，却充满了温暖和探索的无限潜力。经历过创伤以后的成长虽然很痛，对于主体而言，却使其重新找到了回家路，这个"家"不仅是指个体的小家，还指涉着中国的文化和身份。

《盲刺客》：书写是刺向生命的利剑

    玛格丽特·阿特伍德，1939 年 11 月 18 日出生于渥太华，她以深刻的洞察力和丰富的创作题材，成为当代最有影响力的作家之一，被称作加拿大的"文学女王"。1969 年，她出版了第一部长篇小说《可以吃的女人》，之后作品频频获奖。其中，《使女的故事》成为 20 世纪最经典的幻想小说之一。2000 年，她的第十部小说《盲刺客》获得了布克奖。2019 年她以小说《证据》再次获得布克奖，该小说是《使女的故事》的续集。阿特伍德的作品横跨小说、诗歌、评论等多个领域，她的创作理念、个人风格和思想言论为读者提供了丰富的精神食粮。

    阿特伍德的写作风格简洁而有力，简练充满诗意，她擅长运用隐喻和象征，注重从传统经典中获取文学的养分。她自述小的时候很喜欢格林童话，从童话故事中获得灵感，写了《强盗新娘》《蓝胡子的蛋》等小说。另外，在多伦多大学就读期间，她曾经得到了神话原型理论家诺思洛普·弗莱的教导。她自己的多部小说也取材于神话故事，《珀涅罗珀记》则对奥德修斯的神话故事直接进行了重构，赋予了神话新的意义。她自己的出版社则取名为安南西，安南西是非洲的蜘蛛神。

阿特伍德提醒我们，在人类发展的任何时代，神话都未曾离我们远去。哪怕是现代文明如此发达的今天，神话依然在照见我们的心灵。

讲述——握住"阿里阿德涅之线"

《盲刺客》的结构令人震撼，里面有四个时空的故事。

第一个时空是老年爱丽丝的暮年孤单、冷清，她身边除了时常会来看顾的前管家的女儿，没有一个至爱亲朋。她在撰写回忆录，也盼望着外孙女萨布里娜有一天可以出现，让她的内心得到救赎。在这个空间里，老年爱丽丝回顾着自己的一生。

第二个时空是年轻的爱丽丝的成长经历，她的生命从阿维隆庄园开始。她讲述了整个家族的故事，祖母只能在家里发挥自己的才华，从战场中回来性情大变的父亲，流产而死的母亲，爱丽丝和劳拉的童年母爱和父爱均缺席，她们姐妹俩与亚历克斯相遇，父母的纽扣厂濒临破产，爱丽丝被迫嫁给理查德。从童年到成年，爱丽丝和劳拉一直在一起，她们还爱上了同一个人——一个具有共产主义理想的无产阶级青年亚历克斯，而爱丽丝和亚历克斯的地下情引发了后面劳拉的死亡。

第三个时空是小说中的小说《盲刺客》里面的故事。爱丽丝与亚历克斯，是其中的男女主角。后来，亚历克斯只身逃亡境外，音讯不知。爱丽丝产下了一名黑头发的女婴，为免夫家起疑心，极力说明着这发色的根源。而亚历克斯死亡的噩耗送抵她家，她撇清了他俩的关系。

第四个时空是爱丽丝与亚历克斯约会时，每次都会让亚历克斯随意杜撰故事。他杜撰了一个塞克隆星球的故事。在那里，盲刺客和被割下舌头献祭的处女之间有了爱情，结尾是他带着她逃亡了。最终这段禁忌之爱以死亡而告终。

劳拉的死和爱丽丝的嫉妒有关。劳拉视亚历克斯为心中的理想人物，她甚至因为亚历克斯被抓而去找理查德求情，理查德利用了这个机会，诱奸了劳拉。爱丽丝告诉劳拉他们的禁忌之恋后，劳拉自杀了。

劳拉死后，爱丽丝从她的笔记本里看到了理查德的所作所为，她的防线也终于溃败。她把发生在她们姐妹身上的这些故事，写成了小说《盲刺客》，并署上了妹妹劳拉的名字出版。理查德因此书而前途尽毁，郁郁而亡。爱丽丝的女儿艾梅在痛苦中意外身亡。爱丽丝的孙女，因无法认同自己的身份而漂泊印度。老年爱丽丝则独居家乡一隅，了却余生。

四个不同的时空，命运互文交织，身处其中的角色们，也因此而拥有了多重分身，互相映照，形成了一个扑朔迷离的迷宫。亚历克斯到底爱的是谁？是爱丽丝还是劳拉？小说《盲刺客》的作者到底是谁？是爱丽丝还是劳拉？艾梅到底是谁的孩子？是爱丽丝还是劳拉？在这个迷宫中，谁握着"阿里阿德涅之线"？谁是怪物米诺陶洛斯？谁又是英雄忒修斯？ 1

---

1 希腊神话中，米诺斯是宙斯和欧罗巴的儿子。米诺斯娶了帕西法厄为妻。由于米诺斯得罪了海神波塞冬，波塞冬便以神力使帕西法厄痴迷地爱上了一头公牛，生下了一个牛首人身的怪物米诺陶洛斯，这个半人半牛的怪物不吃其他食物，只吃童男童女。米诺斯把他关进一座迷宫，这座迷宫由来自雅典的著名建筑师代达罗斯负责设计修建。代达罗斯在雅典出于嫉妒杀死了同为建筑师的自己的侄子，因此，跑到克里特寻求米诺斯的庇护。
雅典每年选送七对童男童女去供奉怪物米诺陶洛斯。当第三次纳贡时，王子忒修斯自愿充当牺牲品，以入迷宫伺机杀掉怪物，为民除害。忒修斯到了米诺斯王宫，公主阿里阿德涅对他一见钟情，送他一团线球和一柄魔剑，叫他将线头系在入口处，放线进入迷宫，忒修斯在迷宫深处找到了米诺陶洛斯，经过一场殊死搏斗，终于杀死了米诺陶洛斯。

　　作者玛格丽特·阿特伍德是修筑迷宫的代达罗斯，用她带着地狱之火和禁忌的气味的文字，打造了四个叠套在一起的、历史与文本、现实与虚幻交相辉映的故事群，共同表现了爱、牺牲和背叛的主题以及对女性命运的探讨。爱丽丝被困在了自己命运的迷宫中，家族责任、亲情、婚姻、爱情、自我，都将她牢牢地缚住。理查德是那个怪物米诺陶洛斯。爱丽丝就好比那些被献祭的童男童女，没有人在乎她是谁，她仅仅是能够成为花瓶、一个生孩子的工具。她试图寻找生命中像忒修斯一样的英雄亚历克斯，在这个迷宫中获得一丝的喘息，但是亚历克斯的力量不足以对抗理查德。没有人握有阿里阿德涅之线。劳拉去世之后，爱丽丝成为自己的英雄，自己握着自己的"剑"——依靠书写把那个"怪物"理查德杀死了。

书写——举起手中的"剑"

　　《盲刺客》的故事全部围绕着爱丽丝和劳拉姐妹两人。阿特伍德一直以来都对双胞胎的意象颇为感兴趣。她认为《圣经》中的该隐与亚伯这对兄弟是这一主题在文学中最早的体现之一。有趣的是，劳拉死后，艾丽丝自问：我是我妹妹的守护者吗？很显然，这句话与亚伯遇害后该隐对上帝的反问"我是我弟弟的守护者吗？"形成互文，暗示艾丽丝与劳拉这对姐妹是女性版的该隐与亚伯。

　　双胞胎爱丽丝和劳拉很容易让人想起希腊神话里的普洛克涅和菲罗墨拉。

　　奥维德的长诗《变形记》记述，雅典国王潘狄翁将女儿普洛克涅嫁给色雷西亚国王忒柔斯。五年后，因思念妹妹，普洛克涅请求丈夫把妹妹菲罗墨拉接过来。忒柔斯见到菲罗墨拉后

即被迷住。回到色雷西亚后，忒柔斯强行把菲罗墨拉押到密林
里，囚禁在牧人住的茅舍中。菲罗墨拉备受囚禁之苦，便控诉
忒柔斯。听到菲罗墨拉的抗争，忒柔斯大怒欲狂。他抽出利
剑，揪住菲罗墨拉的头发，将她捆绑起来，割掉了她的舌头。
随后忒柔斯回去见普洛克涅，告诉妻子说，她的妹妹死了。一
年后，菲罗墨拉把自己可怕的经历织在头巾上，再偷偷把头
巾寄给普洛克涅。普洛克涅展开头巾，惊骇地发现妹妹的痛苦
遭遇。普洛克涅并不哭泣，她像疯人般昏昏沉沉地在宫中到处
游荡，心中琢磨的只是如何向忒柔斯报仇。在色雷西亚妇女庆
祝酒神狄俄尼索斯的节日里，普洛克涅趁机前往森林救出了菲
罗墨拉。之后普洛克涅拔出利剑，掉转身，将剑刺进儿子的胸
膛。忒柔斯发现儿子死了，拔出利剑，追赶普洛克涅和菲罗墨
拉，要亲手报子之仇，可是他未能追上。她们长出翅膀，变成
了两只鸟，菲罗墨拉变成燕子，普洛克涅变成了夜莺。

作为普洛克涅弑子的象征，爱丽丝的女儿艾梅死于非命，
而外孙女萨布里娜被夺走。老年爱丽丝，在叙述中赋予了自己
新形象：一个老妇人，一个年长的妇人，独自住在一间僵化
的小屋里，头发像燃烧的蜘蛛网，还有一个杂草丛生的花园。
持之以恒、几十年如一日的书写，便是那条通往真理的荆棘
之路。

孔子曰：上士杀人执笔端，中士杀人用舌端，下士杀人怀
石盘。对女性而言，笔或许不是在战场上挥舞的刀剑，却是暗
夜中闪着冷冽光芒的匕首。爱丽丝的报复是致命的。她以妹妹
劳拉之名出版了小说《盲刺客》，彻底断送了理查德的政治生
涯，从而将对方逼上绝路。

这是一本用"左手"[1]写出来的书。在《与逝者协商：布克奖得主玛格丽特·阿特伍德谈写作》里阿特伍德提到左手和右手时不是用"left"和"right"，而是"sinister"和"dexter"。后两个词既有一般意义上的"左"和"右"之意，同时也分别是"邪恶"和"吉利"的意思。因此可以这样说：右手是"吉利"、被社会普遍认可的可以用来书写的手；而左手则是被这个社会的正统观念所厌弃、被视为"邪恶"的手。可见，阿特伍德的"左手"概念并不是一般意义的生理构造上的左手，而是作家挑战社会和自我的另类书写的一种隐喻。在阿特伍德成长的20世纪50年代的加拿大，女性写作是不被认可的。她在《与逝者协商：布克奖得主玛格丽特·阿特伍德谈写作》曾谈到，她最初的构想是，写些肉麻的罗曼史给廉价杂志刊登，然后靠这笔钱生活，同时写作严肃文学。

阿特伍德一直坚持在写，通过那些文学杂志，也通过校内一些为那些杂志撰稿的教授，她发现了一道秘门。那扇门仿佛开在一座光秃秃的山丘上——像冬天的小山头，或者蚁丘；在不知情的外人眼中，此处毫无生命迹象，但如果设法得其门而入，便会看见繁忙不已的景象。文学活动的小宇宙就在她眼前运作不停。

对应到小说中的主人公爱丽丝，她要用书写的方式解开萨布里娜对于"我是谁""我从哪里来"的身份困惑，并让萨布里娜回归本源。爱丽丝为外孙女萨布里娜留下的月复一月积累起来的文稿，是真相，是嘱托，也是救赎。女性的记忆以及隐

---

1 盛佳颖、吴燕飞：《爱丽丝与劳拉的对立和统一——试以双胞胎原型理论分析〈盲刺客〉》，《大众文艺》2024 年第 13 期。

秘的书写，从未停止，永不断裂。

乐园——在内心中创造

爱丽丝和劳拉的祖母阿黛莉娅用阿维隆来命名自己的庄园，并一手打造了它，选用这个名字暗含了阿黛莉娅的渴望和失落。在威尔士传说中，阿瓦隆（阿瓦隆是更常用的翻译）四周为沼泽、树林和迷雾所笼罩，通过小船才能抵达。在亚瑟王的传说中，阿瓦隆象征来世与身后之地，是彼世中神秘的极乐仙境，由九位擅长魔法的仙女守护着。当亚瑟王在剑栏之战中被他与同母异父的姐姐摩根所生的外甥兼私生子莫德雷德背叛并遭受致命一击而丧命之后，三位仙女用一艘黑色的小船将他的遗体运来并埋葬于此地。阿瓦隆湖外的森林中有湖中仙女统领的绿骑士把守，使普通人无法闯入阿瓦隆圣地的领域，一旦发现入侵者绿骑士将毫不留情地大开杀戒。高傲又美丽的湖中仙女居住于此。

《盲刺客》中的阿维隆带着祖母阿黛莉娅的渴望，她渴望把这个庄园打造成一个乐园。她出身名门贵族，有着高雅的情趣，但是下嫁给了资本家杰明·蔡斯。她打造并设计和装饰了整个庄园。她能够掌控的区域也仅限于庄园。她接受当时男性为主流的社会价值观，塑造了一个在别人和在自己看来都是完美的形象。

庄园成为家族荣耀的象征，也成为囚禁阿黛莉娅自己的牢笼，她变成一个只关心孩子的母亲。爱丽丝曾形容阿黛莉娅选用这个名字无疑是要表明，她流放至此是多么绝望；她也许通过意志力就能够再现诗歌中所描述的快乐小岛，但这永远都不可能成为现实。

爱丽丝的母亲曾经试着走出阿维隆庄园。她曾远走大西北教书育人，又非正式地接手工厂管理工作，周旋于众人之间。和"娜拉"的出走不同的是，爱丽丝的母亲走进了公共空间，展现出了除了母亲、妻子角色之外的能力。她应对纽扣厂内的冲突，将厂里的事处理得顺顺当当。直至，爱丽丝的父亲从战场上返乡，她又退回到庄园里，过着和祖母一样的生活。在父亲和母亲的关系中，母亲总是表现出顺从、包容、牺牲、奉献精神。战争摧毁了父亲的身体和信仰，也使父亲失去了对女性的尊重。对于父亲的伤害行为，母亲不仅默默忍受，还更加无微不至地照顾父亲。为满足父亲想要儿子的愿望，母亲连续生育，最终因怀孕流产而丧失生命。

阿维隆庄园同时囚禁了爱丽丝和劳拉。童年时期，姐妹俩被限制在庄园内活动，接受贵族女性教育，对外界危险一无所知，更遑论应对阴谋威胁；后因父亲经营失败，艾丽丝不得不以牺牲婚姻为代价，保证庄园和工厂的所有权，自此开启其悲剧命运。她抱怨：家里需要我，这听起来像是终身监禁。她似乎没有脱离祖母的命运。而劳拉看似是自由的，却被囚禁在了对亚历克斯的爱情里。

结婚后，爱丽丝进入了多伦多的豪宅，另外一个牢笼。她的自由在塞克隆星球上，在那里盲刺客和哑女终于逃脱了囚禁之地。女性的乐园到底在哪里？童话故事《无手少女》可以给我们一些启示。少女的父亲和魔鬼做了交易，他以为他失去的是苹果树，其实他失去的是女儿。少女一开始用纯净保护了自己，之后魔鬼的惩罚变本加厉，使其失去了双手。即使父母苦苦恳求，她还是带着绝望和坚定的心情从家庭中出走了。在她太累太渴的时候，她到了一片梨园，被国王的园丁发现了。国王看到美丽的她，娶了她，给她打造了一双银手。即使成为王后，她仍然没有逃离恶魔的纠缠。儿子出生后，恶魔又从中作梗，最后她不得不带着儿子进入一片大森林。在森林老妇人的提示下，她的双手又长出来了。最后是国王来到森林寻找她，一家人终于团聚。

曾经的爱丽丝也像是那个过着被动的生活的无手少女，失去了自己的力量，无法掌控自己的命运。她想要出走，去过自己想要的生活，但是只能在幻想中感受爱情的逃亡。

"出走"也是很多现代女性的渴望。从娜拉的出走，到现实中50岁开始自驾游的阿姨苏敏，一代又一代的女性都渴望从家庭、婚姻狭隘的空间中走出来，走到更广阔的天地之间，探索生命的可能性。但是也有太多的人像爱丽丝一样被困于自己的身份、地位、责任之中，长着一双"银手"[1]。

爱丽丝的觉醒很痛苦，始于自己妹妹的死亡。这时她才有了"出走"的决心。

结尾，爱丽丝告诉外孙女萨布里娜她的身世："在你身上根本没有一星半点格里芬家族的影子……你真正的祖父是亚历克斯·托马斯；至于他的父亲是谁，噢，谁都有可能。富人、穷人、乞丐、圣人、几十种国籍、十几幅作废的地图、上百个夷为平地的村庄——你自己去挑。你从他那里获得的遗产是一个无限遐想的王国。你可以随意重新创造你自己。"

你可以随意重新创造你自己，多么铿锵有力。爱丽丝的名字"Iris"来源于古希腊的彩虹女神。彩虹女神常常被描述为

1　玛丽-路薏丝·冯·法兰兹：《童话中的女性》，黄璧惠译，台海出版社2019年版，第112—134页。

为宙斯和赫拉服务的女神，她频繁出现于不同的场合，带来和平，是信使的象征。现在阿特伍德通过爱丽丝，把这句话告诉每一位女性，从沉睡中醒来，成为自己生命的主人，女性的乐园在这里。

《复仇》与《大淖记事》：一位作家有责任给予人们一份快乐

  汪曾祺（1920—1997），江苏高邮人，中国现代文学史上杰出的作家、散文家及戏剧家，京派文学的代表人物。1939 年，汪曾祺考入西南联合大学中国文学系，师从杨振声、闻一多、朱自清等著名学者，并成为沈从文的得意门生。新中国成立后，汪曾祺在中国民间文学研究会担任编辑工作，负责编辑《北京文艺》《说说唱唱》《民间文学》等刊物。1962 年，他转至北京京剧团担任编辑职务，并历任北京戏剧家协会理事、中国作家协会理事及顾问等职。在短篇小说领域，汪曾祺成就显著，其作品包括小说集《邂逅集》、短篇小说《受戒》《大淖记事》以及散文集《蒲桥集》等，其全部作品被收录于《汪曾祺全集》中。汪曾祺被誉为"抒情的人道主义者""中国最后一个纯粹的文人"以及"中国最后一个士大夫"。汪曾祺的文学创作以其朴素自然、平易近人的文风而著称，其作品在自然流畅、含蓄委婉的叙述中展现出和谐之美，对中国现代文学的发展产生了深远的影响。

  汪曾祺出生于 1920 年的高邮，他说："我的家乡是一个水乡，我是在水边长大的，耳目之所接，无非是水。水影响了我的性格，也影响了我的作品的风格。"1939 年在西南联大跟随沈从文学习时，他就开始创作诗歌、小说等。他以诗性的语言促进了 1980 年之后中国小说审美功能的回归。

回鞘的剑，放下的仇

在《复仇》这篇小说的开头，汪曾祺引用了庄子的话，"复仇者不折镆干"，意为复仇的人不会折断损伤他的宝剑，引申为物是无害的，仇恨可以化解。"复仇"这个主题在中国历史很常见。东晋干宝《搜神记》的《三王墓》也曾讲过一个复仇的故事。鲁迅后来改编这个故事写成了《铸剑》并收录在《故事新编》中。

《三王墓》中的儿子眉间赤（尺），是个遗腹子，在他长大后，母亲莫邪要他为父报仇，他在走投无路的情况下，把自己的人头和剑，托付给了素不相识的侠，由他设计杀死了父亲的仇人，以悲壮的形式"复仇"成功。

通篇阅读汪曾祺的《复仇》会发现，小说的主角剑客的身份和尺相似，是个遗腹子，受母亲的影响，人生的使命是复仇。但是他在找到仇人之后，却放弃了复仇。汪曾祺为何如此写？

《复仇》的故事有两篇。第一篇发表在 1941 年 3 月的《大公报》上，并且有副标题："给孩子讲的故事"，署名为"汪曾旗"。1946 年他又重新写这个故事，发表在《文艺复兴》杂志第一卷第四期，后来收入他的第一部小说集《邂逅集》。

汪曾祺在回忆录中曾自述，1933 年，他途经上海、香港，在越南周转后到达昆明，并考上西南联大。1939 年到 1946 年，他都在西南联大求学。这七年给他的人生打上了深深的烙印，他曾在《西南联大中文系》一文里说："我要不是读了西南联大，也许不会成为一个作家，至少不会成为一个像现在这样的作家。"而前后更改的小说《复仇》恰好发表在这个时期。

《复仇》的情节很简单。一个剑客投靠到了山野中的一个小庙。他身上背负着仇恨，在他没出生之前父亲就被人杀死了，他在成长过程中就是一直以复仇为使命的。他把仇人的名字刻在自己的手臂上，发誓要杀掉仇人为自己的父亲报仇方能安心。这从此变成了他活着的目的。在寺庙中他总是听到"丁丁"的声音，由此判断山中还有另外一个人。老和尚告诉他，另外一个人是一个头陀，他发愿要开凿一条通向山那边的路，"丁丁"的声音就是他凿山的声音。他认出这个头陀就是自己的杀父仇人，但是头陀并不逃避自己的命运，只是想要先把山凿通了。他突然放弃了仇恨，和头陀一起凿山。

这篇《复仇》的主题突破了中国传统中的"有仇必报"。这和汪曾祺对自身的命运、国家的命运的思考紧密相连。在西南联大的时候，学校的风气是老师决定开什么课。汪曾祺是沈从文的弟子。在那个时候，汪曾祺酷爱读书，他读过纪德、萨特、伍尔夫、普鲁斯特等，接收了不少国外的新思想。

萨特的存在主义哲学主张存在先于本质，每个人都是一个独立的存在，有自由选择权。老庄的哲学强调天性和自然，不主张违背自己的天性，要遵从自然和本性。两者有某种程度的相似性。汪曾祺自己也曾说："我的人道主义不带任何理论色彩，很朴素，就是对人的关心，对人的尊重与欣赏。""在我刚刚接触文学时，看到谷崎润一郎一篇小说，写一个人应该为了一个崇高的目的去走他自己的道路，不应该为一个狭隘的复仇思想而终其一生。这篇东西我印象很深，受影响的不单是技巧，也包括它的思想。"

剑客的"使命"是母亲赋予的，不是经由自己发现的。《三王墓》中的尺也背负着这样的使命，他还带着一种"孝"与"忠"。剑客一开始也背负着这样的使命，"这口剑在他整天握着时他总觉得有一分生疏，他愈想免除生疏就愈觉得其不可能；而到他像是忘了它，才知道是如何之亲切。哪一天他簌的一下拔出来，好了，一切就有了交待。剑呀，不是你属于我，我其实是你的"。[1] 他在前行的路上义无反顾，但是逐渐开始出现了一些无奈，那是他对自己命运的反思。

松动开始出现了，他告诉老和尚"我要走天下所有的路"，老和尚告诉他，有个人"要走天下没有人走过的路"。走着两条截然不同道路的人即将相遇。如果那是他的杀父仇人，他将如何选择？

头陀出现的时候，胳膊上有自己父亲的名字，想必头陀曾经也背负着为父复仇的命运。所以他甘心接受仇家的儿子找来将他杀死的命运，但是在死之前，他有更重要的事情要做——凿出一条山路。这条山路是一条连接之路，也是一条造福他人的路。

剑客对此的反应是"他简直忘记自己背上的剑了，或则是他自己整个消失就剩得这口剑。他缩小缩小，至于没有。然后又回来，回来，好了，他的脸色由青转红，他自己充满于躯体，剑！他拔剑在手。从容的，坚决的，丁丁的声音；火花，紫赤晶明。忽然他相信他母亲一定已经死了。铿的一声，他的

---

[1]　汪曾祺:《复仇》,《文艺复兴》1946 年第 1 卷第 4 期。

剑落回鞘里。第一朵锈"。[1]

在经过矛盾煎熬之后，从前看似是使命，实际上牢笼困住他的东西突然消失了。他也想开出一条属于自己的路，他的自我人格的意识开始觉醒。宝剑象征着老旧的东西正在被抛弃，而"有一天，两付凿子会同时凿在空里。第一线由另一面射进来的光"。[2] 光明的世界即将到来。

对于汪曾祺当时的处境来说，在西南联大已有近七年，人生何去何从，未来的路在哪里，必定是他要思考的。另外当时的大环境中，中国也面临着道路的选择问题，甚至国共两党当时已经开战。这些集体的问题肯定都会投射到他个人的心中。

作为一个即将走上生命道路的学生，汪曾祺通过这篇小说给出了自己的思考：放下仇恨，和解，共同走向光明。

很美，很健康，很有诗意

如果说《复仇》是汪曾祺的小试牛刀，还在摸索自己的风格，那么他写出《大淖记事》时，内心已经沉淀了40年，他的作品像一壶40年的醇厚老酒，散发出迷人的香气，让人沉醉。《受戒》是汪曾祺所有小说中最广为人知的，标志性的作品。他在文章《小说里面最重要的是什么》说："《受戒》是四十三年的一个梦，那篇小说的生活，是四十三年前接触到的。为什么隔了四十三年？隔了四十三年我反复思索，才比较清楚地认识我所接触的生活的意义。"

《受戒》发表于1980年《北京文学》的第10期。当代作

---

1 《复仇》。
2 同上。

家毕飞宇说这部小说发表后"所有的读者都吓了一大跳——小
说哪有这么写的？什么东西吓了读者一大跳？是汪曾祺身上的
包浆，汪氏语言所特有的包浆。这个包浆就是士大夫气，就是
文人气。它悠远、淡定、优雅、暧昧。那是时光的积淀，这太
迷人了。……我们看不到他的壮怀激烈、大义凛然，也看不到
他'批判的武器'与'武器的批判'。他平和、冲淡、日常，
在美学的趣味上，这是有传承的，也就是中国美学里头极为重
要的一个标准，那就是'雅'"。[1]

　　《受戒》写的是一个情窦初开的少女爱上了情窦初开的少
年。9 岁的小和尚明海出家后，和寺庙边上的一户人家建立了
深厚的关系。尤其是明海和这户人家的女儿小英子，成为两小
无猜的青梅竹马。17 岁的时候，明海到了受戒的年纪，小英
子问明海要不要娶她，明海大声地说要。一个小和尚的爱情，
似乎和我们对佛门的印象有所不同。汪曾祺对小说有了大体的
设想后，有人问他为什么要写这样一篇东西时，他说，他表示
他一定要把这个故事写得很美、很健康，还要很有诗意。在他
看来，文学的美，其实是一种健康的人性。[2]

　　《受戒》的语言很美，平淡如水，但是又充满诗意。毕飞
宇说这种语言风格站着陶渊明。他用的都是平常普通的语言，
但是这些语言内注入了新意，写出了"人人心中所有，而笔下
所无"的感觉。比如，他写明海刚进县城的时候"过了一个
湖。好大一个湖！穿过一个县城。县城真热闹：官盐店，税务
店，肉铺里挂着成片的猪，一个驴子在磨芝麻，满街都是小磨

1　毕飞宇：《倾"庙"之恋：读汪曾祺的〈受戒〉》，《北京文学》2020 年第 1 期。
2　汪曾祺：《关于〈受戒〉》，《小说选刊》1981 年第 2 期。

香油的香味，布店，卖茉莉粉，梳头油的什么斋，卖绒花的，卖丝线的，打把势卖膏药的，吹糖人的，耍蛇的……"[1] 一幅热闹的场景扑面而来，充满人间烟火气息的画卷在我们面前徐徐展开，同时给读者留下了很大的空间去想象。

《受戒》是汪曾祺四十三年的一个梦，在这个梦中展现了田园牧歌式的生活，展现着一种天然之美。"小英子的家像一个小岛，三面都是河，西面有一条小路通到荸荠庵……岛上有六棵大桑树，夏天都结大桑葚，三棵结白的，三棵结紫的；一个菜园子，瓜豆蔬菜，四时不缺。"[2] 在这种天然的环境之中，人的天性也会自然地展露。在这种环境的营造中，明海和小英子的爱情也显得如此美好脱俗。

语言美、环境美都是为了小说中的人性美做铺垫。这些真实美好的人性又稳稳地落在非常世俗的生活之中。明海做和尚没有什么高尚的目的，仅仅因为这是一个很不错的职业。他的家乡盛产"和尚"，和其他地方做劁猪的、织席子、箍桶的、弹棉花的、画匠没有差别。这个职业充满了世俗性，"当和尚也要通过关系，也有帮。这地方的和尚有的走得很远"。明海的庙中，老和尚普照是"吃斋的，过年时除外"；明海的舅舅仁山"桌上摆的是账簿和算盘"；仁海是有老婆的；仁渡"有相好的，而且还不止一个"。或许在汪曾祺看来，寺庙也是充满生活性，从来没有站在世俗生活的对面。表面上是受戒，但是他们处处都在破戒。

所以明海和小英子的爱情在这样的世俗环境中天然地生长。"小英子跟和尚的对话"在《受戒》中共有五处。

---

1 汪曾祺:《受戒》,《北京文学》1980 年第 10 期。
2 同上。

　　第一处是两人初见，明海初来乍到，满怀羞涩，小英子却极为主动："明子！我叫小英子！我们是邻居。我家挨着荸荠庵。——给你！"

　　第二处，小英子向明海打听受戒是怎么回事，结尾是："我划船送你去。""好！"

　　第三处，小英子去看望正"散戒"的明海，问他疼不疼，哪时回去，结尾仍是："我来接你！""好！"

　　第四处，小英子与明海在路上讨论善因寺的见闻，明海说他有可能被选做沙弥尾。小英子心中有了思量，"划了一气"，于是过渡到了第五处，也是最关键的一段对话："小英子忽然把桨放下，走到船尾，趴在明子的耳朵旁边，小声地说：'我给你当老婆，你要不要？'……明子小声说：'要——！'"青春期少男少女的情窦初开恰如其分地融化在通篇的诗化语言与风俗画之中。

　　在这个看似桃花源世界背后有着汪曾祺的真情实感的流露。洪子诚先生的文学史中也说："在自称或被称的文学群体、流派涌动更迭的80年代，汪曾祺是为数不多的'潮流之外'的作家之一。"文坛出现了一大批针对"文革"创伤记忆的写作，被称作"伤痕文学"。汪曾祺的人生中有21年是在政治迫害中度过的。但是他的小说中从来都没有伤痛，只有美好。"我的作品的内在情绪是欢乐的，我们有过各种创伤，但是我们今天应该快乐。"[1]

　　在结尾他写道："一九八〇年八月十二日，写四十三年前的一个梦。"现实是沉重的，梦是轻盈的，现实是残酷的，梦

1 《关于〈受戒〉》。

是快乐的，汪曾祺似乎不管经历什么样的伤痛，都无法泯灭人性的美好，固然人性的弱点也是清晰可见的。这种美好可以医治社会的伤痛。"这两年重提美德美育，我认为是很有必要的。这是医治民族的创伤，提高青年品德的一个很重要的措施。我们的青年应该生活得更充实，更优美，更高尚。我甚至相信，一个真正能欣赏齐白石和柴可夫斯基的青年，不大会成为一个打砸抢分子。"[1]

我追求的不是深刻，而是和谐

继 1980 年的《受戒》发表之后，汪曾祺 1981 年发表的《大淖记事》再次引起了文学界的轰动，把文学的美学价值提高到了一个新的高度。该小说获得当年全国小说优秀奖。

《大淖记事》以汪曾祺的家乡高邮为背景，它来源于汪曾祺对于家乡的记忆，也超脱了真实的生活。他在《〈大淖记事〉是怎样写出来的》的一文里说："我经常去'看'的地方之一，是大淖。大淖的景物，大体就是像我所写的那样。居住在大淖附近的人，看了我的小说，都说'写得很像'。""小锡匠那回事是有的。像我这个年龄的人都还记得。""这样，一篇小说就酝酿成熟了。我的向往和惊奇也就有了着落。至于这篇小说是怎样写出来的，那真是说不清，只能说是神差鬼使，像鲁迅所说'思想中有了鬼似的'。我只是坐在沙发里东想想，西想想，想了几天，一切就比较明确起来了，所需用的语言、节奏也就自然形成了。"[2]这篇小说在结构上进行了创新。《大淖记

1 《关于〈受戒〉》。
2 汪曾祺：《〈大淖记事〉是怎样写出来的》，载《人间草木》，北方文艺出版社 2019年版，第 236—238 页。

事》是散文体小说，共分六个部分。前三个部分写何为大淖，写它的自然环境和风土人情。"淖中央有一条狭长的沙洲；北面高阜上有炕房；沙洲往东有浆坊，鲜货行，草行。南岸是废弃的轮船公司。轮船公司向西一箭之遥，住着一些外地来做小生意的。有宝应来卖眼镜的，杭州来卖天竺筷的。还有一帮兴化来的锡匠。"[1] 其中有一个头领，老锡匠；他的侄子，小锡匠"十一子"（小说中的主要人物之一）。轮船公司向东一箭之遥，住着世代相传的挑夫，妇女也和男人一样，靠肩膀吃饭。她们粗犷洒脱，男女关系上比较随便（带出另外一个主要人物巧云）。后面三个部分就是巧云和十一子的爱情故事了。

　　前三个部分像是布局，是外在的呈现，后面的三个部分则为其注入了情感，带领着读者逐渐深入大淖的内在，纯净、质朴和仁义。前后两个部分像是中国古代建筑中的榫卯结构一样，前后一接触就是严丝合缝。作者在创作过程中具有明确的自我意识，因此，在文本的起始部分特别强调了环境描写，意在突出该地区与城市中心的差异性。作者指出，这一地区的居民、他们的生活方式、风俗习惯、道德标准以及伦理观念与城市中受过传统教育的人群截然不同。正是基于这样的背景，才有可能孕育出独特的人物和事件。作者进一步阐述，他的小说结构并非总是遵循这一模式，例如在《岁寒三友》中，故事直接以人物为起点。作者认为，短篇小说的结构可以多样化，如果所有作品的结构都相似，那么结构本身也就失去了意义。

　　汪曾祺的文学创作深受中国传统文化的熏陶。其成长时期正值新旧文化交替之际，汪曾祺却表达了他从情感层面而非理

1　汪曾祺：《大淖记事》，《北京文学》1981 年第 4 期。

性层面吸收儒家思想的观点。他认为儒家思想强调人伦情感，是一种充满人情味的哲学。这种人情味在他的小说创作中得到了充分体现，特别是在那些以他的故乡为背景的作品中。汪曾祺以一种虔诚和尊敬的态度描绘了小人物的生活经历和情感起伏，从而展现了民族最本真的人性和心灵世界。通过这些作品，他不仅传达了对传统文化的尊重，也对普通人的生活给予了深刻的关注和理解。

十一子和巧云的爱情不是风花雪月，尤其是巧云，她的身上肩负着家庭的重担。周围的人都认为他们凑不成对儿"好心的大人路过时会想：这倒真是两只鸳鸯，可是配不成对"。巧云是独女，父亲瘫了，需要一个上门女婿，可十一子是独子，需要一个操持家的媳妇。他们都认为他们走不到一起。而两人虽然知道对方的心意，但是由于各自身上的担子也不会因为感情放弃需要承担的责任，是中国人"孝"的一种表达。

刘号长的出现让这段恋情变成了悲剧，也间接促成了他们的结合。刘号长带人对十一子一顿毒打，逼迫他离开巧云，十一子硬抗着，一句话都不说，于是被打"死"了。十一子所坚守的，是内心的美、是人性的真。以前总是提醒十一子不要往东头跑的老锡匠，是最后一个知道他们恋情的人。但是十一子被打的事情一发生，老锡匠立马的反应是领人和巧云一起救活了十一子，没有忍气吞声，也没有怨天尤人，而是带着一帮锡匠去给小锡匠讨公道："锡匠们开了会。他们向县政府递了呈子，要求保安队把姓刘的交出来。锡匠们上街游行。这个游行队伍是很多人从未见过的。没有旗子，没有标语，就是二十来个锡匠挑着二十来副锡匠担子，在全城的大街上慢慢地走。游行继续了三天。第三天，他们举行了'顶香请愿'。二十来个锡匠,在县政府照壁前坐着,每人头上用木盘顶着一炉炽旺的香。这是一个古老的风俗:民有沉冤,官不受理,被逼急了的百姓可以用香火把县大堂烧了,据说这不算犯法。"[1]

事情由巧云和十一子的恋情而起,大家都在坚守内心的正义。汪曾祺对这一点表示:"这些,都给我留下很深的印象,使我很向往。我当时还很小,但我的向往是真实的。我当时还不懂高尚的品质、优美的情操这一套,我有的只是一点向往。这点向往是朦胧的,但也是强烈的。这点向往在我的心里存留了四十多年,终于促使我写了这篇小说。"

小锡匠被救活之后,巧云把他接到家里。周围群众的表现,让人从心里涌出暖意,"东头的几家大娘、大婶杀了下蛋的老母鸡,给巧云送来了。锡匠们凑了钱,买了人参,熬了参汤"。这又是百姓心中的仁义的表达。十一子为了情可以不顾生命,巧云为了情可以无视生活的艰辛,大家心中的仁爱之心也被激发出来,"挑夫,锡匠,姑娘,媳妇,川流不息地来看望十一子。他们把平时在辛苦而单调的生活中不常表现得热情和好心都拿出来了。他们觉得十一子和巧云做的事都很应该,很对"。因为大淖出了这样一对年轻人,让他们觉得很骄傲。大家的心里喜洋洋和热乎乎的,好像在过年。

汪曾祺在其文学创作中追求美的表达和健康人性的描绘,他认为美和人性是跨越时代的需求。在构建一个充满诗意的社会美的过程中,汪曾祺实现了与自我及世界的和解,并为读者提供了一个精神的避风港。他对于世界的感知是温暖的,他强调文学作品应当给予人们希望而非绝望。通过其作品,汪曾祺

---

1 《大淖记事》。

传达了一种积极向上的生活态度，强调文学应当激发人们对美好生活的向往和追求。

"从纯粹文学的意义上来看，新时期文学所迸发出来的汹涌澎湃的文学大潮，都是源自于那一次文学的'受戒'。"（李锐）"曾祺在文学上的'野心'是'打通'，打通诗与小说散文的界限，造成一种崭新的境界，全是诗。"（黄裳）"汪曾祺是我认为全中国文章写得最好的，一直到今天都这样认为，他的文章很讲究。在我心里，他的分量太重。"（黄永玉）"鲁迅、废名、沈从文之后，汪曾祺无疑是个重要的存在，他把走向单一化的乡土写作，变得有趣和丰满了。"（孙郁）

……

凭借着汪曾祺语言的编织，我们似看到他像是从江南的田野上流过来的一条河，河水带着两岸的稻风和油菜花温暖的香气，丰满而又平和。

电　影

《巴贝特之宴》：艺术家永远不会贫穷

《巴贝特之宴》

英文片名：Babette's Feast

导演、编剧：加布里埃尔·阿克谢（Gabriel Axel）

摄影：亨宁·克里斯蒂安森（Henning Kristiansen）

剪辑：加布里埃尔·阿克谢（Gabriel Axel）

主演：斯特凡·奥特朗（Stéphane Audran）饰演巴贝特·赫桑特（Babette Hersant）

比吉特·菲德斯皮尔（Birgitte Federspiel）饰演马蒂娜（Martine）

博迪尔·谢尔（Bodil Kjer）饰演菲利帕（Philippa）

亚尔·库勒（Jarl Kulle）饰演洛伦斯·勒文希尔姆将军（Lorentz Levenskjold）

获 1988 年第 60 届奥斯卡金像奖最佳外语片大奖、1987 年第 40 届戛纳电影节天主教人道奖，以及 1989 年第 46 届金球奖最佳外语片提名。获第 50 届戛纳电影节最佳导演奖、第 50 届戛纳国际电影节金棕榈奖提名、第 34 届台北金马影展最佳摄影、第 17 届香港电影金像奖最佳男主角。

丹麦，彩色故事片，102 分钟，1987 年

　　《巴贝特之宴》是由丹麦导演加布里埃尔·阿克谢执导的电影，该片改编自卡琳·布里克森（Karen Blixen）的同名小说，她以笔名伊萨克·迪内森（Isak Dinesen）广为人知，也是《走出非洲》的作者。加布里埃尔·阿克谢，原名加布里埃尔·埃里克·默赫（Gabriel Axel Mørch），是一位杰出的丹麦导演、演员、编剧和制片人，他于 1918 年 4 月 18 日出生在丹麦的奥胡斯市（Århus）一个富裕的丹麦制造商家庭。人生早期他主要在法国度过，1935 年家庭经济状况崩溃后，他返回丹麦并接受了木匠培训。1942 年，阿克谢被皇家丹麦剧院的表演学校录取，并在 1945 年毕业后回到法国，在巴黎的雅典娜剧院等地进行了为期五年的演出。1950 年，阿克谢回到丹麦，并在 50 年代初期开始了他的舞台导演生涯。加布里埃尔·阿克谢的生活经历和艺术修养为《巴贝特之宴》的拍摄提供了独特的视角。他拥有法国和丹麦两个国家的文化背景，这为他讲述一个法国女性在丹麦的文化冲突与交融的故事奠定了基础。

　　《巴贝特之宴》在当时和后世产生了深远的影响。它不仅获得了第 60 届奥斯卡金像奖最佳外语片奖，还获得了第 42 届英国电影和电视艺术学院奖最佳非英语对白电影奖等多项国际大奖。这部电影以其精致的视觉风格、深刻的情感表达和对美食的颂扬而受到观众和评论家的赞誉。它不仅是一部关于美食的电影，更是一部探讨爱情、信仰和艺术之间关系的影片。影片中的盛宴不仅仅是物质的享受，更是精神的滋养，它展示了食物如何成为连接人与人之间情感的桥梁，以及如何通过美食体验生活的丰富性和深度。

信仰之爱："我的"一切都是不重要的

　　《巴贝特之宴》的故事发生在 19 世纪的丹麦，一个边远且宗教氛围浓厚的村庄。该村庄的居民遵循着严格的宗教规范，过着简朴且禁欲的生活。影片中，一个个外来者的介入，不仅在村民的日常生活和情感体验上带来了变化，也在精神层面上引发了深刻的转变。电影里的主要人物包括两位牧师的女儿菲利帕和马蒂娜，她们在父亲去世后继续留在村庄，奉献自己。后来，她们收留了一位来自法国的女难民巴贝特。她曾是法国的一名大厨。巴贝特幸运地获得了法国巨额彩票奖金，为了回报这对好心的姐妹，她决定用这笔钱为她们及村民准备一顿丰富的晚餐，这场盛宴唤醒了大家心中尘封已久的对美好事物的渴望。

　　宗教、爱情与艺术构成了电影的三大核心主题。具体而言，影片探讨了宗教信仰与感官体验——包括爱情、艺术及美食——之间的矛盾与冲突。

　　宗教在该故事中扮演着举足轻重的角色。牧师创立了自己的教派，倡导信徒克制欲望，致力于追求精神性生活。他甚至以路德宗两位重要人物的名字为两个女儿命名。例如，菲利帕（Philippa）这个名字与菲利普·梅兰希顿（Philipp Melanchthon）相关联，梅兰希顿是马丁·路德（Martin Luther）的亲密同事，也是路德宗发展中的关键人物，尤其在教育和神学争议方面。马蒂娜（Martine）这个名字则明显与马丁·路德相联系，路德是宗教改革的先驱和基督教新教路德宗的创始人。路德的教义，尤其是"因信称义"的原则，对新教的发展产生了深远的影响。影片中，牧师的女儿们遵循父亲的教导，过着一种清教徒式的生活，为其他村民服务，只要是和"我的"有关的一切都不重要，其中包括"我的爱情""我的才华"。

村里的生活是平淡的，也是封闭的。但是生命是流动的，小村庄的平静生活因一系列"外来者"的介入被打破，其中前两位外来者的出现与村庄两位女儿的爱情故事紧密相关。两位女儿最终并未选择爱情作为她们的人生路径，但她们的爱情故事却成为推动电影叙事发展的关键动力，并勾勒出一系列感人至深的场景。菲利帕和艺术家阿基尔·帕潘（Achille Papin）之间的故事是一种深刻而微妙的情感联系。帕潘因为渴望清静的孤独而来到这个小村庄，他偶然发现了极具歌唱天赋的菲利帕，满心欢喜地追求菲利帕，希望培养她成为歌唱家。但为了忠于自己的信仰和父亲所创立的教派，菲利帕选择放弃了个人的艺术梦想。帕潘最终失落地离去。后来，在巴贝特落难的时候，帕潘为了帮助巴贝特逃避战祸，他建议她来这个丹麦的偏远村庄。35年后，帕潘仍然念念不忘菲利帕，这种情感超越了时间和空间的限制，体现了一种比柏拉图之爱更纯更深的情感。帕潘和菲利帕之间的故事展现了一种精神上的连接，这种连接并没有因为菲利帕的选择而断裂，反而在岁月的沉淀中变得更加深刻。帕潘不仅回忆和关心菲利帕，更深切地相信两姐妹会善待巴贝特，他也相信巴贝特会为两姐妹或村民们带来改善生活的机会。帕潘作为艺术家的形象，与菲利帕的信仰形成了一种艺术与信仰的融合。帕潘的艺术生涯和菲利帕的信仰选择，虽然路径不同，但都体现了对美好生活的追求和对精神价值的坚守。

另外一个闯入者，便是洛伦斯·勒文希尔姆将军，他是日德兰当地贵妇的侄子，年轻时是懒散的公子哥儿，在姑妈家借住时与马蒂娜相遇。他被马蒂娜的纯洁吸引，向她求爱，但马蒂娜拒绝了他。碰壁之后，他决定出人头地，把宗教信条作为升迁的社交工具，最终飞黄腾达。然而功成名就的他却无比空虚迷茫。多年后，他回到村庄，参与了巴贝特准备的盛宴。在宴会中，他不仅体验到了美食的极致，也重新审视了自己的生活和对马蒂娜的感情。这次重逢让他意识到，尽管他曾经追求世俗的成功，但他内心深处真正渴望的可能是更纯粹和深刻的人际关系和精神满足。将军对马蒂娜的感情并未随着时间的流逝而消失。在他心中，马蒂娜始终占据着特殊的位置。当他有机会回到村庄，参与巴贝特准备的盛宴时，他看到了一个机会可以再次向马蒂娜表达他的感情，完成一次不忘初心的表白。马蒂娜对于将军来说，是一段未曾实现的爱情，一个内心深处的渴望，以及一个引领他回到自己初心的存在。

这两个"闯入者"，都带着年轻时未完成的情感，跨越了几十年的时间，并且在无意中促成了第三个"闯入者"——巴贝特的到来。在这个过程中，如果说帕潘是推动者，那么将军则是见证者，他们是在西方上流社会穿行过的人，也是巴贝特"艺术成就"的见证者和确认人。

巴贝特是谁呢？巴贝特来到村庄的时候，她刚在巴黎经历了一场动荡，她的丈夫和儿子在动乱中被杀。她被指控纵火，被迫逃离巴黎，带着一封来自帕潘的信，请求菲利帕和马蒂娜姐妹收留她。巴贝特是一个自信、节俭、聪明、和蔼、忠诚和勤劳的人，她对待姐妹俩有着极高的尊重和奉献精神。在姐妹俩看来，巴贝特和她们一样，属于自我的那一部分也不重要的人，重要的是把自己献给信仰，所以我们对巴贝特的过去一无所知，这个惊喜到了最后才被揭晓，也成为电影真正的高潮。

巴贝特是一位大厨，但是她更是一个艺术家，她通过烹饪来表达自己的艺术才能。她耐心等待了 12 年，终于有机会为姐妹俩准备一顿奢华的法式大餐，这对她个人的意义远超过对姐妹俩的意义。这顿盛宴不仅为村民们带来了味觉上的享受，也在精神层面上触动了他们，使他们重新发现了通往温情与友善的伊甸园之路。因为她通过自己的行动和烹饪艺术，唤醒了村民们心中对美好事物的渴望，改变了他们对生活的看法。

电影冲突："我的体验"和"信仰之爱"孰轻孰重？

电影里的宗教思考占有相当大的比例，它不仅思考以路德新教为代表的"献出自我"的苦行禁欲的生活，它同时也在思考：保留自我、保留自我感官体验是不是有罪的。

电影里的首次冲突是出现在帕潘和妹妹的相遇上，帕潘是法国著名歌剧明星，他来到村庄发现菲利帕美丽动人的歌喉以后便训练她唱歌，结果菲利帕和她那古板的父亲都发现，音乐训练和肉体感官是难以分开，歌唱中会出现有关爱情的体验。基于内心的某种恐惧和宗教的要求，菲利帕毫不犹豫地放弃了。

"我的体验"和"信仰挚爱"孰轻孰重？这两个方面最激烈的冲突，便出现在最后一场重头戏，也就是巴贝特精心准备的那场盛大的法国晚宴上。

巴贝特中奖之后，所有人都以为她会离开。但是她把钱全部花出去，精心准备了一场食物的盛宴，最终变成了在场的每个人的生命盛宴。巴贝特按照最郑重的仪式规格来准备这顿晚宴，她从选材开始便精心准备，有很多食材来自远方，她对每一道菜的烹饪、对每一道布菜程序的嘱托、对每一个种类的酒在什么时候出场的细致把控，还有对宾客喜好的了解，都体现她的用心。这是一顿为牧师 100 周年诞辰准备的晚宴，也是她有能力回报两姐妹时精心准备的晚宴。

在这场晚宴上，再次上演了前文提到的，两个向度的生活的冲突。这是为苦行禁欲、为小村庄奉献了一辈子的牧师的诞辰准备的晚宴，但这个晚宴是法国大餐，而法国大餐有非常刺激感官的一面。电影在这里提出了一问题，沉浸在感官世界中的艺术家，是否会被肉体感官所毁灭？电影又把巴贝特放在了一个具有超越性的位置上，即她这个提供了大餐、为食用者制造了美妙的感官经验的人，不在饭桌上，这使得她可以超脱出这种感官体验。但是吃饭的人里面有勒文希尔姆将军，他完全能够欣赏巴贝特制作这顿盛大的晚宴的艺术成就。他在晚宴中和村民们提起，说他有一次跟随一个很有名望的将军去法国一家非常好的餐厅吃饭，并借由这位将军之口说道，"加利费将军说，在过去，他曾为了一个美女的芳心而决斗，但现在巴黎不会有别的女人值得他为之留恋，除了这个主厨。因为她有能力将美餐变成情爱之事"。这是对巴贝特的才华给予的高度赞誉。

巴贝特所精心准备的晚宴，尽管其规模和精致程度足以在上流社会中引起轰动，但其真正的服务对象却是村庄中最普通的少数人——两位姐妹和村民们。这种选择使得原本奢华的晚宴被赋予了朴素和仪式性的特质。巴贝特与两位姐妹一样，都曾受过良好的教育，拥有过上更为富裕的生活和辉煌前途的可能性：妹妹具备成为歌剧明星的潜质，而姐姐本有机会成为将军的妻子。然而，这两位女性均放弃了自身的天赋和艺术气质，选择了一种服务于信众的生活。她们完全能够理解并认可巴贝特的烹饪天赋，因此她们一直认为这是巴贝特为村庄居民准备的最后的盛宴。这三位女性本都有可能在世俗社会中享有更好的生活，但她们选择了一种更为苦行和虔诚的生活方式。巴贝特的到来，以及她所准备的晚宴，为这种生活方式带来了变化，使其开始变得丰富和多元。所以在影片的最后，当这样原本拘谨、冷漠的信众吃完这顿晚餐以后，每个人都变得鲜活，人与人之间的氛围也变得更加和谐温暖。

如何平衡：艺术家是绝不会贫穷的

有人曾经问颇具盛名的香港美食家蔡澜，他心目中最好的美食电影是什么，他的回答就是这部《巴贝特之宴》。一部电影大部分都是旁白，展现的都是非常平淡的生活，剧中人物吃的食物单一，甚至匮乏，只有到了影片最后才有了我们传统意义上的食物的丰盛。然而，这部电影为何成为美食家心中的最佳？

在电影里，一开始村民们吃到巴贝特的食物时是忐忑的，因为这看似违背了他们的教义。他们不讨论，甚至回避感受，故意岔开话题去叙说那些回忆和信仰。在勒文希尔姆将军对巴贝特的烹饪技艺给予高度评价之后，一位太太打破了沉默，她提到"那杯香槟有某种柠檬的味道"，村民们这时才开始真正地投入对食物的享受之中。这一转变揭示了原本坚固的社会规范开始出现裂痕，人们开始放松，村民之间的紧张关系开始缓和，实现了与过去、与他人之间的和解。充满温情的美食开始悄悄融化人们冰封已久的内心，有人甚至借着回忆老牧师来反省自身的过错，表达自己的歉意，一笑泯恩仇。餐后，村民们甚至牵着手围着水井高声唱歌，久违的平和与欢乐在月光的映衬下非常动人。

这场晚宴成为肉体欲望与精神欲望高度和谐的场所，它们在此融为一体。影片的结尾，菲利帕对巴贝特的评价"你在伊甸园将成为伟大的艺术家，这是上帝的旨意，你会给天使们带去快乐"，不仅肯定了巴贝特的艺术成就，也暗示了晚宴作为一种文化和精神的交融，其影响力超越了物质层面，触及了人类灵魂的深处。晚宴不仅仅是一次味觉的盛宴，更是一次精神的洗礼。

巴贝特将烹饪视为一种艺术形式，她对烹饪的热爱和投入展现了艺术家对美的追求和创造。在食物中，她投入的是爱，经过食物，村民们感受到了这份爱。食物中有爱才是美食最高的表达啊。所有人都感觉到了爱的流动，像是恩典重新来到了他们身边一样。姐妹俩得知这场盛宴花完了巴贝特的一万法郎之后，表示歉意，巴贝特只是坦然地说："艺术家是绝不会贫穷的。"这句话体现了艺术家通过艺术创作实现自我价值和精神富足的信念。巴贝特通过她的烹饪艺术，超越了物质的界限，达到了一种精神上的富足和圆满。艺术家永远不会贫穷，因为她永远能够发现创造之美，以及在其中的爱。

《巴贝特之宴》是一部深刻反映19世纪丹麦社会风貌的电影，它通过宗教维度展现了当时社会的复杂性，并探讨了宗教、艺术、爱情与人性之间的交织关系。该片不仅为观众提供了对当时社会文化的深刻洞察，也促使当代观众反思信仰、欲望及生活的意义。影片中的盛宴不仅是一场物质上的享受，更是心灵治愈的过程，它使人们在品味美食的同时，也获得了内心的宁静与和谐。在电影的摄影手法上，导演运用细腻而富有节奏感的镜头语言，特别是在拍摄食物制作过程中的推进和拉远，展现了精湛的视觉叙事技巧。色彩和光影的运用尤为出色，宴会场景中温暖的灯光与柔和的阴影共同营造出一种温馨而神圣的用餐氛围。此外，电影在色彩和光线的运用上极为讲究，通过冷色调与暖色调的对比，如繁华的巴黎与清冷的丹麦村庄之间的强烈反差，进一步强化了环境的情感张力。在这样的背景下，艺术家巴贝特的形象通过其对食物的热爱与追求得以展现，呈现了艺术家的精神世界、生活态度以及艺术在人们生活中的重要性和影响力。

《同流者》：因正常之名

《同流者》

英文片名：The Conformist

导演：贝纳尔多·贝托鲁奇（Bernardo Bertolucci）

编剧：阿尔贝托·莫拉维亚（Alberto Moravia）、
贝纳尔多·贝托鲁奇（Bernardo Bertolucci）

摄影：维托里奥·斯托拉罗（Vittorio Storaro）

美术设计：费迪南多·斯卡菲奥蒂
（Ferdinando Scarfiotti）

主演：让-路易·特兰蒂尼昂（Jean-Louis Trintignant）
饰演马切洛·柯莱里奇（Marcello Clerici）
斯特凡尼亚·桑德雷利（Stefania Sandrelli）
饰演朱利娅（Giulia）
多米尼克·桑达（Dominique Sanda）饰演安娜
（Anna）
恩佐·塔拉肖（Enzo Tarascio）饰演夸德里
（Quadri）

获第44届奥斯卡金像奖最佳改编剧本提名、第20届柏林国际电影节主竞赛单元金熊奖提名、入选英国知名电影月刊《视与听》（*Sight & Sound*）影史最伟大100部影片（导演版）。
意大利，彩色故事片，113分钟，1970年

贝尔纳多·贝托鲁奇是意大利著名导演，1941 年 3 月 16
日生于意大利帕尔马，2018 年 11 月 26 日卒于罗马。他曾经
是一位备受争议的导演，其最著名的作品或许是电影《巴黎最
后的探戈》(*Ultimo tango a Pargi*，1972)，该片因其情色内容
曾在国际上引起轰动。如今，他是公认的电影史上最伟大的导
演之一。

贝托鲁奇成长于舒适的知识分子家庭，他的父亲阿蒂利
奥·贝托鲁奇 (Attilio Bertolucci) 是一位诗人、艺术史教师
和电影评论家。贝托鲁奇深受父亲影响，同父亲一起观影的
童年时光培养了他的电影热情，在 15 岁时便拍摄完成两部关
于儿童的短片。1962 年，贝托鲁奇出版第一本书《探索神秘》
(*In cerca del mistero*)，并凭此获得意大利最高文学奖之一的
维亚雷焦奖 (Premio Viareggio)。不久之后，他获得帕索里尼
的赏识，担任其副导演，开始了自己的电影生涯。在完成帕
索里尼的《乞丐》(*Accattone*，1961) 一片之后，贝托鲁奇没
有毕业就离开了罗马大学，开始了独立的电影研究。1962 年，
贝托鲁奇拍摄了第一部长片《死神》(*La commare secca*)，该
片票房惨败，但他作为崭露头角的年轻导演得到业界的认可。
他的第二部长片《革命前夕》(*Prima della rivoluzione*，1964)
在商业上的表现也不尽如人意，却在戛纳电影节上赢得关注。
由于无法获得拍摄电影的资金支持，贝托鲁奇转而执导纪录
片，拍摄了《痛苦》(*Agonia*)、《爱与愤怒》(*Amore e rabbia*)
等作品。1970 年，他拍摄了又一部长片《蜘蛛的策略》(*La
strategia del ragno*)，专注于人物内心世界的探索。同年拍摄
出《同流者》(*Il Comformista*，1970)，这部影片表明他作为导

演达到了完全成熟的境界。两年后上映的《巴黎最后的探戈》描写了一个中年鳏夫（马龙·白兰度饰演）和一个年轻女演员之间的风流韵事，该片因其情色内容一度被禁。贝托鲁奇的后期作品包括《1900》(*Novecento*，1976)、《月神》(*Luna*，1979)和《一个可笑人物的悲剧》(*La tragedia di un uomo ridicolo*，1981)。1987年，他执导的《末代皇帝》(*The Last Emperor*)取得了巨大成功，该片以史诗般的手法描绘了末代皇帝溥仪的惨淡一生，获得了九项奥斯卡大奖，包括最佳影片奖和最佳导演奖。1990年，他执导了改编自保罗·鲍尔斯同名小说的《遮蔽的天空》(*Sheltering Sky*)。后又拍摄了《偷香》(*Stealing Beauty*，1996)和《戏梦巴黎》(*The Dreamers*，2003)，前者讲述了一名美国青少年在意大利的旅行，后者则讲述了1968年学生抗议活动期间一名美国学生在巴黎的故事。

《同流者》拍摄于1970年，电影一经上映，便在欧美影坛荣膺多种奖项，包括奥斯卡最佳改编剧本提名奖、金球奖最佳外语片提名奖、纽约影评人圈最佳导演提名奖。2022年，该片入选英国知名电影月刊《视与听》(*Sight & Sound*)所评选出的影史最伟大电影榜单（导演版）。《同流者》虽然不像《巴黎最后的探戈》《1900》《末代皇帝》等其他影片那样广为人知，但它是贝托鲁奇的转型之作，无论思想性还是艺术性，都达到了极高的造诣。

一个顺从主义者的画像

1960年代结束后，世界大部分地区仍处于社会变革、文化动荡和政治骚乱的阵痛期。历史地看，1970这个年份虽然不像1968那样备受关注，但它的确开启了一个更加幻灭又同样重要的十年。越南战争尚未结束，对"布拉格之春"的镇压已经开始。1970 年代虽然动荡不安，音乐、艺术和电影仍然蓬勃发展。披头士乐队发行了《随它去》（*Let It Be*），地下丝绒乐队发行了《满载》（*Loaded*），罗伯特·奥特曼凭借《陆军野战医院》（*MASH*）赢得了金棕榈奖。在反主流文化的氛围中，在"新浪潮"的推动下，电影制作人将时代经验演绎成全新的风格，既有紧张刺激但带有超现实主义色彩的政治电影，也有充满象征意义却缺乏传统情节的叙事电影。《同流者》便是这种时代氛围的产物。

《同流者》改编自著名作家莫拉维亚的同名小说。故事发生在 20 世纪三四十年代的意大利和法国。法西斯运动席卷了整个意大利社会，墨索里尼建立起极权统治，而主人公马切洛·克莱里奇的身份便是法西斯秘密警察。主线剧情是一次暗杀行动，马切洛奉命刺杀其因持不同政见而流亡巴黎的导师夸德里，他便以新婚度蜜月为掩护前往巴黎拜访导师。马切洛的妻子叫作朱利娅，是一个典型的中产阶级富小组，迷人，轻浮，头脑简单，没有文化，她并不是马切洛的真爱。马切洛到了巴黎，遇见导师的妻子安娜，随即被她身上的古典美和知性美吸引，对她一见钟情，两人很快就发生了性关系。或许是因为这种关系，马切洛一度内心挣扎过，想要放弃刺杀行动。但他最终还是成为一台冷酷无情的法西斯主义机器，镇定自若地目睹了老师夫妇的遇害过程。

影片把马切洛描绘为一名臣服于权力和秩序的冷血动物，并将其社会心理特征定义为"同流者"。导演从马切洛的童年创伤出发，给出了其所以如此的精神分析学理由。在他小的时候，一个名叫利诺的司机在他遭受同学欺负后帮助了他，但也侵犯了他，他于是接过利诺的手枪并射杀了他。马切洛从小就认为自己是同性恋和杀人犯，是一个"不正常的"人。另外，他的父亲被关进精神病院，他的母亲吗啡成瘾，并且有多个情人，这些遭遇更让他压抑着那段同性恋接触经历。为了让自己接纳自己，为了让主流社会接纳自己，总而言之，为了证明自己是"正常的"，他决定和朱利娅结婚，但这不是因为爱，而是因为她是一个"漂亮的中产阶级姑娘"，能够让她成为"正常的"男人，过上"正常的"生活。更为甚者，他要进一步明确自己的政治身份，于是加入法西斯党，成为一名秘密警察。正如影片所讲述的那样，他加入法西斯，不是出于恐惧，也不是出于信仰，当然更不是为了追逐金钱和地位，而是为了与主流社会保持一致。由此，影片通过马切洛这个典型人物刻画出中产阶级的顺从主义（Conformism）社会心理。为了追求安全感和社会认同，为了避免因偏离规范而可能导致的负面后果，出于对权威和既成秩序的内在认同，他们在思想、行为和信仰上与社会主流规范（亦即"正常性"）保持一致，哪怕这种规范可能是不道德或不正义的。顺从主义者必然放弃自己的独立人格，既没有坚定的政治立场，也没有自觉的道德担当。在执行刺杀命令的过程中，马切洛一度受到良知的折磨，但最终还是参与并目睹了其法西斯同僚对导师的刺杀。他相信自己是无辜的，并给自己找到了开脱的理由：他只不过是奉命行事而已，不应该为罪行负责。这个理由与著名的"艾希曼审判"中当事人的自我辩护何其一致。艾希曼是纳粹德国的高官，负责执行屠杀犹太人的"最终方案"，因此战后在耶路撒冷接受审判。在法庭上，艾希曼表现出的不是恶魔般的邪恶，而是一种平庸、无个性、缺乏独立思考的能力，他对自己的罪行表现出一种冷漠和无动于衷的态度，声称自己只是在执行命令。阿伦特在观察了这场审判之后，提出了"平庸之恶"（the banality of evil）这一著名观点。她认为，在极权体制下，普通人之所以丧失良知和道德判断，沦为罪恶的执行者，并不是因为个体生性邪恶，而是因为个体放弃了思考和判断，成了体制的齿轮和螺丝钉。而同流者马切洛便是"平庸之恶"的活像。

　　《同流者》的深刻之处并不止步于此，其批判锋芒在墨索里尼下台当夜的场景中更显犀利而深刻。当室内的广播宣布这个消息时，街上已传来喧闹的欢呼声。对于上街游行的人群，朱利娅不无厌恶地说，现在大肆庆祝墨索里尼下台的人，昨天还支持他。马切洛要出门去看看现在的形势，朱利娅试图劝阻，她担心马切洛会因为以前的身份而受到伤害。而马切洛的回应是极其冷静和理性的，他说，他不会有事的，因为他以前的所作所为只是奉命行事，而现在他出门所做的只是所有像他一样的人所做的事。他在街上与盲人好友伊塔洛见面，在游行的人群中，这个法西斯主义信徒已经茫然失措，无所适从。而马切洛突然反戈一击，向众人指认伊塔洛的法西斯身份，摇身变为反法西斯主义者。这个身份切换的情节出人意料，又在情理之中。在这一刻，社会主流规范已经反转，同流者马切洛需要牺牲昔日好友，以换取新的社会身份，让自己再次变得"正常"。在这个情节中，同流者的无立场、无道德、无信念本性得到入木三分的刻画，在他的反衬下，无知的朱利娅和盲目的伊塔洛反而显出质朴的人性光辉。马切洛知道自己的所作所为正是其他人的所作所为，正像导师夸德里所称，马切洛代表着"典型的新一代意大利人"。墨索里尼的雕像被推倒在地，雕像断头被呼啸的摩托车拖拽过罗马街头，但是，街上的同流者们仍然举行着他们曾经在法西斯政治中举行过的游行仪式。影片终于在结尾处表达出深邃的历史感和迫切的现实感。《同流者》拍摄于1970年，这是一个值得再次强调的年份。在1968年学生运动退潮之后，整个西方的精神氛围发生了巨大转变，原来的理想信念坍塌解体，原来的价值立场发生动摇。马切洛何尝不是1970年代的资产阶级知识分子的灵魂肖像？有评论认为，本片就像一幅宏大的现实主义壁画，反映了思想危机的情况下缺乏坚定政治信念的资产阶级知识分子内心状态的矛盾、恐惧和彷徨。

此外，许多评论者和研究者也十分强调这部影片中的精神分析主题。影片中出现一个有趣的细节。反法西斯教授夸德里流亡巴黎，贝托鲁奇给这个角色设计了地址和电话号码，而这些个人信息实际上属于著名导演让-吕克·戈达尔。同时，夸德里在小说原著中名叫埃德蒙多（Edmondo），贝托鲁奇将其改为卢卡（Luca），而这正是吕克（Luc）的意大利语形式。在现实中，贝托鲁奇将戈达尔视为自己的精神导师，与此相应的，他作为一个有着自己的艺术追求的年轻导演，必然陷入布鲁姆所说的"影响的焦虑"，心中藏着一种精神弑父的动机。影片中，马切洛受命暗杀夸德里教授，不仅反映了主人公的俄狄浦斯情结，也反映了贝托鲁奇与戈达尔的精神冲突。贝托鲁奇做出这些安排，一开始只是觉得有趣，但后来就以明确的精神分析动机把自己投射到马切洛身上。事实上，贝托鲁奇反对戈达尔在1968年"五月风暴"后发展出的政治电影路线，正是通过《同流者》，贝托鲁奇挑战了戈达尔的反商业电影，并宣告戈达尔对其电影风格影响的终结。当然，这种图腾父亲的形象，不仅包括其精神导师戈达尔，也包括其生父和艺术启蒙者阿蒂利奥·贝托鲁奇。贝托鲁奇在采访中经常提到，他之所以写诗是为了效仿父亲，而他之所以最终选择电影，则是为了逃避父亲的影响。因此，对于贝托鲁奇来说，阿蒂利奥便是第一个需要"杀死"的父亲，而他也在相当年轻的时候就成功确立了自己的艺术身份。此外，通过这部影片，贝托鲁奇也挑战了原著作者莫拉维亚。影片的闪回结构明显偏离了小说中严整的时间顺序和因果关系，剥夺了莫拉维亚所树立的文本权威性。这部影片也为如何处理权威性和创造性、文本与图像的关系问题树立了一个典范。总之，这部影片十分契合精神分析的解读方式，其中的男性角色，如伊塔洛、法西斯部长、司机利诺、母亲的司机和情人阿尔贝里、老特工曼尼亚内洛、关在精神病院的父亲以及夸德里教授，都是父亲这一符号的不同化身，最终汇集于法西斯国家这个"最后的家长"。从精神分析的视角看，贝托鲁奇对莫拉维亚小说的改编围绕着俄狄浦斯情结这一线索展开，马切洛寻找他觉得首先需要去取悦，进而需要去反抗和消灭的父亲形象。在贝托鲁奇那里，俄狄浦斯的神话成为人类存在的隐喻，在个体、性、社会和政治等多个层面上都缠绕着父权制、自我和压抑的复杂关系。[1]

《同流者》的光影世界

　　《同流者》堪称有史以来视觉效果最为华丽的彩色电影之一。其中不仅有华美的人物造型，如让-路易·特兰蒂尼昂饰

1　转引自 Christopher Wagstaff, "Bertolucci: An Italian Intellectual of the 1970s Looks at Italy's Fascist Past," in Graham Bartram, Maurice Slawinsky and David Steel (eds.), *Reconstructing the Past: Representation of the Fascist Era in Post-War European Culture*, Keele: Keele University Press, 1996, p. 206。

演的马切洛、多米尼克·桑达饰演的安娜和斯特凡尼亚·桑德雷利饰演的朱利娅等，还有许多极为风格化的镜头、场景和瞬间，无数年轻的电影导演、摄影师和电影爱好者都将这部影片视为创作灵感的宝库。从执导《革命前夕》和《搭档》等作品开始，贝托鲁奇便尝试对光影的明暗对比进行探索。而在与摄影师维托里奥·斯托拉罗合作之后，其电影创作真正迎来转折点。斯托拉罗是一位博学的摄影师，对绘画史、色彩理论和电影史很有研究，其摄影理念可归纳为"用光线作画"。从拍摄《蜘蛛的策略》开始，斯托拉罗便成为贝托鲁奇电影的御用摄影师，其摄影技艺极大地丰富了贝托鲁奇电影世界中的光影美学。因此，在讨论贝托鲁奇的电影时，斯托拉罗的贡献不可忽视，而《同流者》便是他们精诚合作的艺术精品。此后，他们又共同创作了《巴黎最后的探戈》《1900》《末代皇帝》《遮蔽的天空》和《小活佛》等一系列作品。在这些影片中，光影的运用不断精进，展现了两人合作的新探索，同时也使贝托鲁奇电影中的光影艺术获得了普遍赞誉。

在拍摄《同流者》时，贝托鲁奇与斯托拉罗一起规划了影片的视觉风格，所涉内容包括布景、道具、演员、服装、化妆、灯光和构图等各个方面。斯托拉罗从卡拉瓦乔的杰作《圣马太蒙召》（*La Vocazione di San Matteo*）中汲取灵感，将灯光的运用扩展到了马切洛的精神世界。我们知道，卡拉瓦乔以其"明暗对照法"（chiaroscuro）名垂画史，这是一种让高光和暗部产生强烈对比的技法，从而使画作更加立体，使情节冲突更加戏剧化。在《圣马太蒙召》中，卡拉马乔便通过明暗对照法将光明与黑暗处理为神性与人性的象征。可以说，斯托拉洛毫无保留地将这种"明暗对照法"及其象征意义运用到《同流者》中："明"（chiaro）映现马切洛的意识，"暗"（scuro）则映现其无意识，或者说，其身份中被压抑的一面（即同性恋）。而明与暗的分离与对照，或许不仅是对人物精神世界的写照，也是一种宏大隐喻，指涉着法西斯主义统治下的整个意大利。影片在构造室内画作框架时，时常用交错的光影建起一道道围栏，仿佛把人囚禁其中，似乎隐喻着法西斯主义对生活和思想的禁锢。影中有一个场景表现马切洛的盲人朋友，也是其法西斯同僚伊塔洛独自站在地下室里，在这个构图中，布光的方式和方向、鲜明的对比以及图式化的线条都直接来自卡拉瓦乔的画作。

　　这种"明暗对比法"在影片的另一场景中得到了更具戏剧性的运用。当马切洛来到流亡巴黎的老师夸德里家中书房，二人谈起了马切洛当年关于柏拉图洞穴寓言的论文题目。我们知道，柏拉图在《理想国》第七卷中讲述了一个洞穴寓言：一群囚徒从小就被关在一个洞穴底部，他们的世界只有洞穴的墙壁和投射在上面的影子。其中一个囚徒挣脱锁链，沿着阳光的方向爬出洞穴，看到了外面的世界，意识到了真相，当他回到洞穴中告诉其他人时，却遭到了嘲笑和排斥。影片便采用这个寓言来探讨真理与假相、启蒙与蒙昧的关系。斯托拉罗让强光照射室内烟雾的环境中，突出光的形状和方向，对洞穴寓言进行了视觉还原。在寓言中，生活在洞穴中的人们认为影子就是他们的整个现实。而在影片中，当马切洛高举一只手，做出一个标志性的法西斯主义举手礼时，他的老师夸德里拉开窗帘，驱散了马切洛投射在墙壁上的身影。在柏拉图的洞穴寓言中，太阳是理念或真理的象征，而夸德里拉开窗帘，让阳光照入，俨然成为寓言中那个见识了太阳并重新回到洞穴的启蒙者。关于启蒙，康德曾做出著名的论断："启蒙就是人从他咎由自取的受监护状态走出。受监护状态就是没有他人的指导就不能使用自己的理智的状态。如果这种受监护状态的原因不在于缺乏理智，而在于缺乏无须他人指导而使用自己的理智的决心和勇气，则它就是咎由自取的。因此，Sapere aude［要敢于认识］! 要有勇气使用你自己的理智! 这就是启蒙的格言。"[1] 启蒙便是运用自己所固有的理智的勇气，而缺乏这种勇气的人最终只能在自作自受的蒙昧状态中沉沦。在影片中，光曾照耀在马切洛的脸上，但就像安娜在另一场景中所指责的那样，马切洛始终是一个懦夫，他并没有在这个启蒙的场景中觉醒，终归在随波逐流中成为蒙昧统治的顺从主义者。在影片中，贝托鲁奇和斯托拉罗以别具匠心和构图、动作和光影效果对这个场景及其寓意作了深入的刻画。

事实上，洞穴寓言与电影本体有关，电影院就是洞穴，电影就是洞壁上的影像。《同流者》也以十分自觉的理论意识探讨了洞穴寓言与电影本体的关系。在马切洛与新婚妻子朱利娅前往巴黎的旅途中，行驶的火车窗外掠过了绚丽变幻的景色，仿佛消弭了现实与幻象的区别，将火车中的这对年轻夫妇拉入移动的影像，令人油然生起庄生梦蝶、不知今夕何夕之感。在前往巴黎的旅途中，马切洛在一个叫梵米雅的小地方下车时，镜头呈现了一幅海滨度假区的油画，而这幅油画随即融入了实际地点。此外，在影片临近尾声处，马切洛在儿子房间里嬉戏和祷告，背景处的天空图案墙纸仿佛也置换了现实的空间。类

---

[1] 康德：《回答这个问题：什么是启蒙？》，李秋零译，载李秋零主编：《康德著作全集·第8卷》，中国人民大学出版社2010年版，第40页。

似的场景都是对影像理论的实践，也是对洞穴寓言的戏仿。

贝托鲁奇和斯托拉罗善于通过视觉风格的变化来表现主人公以及法西斯意大利的精神状态。《同流者》采用非线性的、意识流的、闪回的结构叙事，观众需要通过联想而非分析来理解情节，将各个场景呈现的图像联系起来。这些元素赋予影片以梦一般的质感。主线结构从1938年马切洛与其特务同僚曼加尼罗一同驾车开始，到1943年战争结束前夕墨索里尼倒台结束。其间穿插以马切洛的生活事件，最早的事件追溯到1917年的童年马切洛与一个名叫利诺的司机的同性恋接触和由此遭受的创伤。在这条时间线上，不同时期的视觉风格有显著的变化。在马切洛加入法西斯政党之前，影片的视觉风格是活泼欢快的。在法西斯主义时期，影片在视觉上也是高度风格化的。在开篇的一个场景，摄影师着意采用斜角镜头（Dutch angle），以此展现主人公扭曲的人格。为了表现法西斯意大利的高压统治，导演和摄影师从罗马会议宫和意大利文明宫等宏大建筑中采景，这些建筑气势恢宏，令人震撼，在这些建筑空间中活动的人显得无比渺小，这些镜头语言都充满了暗示性。影片中有一个画面，马切洛手持花束去见未婚妻朱利娅时路过一面刻满拉丁铭文的巨墙，导演和摄影师对整个画面作了平面化的处理，使得这面巨墙成为压抑的封闭空间。马切洛去精神病院探视父亲的场景也是风格化和戏剧化布景的典范，在这个场景中，病态的白色统治着整个空间，人物以机械化的体态在其中行走。与其他被墙壁压平画面的镜头相比，这个镜头具有相当大的景深。这个镜头中的墙很靠后，但墙与白色天空之间没有间隔，投射出一种不祥的封闭感，象征着意大利在法西斯主义统治下的黯淡前景。同时，值得注意的是，伴随剧情发展，这个时期的视觉呈现也穿插进多种风格，如黑色电影（film noir）的表现主义风格、装饰艺术风格、文艺复兴风格，等等。导演将这些不同风格处理得游刃有余，同时也保持着这个时期的整体风格的连贯性和稳定性。在墨索里尼倒台后，马切洛通过顺从法西斯来获得"正常"身份的理想破灭了。而在这个时期，影片的场景处理得极为阴郁低沉：朱利娅独自坐在昏暗的房间里，而街边昏黄的路灯下挤满了见风使舵的同流者们。

　　影片的主线结构发生在罗马和巴黎两个城市空间，而对它们的视觉呈现也形成鲜明的对照。在涉及罗马的场景中，导演和摄影师频繁采用"明暗对照法"，用硬光在人物身上形成强烈的对比，并且让画面的颜色尽可能地单调化，几乎只剩下黑白两色，呈现出晦暗萧瑟的气息。而在涉及巴黎的场景中，布光改变为柔光，色彩也变得丰富饱和，烘托出自由奔放的氛围，而主色调红、白、蓝更是有意呼应法国的国旗颜色。斯托拉罗尤其通过蓝色滤镜来表现巴黎场景，达到高度风格化的视觉效果。这一点在从罗马前往巴黎的列车上得到淋漓尽致的展现，当马切洛夫妇抵达巴黎时，行驶中的火车窗外的光线即刻从金色的夕阳切换成醒目的夜蓝色。斯托拉罗在接受《电影季刊》采访时说，他决定让巴黎沐浴在钴蓝色的光效中，一开始只是出于直觉，后来才有意识地把这种直觉升华为一种明确的精神指向，那就是把巴黎当作一个摆脱独裁统治的自由国度的象征。而处理这个象征的艺术手法就是在巴黎场景中"让光线照进阴影"，让巴黎沐浴在蓝光中。[1]

1　David Schafer, Larry Salvato and Vittorio Storaro, "Writing with Light: An Interview with Vittorio Storaro," *Film Quarterly*, Vol. 35, No. 3, Spring, 1982, p. 20.

影片开篇和结尾的镜头语言十分巧妙，而且意味深长。影片开头是一个中长镜头，马切洛躺在酒店的床上，面对镜头，沐浴在酒店窗外霓虹灯断断续续闪烁的病态橘红色灯光中。影片最后，他面对墙壁，背靠在门栏上。和开篇场景一样，光线呈红色，只是这次的红光来自街边居民用以取暖的小火堆。马切洛转过头直视镜头，似乎试图回望自己。由此，影片的开篇和结尾形成了巧妙的镜像结构，并且再次唤起了柏拉图的洞穴寓言：现实是一种无法掌握的东西，在它从我们手中滑落并滑向幻象之前，我们就已经失去了它。

《春光乍泄》：香港寓言与情感叙事

《春光乍泄》

英文片名：Happy Together

导演、编剧：王家卫（Kar Wai Wong）

摄影：杜可风（Christopher Doyle）

剪辑：张叔平（William Chang）

主演：张国荣（Leslie Cheung）饰演何宝荣

　　　梁朝伟（Tony Leung Chiu Wai）饰演黎耀辉

　　　张震（Chen Chang）饰演小张

获第 50 届戛纳电影节最佳导演奖、第 50 届戛纳国际电影节金棕榈奖提名、第 34 届台北金马影展最佳摄影、第 17 届香港电影金像奖最佳男主角。

中国香港，彩色故事片，96 分钟，1997 年

王家卫是香港著名的华语电影导演、编剧、制片人，也是蜚声国际的著名电影导演。他 1958 年出生于上海，5 岁时随家人移居香港。他最初在香港理工学院学习美术设计，后转入电视广播有限公司导演训练班。王家卫在 1980 年代开始编剧生涯，并凭借《最后胜利》（*Final Victory*）获得香港电影金

像奖最佳编剧提名。1988 年，他执导了第一部电影《旺角卡门》（*As Tears Go By*），开启了导演生涯。他凭借《阿飞正传》（*Days of Being Wild*）和《重庆森林》（*Chungking Express*）获得香港电影金像奖最佳导演奖。1997 年，他凭借《春光乍泄》（*Happy Together*）获得戛纳电影节最佳导演奖，成为首位获此奖项的华人导演。在此之后，王家卫亦在国际电影界荣获众多奖项，并曾担任戛纳电影节评审团主席一职。他的成就不仅显著提升了香港电影的国际声誉，而且为香港电影的多元化与创新开辟了新径。总体而言，王家卫是香港电影史上具有里程碑意义的重要导演，其作品及独特的艺术风格对全球电影产业产生了广泛而深刻的影响。

在香港电影业中，王家卫是 20 世纪 80 年代中期"新浪潮电影运动"的代表人物之一。所谓"新浪潮电影运动"，指的是二战以后在全世界不同国家新兴的电影运动的术语，它最早在法国兴起，因此法国新浪潮电影运动是世界电影史中的一个重要的革命性运动，它强调个性化的创作，倾向于使用实景拍摄、非职业演员、手持摄影机、长镜头、自然音响等技术手段，擅长即兴创作和非线性叙述。香港的新浪潮运动则是 20 世纪 70 年代末至 80 年代初，由一群在国外学习电影并有电视制作经验的年轻导演引领的电影潮流。这些导演包括徐克、许鞍华、严浩、谭家明等。他们的作品通常带有强烈的个人色彩和都市感，强调电影语言的创新，追求真实、鲜明、大胆和视觉冲击力强的画面效果。同时新浪潮电影在叙事、结构、节奏上有强烈的形式感和风格化，并且巧妙结合艺术性和商业性，以满足个人表达和观众娱乐的需求。王家卫承袭了法国电影新浪潮的传统，并在自己的电影中加以吸收和借鉴，并将之进行重构和强化。同时，王家卫的电影风格深受香港独特的历史文化背景影响，呈现出后现代主义的艺术特征。他的电影常表现出一种"迷失感"，这与香港作为孤岛的无根文化现象相呼应，映射出香港文化的多样性与边缘性特征。在香港电影界，王家卫的影响深远。他的作品推动了香港电影的艺术化发展，打破了传统商业电影的叙事模式，影响了许多后来的导演和电影创作者。他的作品以其独特的色彩运用、慢镜头和音乐搭配而著称，形成了独具一格的"王家卫式"电影。

《春光乍泄》是由王家卫执导，张国荣和梁朝伟主演的一部剧情电影，于 1997 年 5 月 30 日在中国香港上映。这部电影讲述了一对恋人黎耀辉和何宝荣的故事。为了寻找新的开始，他们离开香港前往阿根廷，却因迷路停留在布宜诺斯艾利斯，之后两人因为一系列矛盾而分手。影片的英文名"Happy Together"有其特别的隐喻。首先，这个名称来自美国乡村摇滚乐队 The Turtles 于 1967 年发行的歌曲 *Happy Together*，这首歌在影片最后黎耀辉戴着耳机乘公车抵达站点时，作为背景音乐出现。其次，"Happy Together"也反映了王家卫在拍摄这部电影时的心境，他希望在 1997 年香港回归后的世界，大家可以和谐共处。此外，这个英文名也与电影中的情感纠葛形成了对比，因为虽然角色们渴望在一起快乐，但他们的关系却充满了复杂和痛苦。

在 20 世纪 90 年代初期，香港电影业正处于一个转型的关键时期。随着经济的衰退和市场竞争的加剧，许多电影导演和演员面临着职业生涯的挑战。在这样的背景下，王家卫在电影《春光乍泄》中深刻地表达了他对于个人情感与社会变迁的反思。通过电影中细腻的情感描绘和叙事手法，王家卫将主人

公内心的挣扎与渴望具象化，展现了个体在社会巨变中的复杂
情感。

　　电影中，黎耀辉和何宝荣的关系经历了一个充满纠葛的过
程，他们相爱，分手，重逢，又再分手。他们的故事不仅仅是
关乎爱情，更是关于人性、孤独和寻找归属感的探索。影片通
过丰富的视觉风格、深刻的情感表达和独特的叙事手法，展现
了"王家卫式"电影的典型特征。它是王家卫的早期代表作，
在国际影坛获得极高的赞誉。

　　《春光乍泄》最直接的叙事外壳是一段爱情故事。王家卫
选择将故事的背景置于阿根廷，一个与香港文化迥异的非典型
空间。在这种他者文化和背井离乡的环境中，任何戏剧化的情
节发展似乎都变得合情合理。此外，这种背景设定也映射了香
港居民在全球化浪潮中所面临的认同危机和文化碰撞问题。黎
耀辉和何宝荣在异国他乡的生活经历，象征着香港人在面对多
元文化和生活方式的挑战时的适应过程。

　　黎耀辉和何宝荣之间的互动充满了紧张与矛盾，表面上维
持着伴侣关系，但情感纽带显得脆弱而错综复杂。在布宜诺斯
艾利斯，他们栖身于一间局促的公寓，墙上悬挂的旧台灯灯罩
上绘有伊瓜苏瀑布，象征着他们共同憧憬的理想之地。故事伊
始，两人的关系洋溢着温馨与甜蜜，共同烹饪、在小酒馆共
事、夜游街头。然而，随着时间推移，他们的关系开始出现裂
痕。何宝荣性格中的任性与对现状的不满导致他渴望更多的自
由与刺激，而黎耀辉则追求稳定的生活状态。一次争执后，何
宝荣离开了黎耀辉，消失在布宜诺斯艾利斯的街头。黎耀辉在
小酒馆中工作，试图以忙碌来填补内心的空虚，他开始独自生
活，但对何宝荣的思念始终如影随形。他常常凝望那盏台灯，

怀念着他们共同的梦想。数月后，命运使他们在小酒馆再次相遇，何宝荣有意重燃旧情，试图说服黎耀辉重新开始。尽管黎耀辉心中尚存爱意，对再次受伤的恐惧使他还是多次拒绝何宝荣。然而，何宝荣的坚持与黎耀辉的不舍最终促使他们重归于好。他们的关系似乎恢复了最初的甜蜜，但已有的裂痕难以完全弥合。何宝荣的不忠和黎耀辉的不安再次将他们的关系推向紧张。在一次激烈的争吵之后，黎耀辉决定离去，独自前往伊瓜苏瀑布，实现了他们共同的梦想，但内心却充满了失落与孤独。影片的尾声，何宝荣回到了他们曾经共同生活过的公寓，修复了那盏台灯，但黎耀辉已不复存在。他坐在床边，轻抚着那盏灯，眼中噙满了泪水。

　　在王家卫导演的这部充满情感纠葛的影片中，电影的叙事已经超越了单纯的视觉体验，转而要求观众深入电影所展开的丰富细节之中。王家卫怎样呈现爱情的细节？这种爱散落在电影的方方面面。比如那些细碎的时光里黎耀辉偷偷给何宝荣打电话问他想吃什么的温柔，比如黎耀辉不知道何宝荣去了哪里的失落和黯淡。在黎耀辉身上，我们看到了爱的无尽的宠溺和包容。在寒冷的清晨里，他哆哆嗦嗦地被何宝荣拉起来去晨跑。何宝荣撒娇想吃饭，他披着毯子无奈地去煮饭。而无论何宝荣多少次离开，只需喊出一句"黎耀辉我们从头来过吧"，黎耀辉都会在原地等他。何宝荣爱黎耀辉吗？爱。所以会一次又一次地回去找他，一次又一次地说"黎耀辉，不如我们重头来过"；所以会在黎耀辉彻底离开回到香港后，抱着毛毯在布宜诺斯艾利斯的出租房里失声痛哭。黎耀辉爱何宝荣吗？爱。并且他是爱得更多的那一方。所以不管什么时候，只要何宝荣来找他，他都会答应。他会像小媳妇一样把他的护照藏起来，怕他离开；他会忍受着寒冷忍耐着发烧陪他跑步为他做饭，会在何宝荣残手残脚的时候毫无怨言地照顾他，甚至很高兴有这样一段时间和他共度，他说那是他最开心的一段时光。他会在最后去看一趟他们约定好一起寻找的大瀑布，他说他很难过，他一直认为瀑布下面应该是两个人。

在黎耀辉与何宝荣的爱情叙事中，导演巧妙地引入了小张这一角色，增添了故事的深度与情感的复杂性。通过小张这一人物，导演展现了爱情中那种心动却又自我克制的微妙状态：黎耀辉那含蓄的情感，他在夕阳下观看小张踢足球时专注的微笑，那个酒后装作沉睡的夜晚，以及离别前的拥抱，都透露出黎耀辉内心的动摇，但他能够自我控制。在离开阿根廷，返回香港的旅途中，黎耀辉特意绕道台北，访问了小张父母的夜市，并看到了小张从南极带回的照片。虽然黎耀辉并未真正去寻找小张，这一行为却凸显了他对小张情感的重视。这种心动的重量，被温暖而珍重地存放在心中。

王家卫的电影作品以其独特的艺术风格、缓慢的节奏、精心设计的音乐和台词以及独特的摄影手法而闻名。他的电影常探讨现代性的边缘、虚空、荒诞和孤寂主题，常常通过非线性的叙事结构和富有诗意的画面来表达情感。在影片中，导演通过一个标志性场景深刻地展现了这种艺术风格。当何宝荣再次背离黎耀辉，与他人纠缠不清后，黎耀辉深陷悲痛之中，他在街头、电影院、公共厕所等地方徘徊，试图寻找填补情感空缺的方法，却无法摆脱那种空虚、失落和孤独感。黎耀辉是一个性格内敛且情感专一的男性，他对何宝荣的爱深沉而坚定，却无法阻止何宝荣的背叛。因此，他也开始寻求一些非情感性的性行为来填补和缓解自己的情感需求。他反思道："我以为我会有所不同，我以为我和何宝荣不一样，原来在寂寞的时候，所有人都是一样的。"王家卫导演大量运用特写镜头捕捉角色的面部表情和微妙的情感波动，同时运用慢镜头技术放大角色的情感体验。这种艺术手法使观众能够更加深入地感受到角色内心的冲突和挣扎。梁朝伟在街道上那寂寞萧索的眼神，成为镌刻在香港电影史上的"寂寞"的典范。

　　除了特写镜头和慢镜头，导演还调用了大量其他的镜头语言来呈现两个人的情感。其中用得比较多的是镜头的快速切换和闪回，展现了角色的记忆与情感。在何宝荣回忆与黎耀辉的甜蜜时光时，镜头迅速切换到他们争吵的场景，这种对比增强了情感的张力，让观众感受到时间的流逝和情感的复杂性。影片中的环境和构图也在情感叙事中起到了重要作用。阿根廷的街道、酒吧和公寓等场景，既是角色生活的背景，也是他们情感状态的反映。当何宝荣在酒吧独自一人时，周围的喧嚣与他的孤独形成鲜明对比，增强了情感的冲突感。影片中的音乐和音效也为情感叙事增添了层次感，背景音乐的选择与角色的情感状态紧密相连，比如在何宝荣感到孤独时，音乐的旋律恰好反映了他的内心世界，增强了观众的情感共鸣。

《影子部队》：穿越黑暗的漫长旅程

《影子部队》

英文片名：Army of Shadows

导演：让–皮埃尔·梅尔维尔（Jean-Pierre Melville）

编剧：约瑟夫·克塞尔（Joseph Kessel）

让–皮埃尔·梅尔维尔（Jean-Pierre Melville）

摄影：皮埃尔·洛姆（Pierre Lhomme）

沃尔特·沃蒂茨（Walter Wottitz）

剪辑：弗朗索瓦·博诺（François Bonnot）

主演：利诺·文图拉（Lino Ventura）饰演菲利普·杰
彼耶（Philippe Gerbier）

西蒙·西涅莱（Simone Signoret）饰演玛蒂尔
德（Mathilde）

让–皮埃尔·卡塞尔（Jean-Pierre Cassel）饰演
弗朗索瓦（François）

保罗·默里斯（Paul Meurisse）饰演卢克·贾
尔迪（Luc Jardie）

克劳德·曼（Claude Mann）饰演马斯奎
（Le Masque）

　　获第 50 届戛纳电影节最佳导演奖、第 50 届戛纳国际
电影节金棕榈奖提名、第 34 届台北金马影展最佳摄影、
第 17 届香港电影金像奖最佳男主角。
　　法国香港，彩色故事片，144 分钟，1969 年

　　让-皮埃尔·梅尔维尔 1917 年 10 月 20 日出生于法国巴
黎，是法国电影史上极具影响力的导演、编剧和制片人。他
的本名是让-皮埃尔·格伦巴赫（Jean-Pierre Grumbach），梅
尔维尔是他为了纪念他尊敬的美国作家赫尔曼·梅尔维尔
（Herman Melville）而取的一个艺名。梅尔维尔在年轻时尝
试了多种职业，他的电影生涯始于二战期间。在第二次世界
大战中，他服役于英国。他在战争里参加过抵抗运动，而这
段部队的经历也深刻地影响到了他的电影创作。1945 年退役
后，他成立了自己的制片公司——梅尔维尔独立制片公司，
并从 1946 年起开始拍摄短片，从而开启了他的导演生涯。
1949 年，他推出了自己的首部长片《海的沉默》（*Le silence
de la Mer*）。
　　梅尔维尔的代表作品包括《眼线》（*Le Doulos*，1962）、
《第二口气》（*Le Deuxième Douffle*，1966）《独行杀手》（*Le
Samouraï*，1967）、《影子部队》（*L'Armee des Ombres*，1969）、
《红圈》（*Le Cercle Rouge*，1970）等。这些作品以其冷峻的叙
事风格、简洁的镜头语言和对角色内心世界有深度的刻画而著
称。梅尔维尔的电影常常融合黑色电影元素，展示出一种独特
的美学和道德困境。他精于拍摄那些涉及高智商犯罪的电影，
影片中的角色往往是那些孤独的罪犯。在法国这样一个艺术电
影盛行的国家长大，梅尔维尔的电影却深受好莱坞尤其是美国

犯罪片的影响。他巧妙地将好莱坞犯罪片的精髓与法国电影的现实主义传统融合，创造出了自己独特的电影风格。

　　在电影史上，梅尔维尔被视为法国新浪潮电影运动的先驱，他的作品对后来的导演们产生了深远的影响，被誉为"新浪潮之父"。梅尔维尔的电影风格和创作理念对当代电影的影响不可忽视。在他的电影中，主要角色往往面临艰难的道德抉择，他们之间的关系错综复杂。这种对人物关系和道德困境的探讨，深刻地影响了后来的吴宇森、杜琪峰等导演，他们也将这种主题延续到了自己的作品里。梅尔维尔的作品体现了一种古典主义精神的终结，他的电影展现了一个充满典型人格、道德和仪式感的古典世界的消逝。这些都体现在了导演的整体创作理念和电影语言中。

　　电影《影子部队》是在 1969 年制作的，并在同年 9 月 12 日公映。这部电影是根据约瑟夫·克塞尔同名小说改编的。电影和原著都描绘了法国抵抗运动成员在纳粹占领期间的斗争，展现了他们在极端环境下的生活状态和心理抉择。两者都集中表现了抵抗组织成员的秘密行动和他们所面临的道德与生存挑战。梅尔维尔拍摄这部电影的初衷是通过影像展现法国在第二次世界大战期间地下抵抗组织的秘密斗争。他邀请了一批杰出的演员，并以简洁而真实的手法，讲述了二战时期法国抵抗运动的故事。

　　影片的情节围绕主角菲利普·杰彼耶展开，他在 1942 年因支持戴高乐将军而被德军逮捕。在集中营中，他凭借智慧和勇气逃脱，并返回到自己的抵抗组织中。在确认了内部的叛徒后，菲利普决定执行对其的处决。

"影子部队"的含义

《影子部队》的历史背景设定在第二次世界大战期间，特别是在1940年德国占领法国之后。影片讲述了法国地下抵抗组织成员如何在纳粹的铁蹄下秘密行动，展示了他们在极端危险的环境中所进行的斗争和牺牲。"影子部队"这个名称象征着这些抵抗者如同隐匿在暗处的影子，他们秘密地活动，使用化名，不断变换藏身之地，随时都有可能因为背叛或意外而暴露身份。他们在敌人的监视下进行着隐秘的行动。

在众多战争历史片高扬胜利基调、充满乐观主义和必胜主义情绪时，这部电影反其道而行，大写特写一个鲜为人知的地下法西斯抵抗组织。电影如实呈现出他们如何由一支队伍变成一个人的，更写这队伍里的人，一个个是怎么死去的：有的源于背叛，被组织里自己人杀掉；有的被抓住且被敌人用家人的生命作为威胁，被组织以可能泄漏政治机密为由击杀；还有的是被抓后坚决不倒戈，被折磨到不成人形，服药自尽。这部电影并未展现一条通往光明未来的直线路径，而是聚焦于那些在黎明前的漫长黑夜中，依然坚持斗争和保持热情的抵抗组织成员。

在众多人物形象里，电影里刻画了三个典型的人物形象：菲利普·杰彼耶、玛蒂尔德、卢克·贾尔迪。菲利普是地下小组的灵魂人物，负责策划和执行组织的大小活动，他杀伐果断、勇敢且坚韧不拔。影片中最为精心动魄的情节之一便是菲利普被捕后的两次逃脱。导演通过安静和细微之处而非爆炸和战斗来制造紧张感，比如菲利普从盖世太保总部逃脱后，他走进理发店剃须，场景既充满了紧张，又充满了默契。然而，哪怕是在窘迫的逃亡生涯里，他依然无比坚定自己的信念，这样一种信念，是靠意志在坚持的。

玛蒂尔德，作为电影里的唯一一位女英雄，她有勇有谋、坚毅果敢，为整个小组付出非常多。小组成员的多次营救活动都是她策划的，但因为女儿被敌人威胁，组织认为她有投降敌人的可能，以革命队伍不能出任何瑕疵为由，组织领袖亲自去参与击毙。电影行到此处开始变得异常沉重，当玛蒂尔德倒在街头的血泊里，它意味着小队成员再也不会有被营救的可能，接下来将一步步走向更加黑暗的所在。至于领袖贾尔迪，他出场并不算多，最打动人的一幕出现在他一定要跟着去街头看玛蒂尔德被枪杀的时候，面对必须对玛蒂尔德执行死刑的艰难决定，贾尔迪坚持亲自出面，因为他认为受害者"必须看到我坐在车里"。这一行为不仅体现了对牺牲者的尊重和感激，也展现了他对于纪律和责任的坚定承诺。这个决定令人心碎，但它揭示了在战争与抵抗中，个人情感与集体利益之间复杂而艰难的权衡。这个场景深刻地描绘了在极端环境下，人们为了更大的目标而不得不做出的残酷选择。

这些抵抗者们没有名字、家庭或朋友，他们很少说话，生活在随时可能死去的现实中，他们的行动很少成功，更多的是在逃避和内部清洗中度过。这个小队的所有成员，即使是最后一个，在牺牲的那一刻，都没有看到二战胜利的曙光。这是导演梅尔维尔比原作处理得更残忍的地方。

电影的叙事技巧

在叙事手法上，《影子部队》采用了一种简洁而直接的风格，没有构建一个完整的故事框架，而是通过一系列事件来描绘抵抗者的生活和斗争。梅尔维尔以其标志性的极简主义手法，通过精炼的场景设置、演员的表演和镜头剪辑，直接呈现了战争的残酷现实。电影以其深思熟虑的叙事、出色的演技和精湛的摄影技术，成为一部探讨勇气和道德困境的经典战争电影。

至于时间线的构建，《影子部队》并没有遵循传统的线性叙事结构，而是通过一系列事件和人物互动来展开故事。电影从 1942 年 10 月 20 日开始，这个是二战中的一个关键转折点，世界反法西斯同盟成立，美国在中途岛战役中取得胜利，英国在北非战场击败德意联军，而德国在苏联的斯大林格勒遭遇了重大挫折。电影通过这种非线性叙事方式，让观众更深刻地体会到抵抗运动成员在战争中的心理挣扎和道德挑战。

色彩与音乐叙事

在《影子部队》中，色彩和音乐叙事的调用非常出色，是建构氛围和深化情感的关键元素。电影的画面几乎每一帧在比例和色彩的美学上都像一幅油画，通过灰蓝色调的运用，创造出一种肃杀、沉重和忧郁的视觉风格。这种色调不仅反映了战争的残酷现实，也象征着在暗中行动的角色们在逆境中的挣扎和他们复杂的内心世界。这样一种美学基调在影片的开头就被提请出来，比如当菲利普被关进集中营的时候，影片出现大片美丽且沉重的大自然风景。随之出现的还有极为压抑却悠长、具有历史感的音乐。

这里便不得不提及电影中两个情感高潮场景中音乐使用的调用：一处是菲利普被囚禁在集中营时。菲利普被关进集中营时，背景音乐的选择传递出一种沉重和压抑的氛围。音乐以低沉、缓慢的旋律为主，这样的配乐不仅反映了菲利普所经历的绝望，也加深了观众对他困境的同情。这种音乐处理手法使得观众能够更加贴近角色的内心世界，感受他在极端环境下的孤独和挣扎。

另一处是菲利普遭遇枪杀的瞬间。在菲利普悲剧性的结局中，音乐达到了情感的顶峰，以此来强调这一场景的戏剧张力和情感冲击。这样的音乐设计不仅放大了角色牺牲的情感重量，也突出了抵抗运动的悲壮和角色命运的不可逆转性。音乐与画面的结合，为观众提供了一个情感上的宣泄点，使得这一悲剧时刻更加令人难忘和深刻。

在《影子部队》中，音乐叙事与视觉叙事相辅相成，共同构建了一个充满情感张力和历史深度的叙事世界。通过精心设计的音乐，影片能够更加有效地触动观众的情感，使他们对角色的牺牲和抵抗运动的复杂性有更深的理解和感受。

《记忆碎片》：寻找是活着的意义

《记忆碎片》

英文片名：Memento

导演：克里斯托弗·诺兰（Christopher Nolan）

编剧：乔纳森·诺兰（Jonathan Nolan）

　　　克里斯托弗·诺兰（Christopher Nolan）

摄影：瓦雷·菲斯特（Wally Pfister）

剪辑：多迪·道恩（Dody Dorn）

主演：盖·皮尔斯（Guy Pearce）饰演莱纳·谢尔比（Leonard Shelby）

　　　凯瑞-安·莫斯（Carrie-Anne Moss）饰演娜塔莉（Natalie）

　　　乔·潘托里亚诺（Joe Pantoliano）饰演泰迪（Teddy）

获第2届美国电影学会奖年度佳片奖，第74届奥斯卡金像奖最佳原创剧本提名、最佳剪辑提名，第59届金球奖最佳编剧提名。

美国，彩色故事片，113分钟，2000年

　　克里斯托弗·诺兰是当代最具影响力和知名度的电影导演之一，1970 年 7 月 30 日出生于伦敦，他以独特的叙事风格、复杂的情节结构和对时间、记忆等主题的深刻探讨而闻名。诺兰的电影常常融合了科幻、心理惊悚和动作等元素，吸引了广泛的观众群体。诺兰成长于一个跨文化的家庭，母亲是美国人，父亲是英国人。他从小就对电影制作充满热情，7 岁时就开始用父亲的超 8 摄像机拍摄自己的电影。诺兰在伦敦大学学院攻读英国文学期间，开始了他的电影制作生涯。

　　诺兰的电影事业起步于 1998 年的《追随》（*Following*），这部电影是他作为导演的首次尝试。他接下来的电影《记忆碎片》，改编自他的兄弟乔纳森·诺兰（Jonathan Nolan）的短篇小说，以其独特的倒叙叙事方式和对记忆丧失的探讨而获得广泛赞誉，并为他赢得了奥斯卡最佳原创剧本提名。此后，诺兰执导了《失眠症》（*Insomnia*，2002），并被选为重启"蝙蝠侠系列"电影的导演，其中《蝙蝠侠：侠影之谜》（*Batman Begins*，2005）以现实主义风格和深刻的主题受到观众和评论家的高度评价。诺兰的代表作还包括《致命魔术》（*The Prestige*，2006）、《盗梦空间》（*Inception*，2010）、《星际穿越》（*Interstellar*，2014）、《敦刻尔克》（*Dunkirk*，2017）、《信条》（*Tenet*，2020），以及多部蝙蝠侠电影，其中除了《侠影之谜》以外，还有《黑暗骑士》（*The Dark Knight*，2008）和《黑暗骑士崛起》（*The Dark Knight Rises*，2012）。2023 年，他执导了传记片《奥本海默》（*Oppenheimer*），并在 2024 年凭借该片获得了奥斯卡最佳导演奖。

　　诺兰的电影经常探索时间、记忆和身份等主题，善于运用倒叙、闪回等叙事手法（尤其是他迷宫式的叙事模式，突破了传统电影叙事模式的桎梏，极具创新性），并形成深刻的视觉风格。这些作品在国际电影界享有盛誉，对当代电影产生了重要影响。

电影《记忆碎片》的主要情节是，主角莱纳·谢尔比在一场家庭悲剧中失去了妻子，并且因脑部损伤而患上了极端的短期记忆丧失症，这导致他的记忆仅能维持大约十分钟。但他的长期记忆和分析推理能力得以保留。为了找出杀害妻子的凶手，莱纳依靠文身、便条和照片等辅助记忆工具来搜集线索。他将嫌疑人"约翰·G"（John G）的名字文在身上，以此作为不断追寻复仇目标的提醒。影片中，莱纳与多个关键人物的相遇和互动成为推动故事发展的重要节点：包括警员泰迪、酒吧服务员娜塔莉、毒贩吉米及其同伙多德，以及他以前工作时一个案件的主人公萨米。这些角色的交织构建了影片的叙事结构，使得故事层层展开，影片由此讲述了莱纳在记忆丧失的困境中如何依赖有限的线索来追寻真相和复仇的复杂过程。通过这些人物的互动，影片探讨了记忆、身份和真相的主题，以及在记忆丧失的情况下个体如何构建自我认知和道德判断等问题。

非线性的迷宫结构

《记忆碎片》的叙事手法是影片最为核心和引人入胜的元素，体现了导演的匠心独运。该片的叙事结构突破了传统的线性叙事模式，采用了非线性叙事技巧，通过倒叙和正叙的双线并行，构建了一个复杂而精巧的故事框架。影片的叙事被分为两条时间线索：一条是倒叙的顺序，以彩色影像呈现，从故事的结尾开始向前追溯；另一条则是正叙的顺序，以黑白影像呈现，按照正常的时间顺序发展故事。这种叙事方式在电影中并不常见，不仅增加了故事的悬疑性，也使观众能够体验到主角因记忆丧失而对事件的主观理解。电影中的每个段落结尾与前一个片段的开始相连接，形成了一个闭环结构，这种结构不仅揭示了主角莱纳的行动和发现之间的相互关联，也体现了他因记忆丧失而无法意识到这种联系的困境。通过这种叙事手法，诺兰成功地将观众置于莱纳的视角，体验他的心理状态和对事件的主观理解，从而在观众中复制了主角的感知错位。

电影《记忆碎片》的叙事起始于男主角莱纳对泰迪的迫害行为，随后时间逆流，开始了故事的倒叙结构。影片随即转换到莱纳在汽车旅馆醒来的场景，他对自己的身份和居住时长一无所知，仅能依靠照片来维持短暂的记忆。此时，影片中最后出现的角色——泰迪，作为莱纳在故事中第一个遇见的人物，重新登场。两人前往一个废弃场所，莱纳根据照片背面的指示（"别相信他的谎言，他就是凶手，杀了他"），对泰迪开枪，完成了影片的第一个叙事单元。影片再次回到莱纳在旅馆醒来的场景，他对自己的身份和目的感到迷茫，但这次他发现了身上的文身，从而重复前一天的行动，前往前台询问自己的身份，并提及自己患有短期记忆丧失症。在第三次醒来时，莱纳发现了更多的线索，包括一张纸条——在这里，影片随即转入正叙的黑白影像框架——以及莱纳在酒馆中接收到的文件，还有他身上的文身，引入了第二个与线索相关的角色——娜塔莉。第四次醒来时，莱纳回忆起妻子被奸杀的情景，开始系统地审视身上的线索，得出必须杀掉泰迪的结论，并在泰迪的照片背面写下这一结论。影片再次转入黑白影像叙事，引入了关键人物萨米。萨米不仅是莱纳记忆中的一个客户，也是他判断失误导致未能获得保险赔付的病人。"萨米"实际上是莱纳的象征，通过另一个视角展现了莱纳及其妻子的故事。在揭示这一问题之前，影片逐步倒叙推进，陆续引入了娜塔莉、杰米、陶德等人物。当这些人物得知莱纳的短期记忆丧失症后，他们的态度从最初的同情和帮助转变为利用，揭示了人性的复杂性和邪恶面。泰迪利用莱纳以获取赃物，娜塔莉利用他杀害陶德以报复自己的男朋友，甚至连旅馆老板也欺骗他，开设两个房间以赚取更多费用。

在电影《记忆碎片》的高潮部分，泰迪的角色揭露了故事的核心谜底，揭示了"约翰·G"的身份实际上是模糊和流动的，可以是任何人。泰迪指出，主角莱纳在自我欺骗中寻找快乐，这是一种普遍的心理机制，但他只记住了他想要记住的事情。泰迪进一步解释说，莱纳的妻子在事件后仍然活着，她不相信莱纳的记忆丧失，而是通过胰岛素注射来测试他的真实状况。莱纳拒绝接受这种说法，坚称那是萨米的故事，而不是他的。泰迪反驳说，萨米是个骗子，而莱纳已经揭穿了他的骗局。泰迪强调，萨米没有妻子，患有糖尿病的是莱纳的妻子，莱纳讲述的萨米的故事实际上是他自己的故事。

随着泰迪的揭露，观众得知真正的约翰·G已经在一年多前被莱纳找到并杀死，莱纳已经完成了他的复仇。泰迪说："我本来以为你会记得，但是你记不得！我认为你该报仇，我帮你找到另外的凶手，那个打你的头、强奸你太太的人。我们找到他、你杀掉了他。可是你记不得，于是我帮你再去找，找那个你已经杀掉的人。你什么都记不得，这次也不会记得。"在这个时刻，莱纳翻看他用来帮助记忆的旧照片，看到了一张他报仇后身上还带着血迹却无比开心和兴奋的照片。泰迪指出，莱纳不需要真相，他只需要自己捏造的事实。例如那些警察档案，是莱纳撕掉了里面的 12 页纸，为了替自己制造一个解不开的谜。

泰迪意识到莱纳活在一个梦中，梦中有他死去的妻子可供怀念，有生活的目的，在世界上扮演侦探的角色。泰迪劝他放手，不要再寻找、不要再报仇和杀人。然而，莱纳扔了泰迪的钥匙，愤而离开，并在略微思考后，在泰迪的照片背后写上"别相信他的谎言"，然后烧掉了唯一能证明自己已经报仇了的两张照片。接着，他在还记得泰迪的话的时候，故意记下了泰迪的车牌号码，为未来的自己亲手制造了泰迪是凶手的"真相"。莱纳需要自我欺骗才能感到快乐，也恨泰迪揭露这一真相的残忍。然后莱纳开车离开，从而开启了这部电影的整个历程。这一叙事手法不仅展现了人物的心理复杂性，也揭示了记忆与身份认同之间的微妙关系，为观众提供了对个体心理和社会现实的深刻反思。

电影想表达的是什么？

在电影《记忆碎片》中，主角莱纳的自我认知问题成为影片探讨的核心。影片伊始，观众与莱纳一同被置于对故事真相一无所知的状态，随着剧情的推进，观众与莱纳一同体验着焦虑与不安，同时期待着他能够揭开谜底。影片中的黑白影像段落，尤其是涉及杰米和莱纳太太的部分，增加了观众的困惑感。然而，影片结尾处，即故事的起点，所有的谜团被逐一解开，揭示出杰米即莱纳本人，而他太太的死也并非外界暴行所致。由于无法忍受莱纳短期记忆丧失的现实，她不得不频繁地要求莱纳为她注射胰岛素以维持生命。最终因胰岛素注射过量而死亡。在泰迪的叙述中，莱纳开始回忆起与太太的日常生活片段，逐渐揭露了他难以接受的残酷真相。起初，莱纳试图自我安慰，认为自己的行为只是为了弥补过去的错误。影片的尾声，莱纳的独白进一步深化了这一主题："我要相信这个世界并非我想象出来的，我要相信我所做的事情仍有其意义，即使我不记得自己做过什么。我要相信，即使闭上眼睛，这个世界依旧存在。我是否相信世界仍然存在？是的，我们需要记忆来确认自己的身份，我也不例外。现在，我究竟身在何处？"这段独白不仅表现了莱纳对自我认知的探索，也反映出他对记忆与现实之间关系的瞬间的清醒认知。通过这种叙事手法，影片不仅挑战了观众对线性叙事的期待，也提供了对个体记忆、身份认同和现实感知的深刻洞察。

　　在电影领域，对"记忆"这一主题的探讨历史悠久，众多作品通过多样化的叙事技巧和议题，深入挖掘了记忆的复杂性、不确定性，以及其对个体身份和经验的深远影响。例如，1958 年阿尔弗雷德·希区柯克执导的《迷魂记》（*Vertigo*）便深入探讨了记忆、身份与迷恋之间的错综复杂关系，影片中的男主角斯考蒂·费古森因一场阴谋而卷入记忆操控和身份混淆的漩涡。1990 年的电影《全面回忆》（*Total Recall*），改编自菲利普·K.迪克的科幻小说，讲述了主人公在发现自己的记忆被植入后，踏上寻找真相之旅，探讨了记忆植入与真实身份的关系。2004 年的《美丽心灵的永恒阳光》（*Eternal Sunshine of the Spotless Mind*）由查理·考夫曼编剧，讲述了乔尔在决定抹去与前女友的记忆过程中，意识到自己不愿失去这些回忆，于是在手术中努力保护这些记忆的故事。2010 年的《盗梦空间》则围绕梦境展开，讨论了记忆与潜意识的真实投射，以及通过侵入他人梦境盗取秘密乃至影响意识的可能性。《记忆碎片》与这些作品的不同之处在于，其叙事背后的"看不见的手"实际上是主角莱纳自己。影片在这一点上展现出后结构主义的特征，即在多视角、多叙事线索之后，还存在一个"镜像世界"，而这个世界完全是建立在莱纳颠倒的现实基础之上——即萨米和萨米太太的故事。在泰迪揭露真相之前，观众普遍认为萨米一家的存在是为了证明莱纳具有可靠的长期记忆。然而，随着剧情的推进，我们逐渐意识到这个唯一的证据也是有问题的，不是因为它是假的，而是因为它是倒置的甚至是错乱的。这种叙事手法不仅挑战了观众对记忆真实性的认知，也提供了对个体如何在记忆的碎片中构建自我认同的深切思考。

记忆可以成为定义人生的可靠凭借吗？

在《记忆碎片》里，莱纳因为遭遇创伤性事件而失去了短期记忆，无法形成新的记忆，他的生活完全依赖于他所记录的笔记和照片，这使得记忆成为他理解自我和追求复仇的唯一依据。影片探讨了记忆如何塑造个体的身份和人生意义。莱纳的记忆不仅仅是他过去经历的记录，也是他未来行动的指导。然而，影片同时提出了一个关键问题：如果记忆是片段化的且不可靠，那么它是否仍然能够定义一个人的人生？莱纳的记忆被知道所有事实真相时的他自己设计和操控，然而，丧失了短期记忆的他处于有目的的盲动之中，这导致他对自我的认知产生了质疑。影片中的莱纳，其身份和生活意义的构建完全依赖于他所信赖的记忆碎片，而这些记忆碎片的不完整性和主观性使得他的身份认同变得脆弱和不稳定。这种叙事手法不仅揭示了记忆在个体自我构建中的核心作用，也暴露了记忆作为自我认知基础的局限性和潜在的虚幻性。

与此同时，《记忆碎片》还通过非线性叙事和反复的时间结构，强调了记忆的主观性和不可靠性。莱纳的记忆受到情感和心理状态的影响，导致他对时间的回忆与实际情况不符合。影片中的多条线索和情节的反转也暗示了记忆的脆弱性，观众在观看的过程中也会开始质疑莱纳的叙述和他所相信的真相。这一点与《盗梦空间》中的梦境层次相呼应。《盗梦空间》拍摄于《记忆碎片》之后，亦是诺兰的代表作，两部影片在叙事结构和主体的探讨上有着深刻的联系，尤其是在对记忆的探讨方面。在《盗梦空间》中，梦境的构建和记忆的重塑使得角色们面临着现实与虚幻的界限的模糊。两部影片都探讨了记忆的真实性和可靠性，质疑我们如何能够确定自己的经历和感受是否真实。

在《记忆碎片》中，莱纳对线索的信任问题是影片的核心之一，他依赖于自己的笔记和照片来重建记忆，但这些记录本身是片面的，也是被自己及形形色色的角色所误导，或者说，所设计。影片通过莱纳的经历探讨了自我信任的脆弱性，观众在看他追求真相的过程中也逐渐陷入自我怀疑。这一主题在《盗梦空间》中同样存在，角色们在梦境中经历的事件和情感使他们对现实的信任受到了挑战。影片中的"旋转陀螺"成为角色们判断现实与梦境的工具，但即便如此，信任自己的判断仍然是一个复杂而不确定的过程。

《记忆碎片》通过对记忆的深刻探讨，提出关于身份、人生意义、记忆的可靠性以及自我信任的诸多重要问题。这些主题不仅在影片中得到了生动的表现，也引发了观众对自身记忆和身份的反思。诺兰通过复杂的叙事结构和心理描写，成功地将这些哲学问题融入紧张的剧情，使得影片在艺术和思想上都具有深远的影响。

戏　剧

赖声川《暗恋桃花源》：悲喜剧的辩证法

《暗恋桃花源》

英文片名：The Peach Blossom Land

导演、编剧：赖声川（Stan Lai）

主演：林青霞（Brigitte Lin）饰演云之凡

李立群（Lichun Lee）饰演老陶

金士杰（Shih-Chieh King）饰演江滨柳

获第五届东京国际电影节青年导演银樱花奖、第 29 届台湾电影金马奖最佳改编剧本奖和最佳男配角奖、第 43 届柏林国际电影节卡里加里电影奖。

中国台湾，107 分钟，1992 年

赖声川是中国台湾著名的舞台剧、电视、电影导演，1954 年 10 月 25 日生于美国华盛顿，成长于中国台湾。1972 年，赖声川在辅仁大学英语系学习，并在台北开始其音乐生涯，包括民歌演唱和演奏。服完兵役后，他组建了自己的乐队。1983 年，他在美国加州大学伯克利分校获得戏剧学博士学位，随后返回台湾，在台北艺术大学教授戏剧，创建了戏剧学院并担任院长，也在美国斯坦福大学担任客座教授和驻校艺术家。代表

作有《那一夜，我们说相声》（1985）、《暗恋桃花源》（1986）、
《如梦之梦》（2000）、《宝岛一村》（2008）等。2013 年，赖声
川发起乌镇戏剧节，进一步推动了中国话剧创作的发展，并促
进中外话剧的交流。赖声川在学院中担任过要职，对戏剧教育
有着深远的影响。

　　作为近些年备受赞誉的戏剧大师，赖声川在作品中常常融
合东西方文化，用戏剧的形态来反映宏阔的历史。他的戏剧作
品在舞台上构建宏大的梦境，从描绘台湾外省人的生活经历到
展现一个群体乃至一个民族的命运，是他戏剧风格所独有的实
践性。在尝试戏剧形式创新的同时，他也注重对传统戏剧元素
的运用，从而创造出独一无二的戏剧体验。他的戏剧作品以台
湾整个 20 世纪为背景，展现了台湾居民的生活变迁，体现了
对历史的深刻思考和强烈的人文关怀。

　　《暗恋桃花源》是赖声川导演的一部标志性话剧作品，它
巧妙地将两个截然不同的故事线交织在一起，在同一舞台上呈
现，形成了古今悲喜交加的戏剧效果。《暗恋桃花源》的故事，
要从一部戏剧和两个剧组说起，赖声川在执导的一部戏里面，
囊括了两部戏，情节由两个剧组在同一个剧院、相互争夺时间
和场地展开。其中一个剧组排演的戏叫《暗恋》，另一个剧组
排演的戏叫《桃花源》。从表面上来看，《暗恋》是一部悲剧，
《桃花源》是一部喜剧。《暗恋》讲的是一个大时代背景下悲怆
的爱情故事。故事的男女主角叫江滨柳和云之凡，这对年轻的
男女在上海相遇，后因战乱而失散。两人后来各自逃到台湾，
却再也没有相逢，虽互相怀念，但迫于现实压力怀念不得不
选择与他人结婚生子，当了爷爷奶奶。在江滨柳生命的最后阶
段，他登报纸寻找曾经的恋人，终于在临终时见到已经满头白

发、却依然光彩动人的云之凡。在同一个舞台上，另一个剧组正在等候彩排一部叫《桃花源》的戏。这是一个喜剧或闹剧，主人公叫老陶，心思单纯，为人老实忠厚，常被妻子欺负。老陶发现妻子春花和房东袁老板有私情，于是愤怒、沮丧又失意地离开村庄，误入桃花源，度过了一段开心快乐的日子。再次回到现实世界的村庄时，老陶发现春花和袁老板已经结婚生子，两个人偷情时的美妙在现实生活的困顿面前沦为互相指责的一地鸡毛。

　　《暗恋桃花源》通过并置两个叙事框架，深入探讨了人生的不可预测性、失落与重聚的主题，以及对理想境界的不懈追求。剧中的"暗恋"与"桃花源"不仅呈现了两个剧组的冲突，更具有深刻的象征意义，它们隐喻着个体在理想与现实之间的挣扎过程。《暗恋》通过江滨柳和云之凡的故事，展现了人生的悲欢离合，揭示了个体在宏大时代背景下的无奈与命运的无常。而《桃花源》则映射了人们对理想生活的渴望以及面对现实生活挑战时的困境。此外，剧中寻找刘子骥的疯女人角色，象征着对过去和逝去美好时光的追寻。这一角色的设置，不仅为剧情增添了神秘色彩，也反映了人们对于逝去时光的怀念和对过往记忆的执着。她的反常行动和言语直刺观众心口，让观众在戏剧落幕之时不由得思虑起处身于时间川流中的每一个个体的位置和角色。

　　在《暗恋桃花源》中，最为引人注目的戏剧技巧在于两部"戏中戏"所展现的悲喜剧辩证法。《暗恋》中的情感表达是泪中带笑，而《桃花源》中的情感表达则是笑中带泪，两者形成了鲜明的对比。《暗恋》通过描绘一对在战争时期相爱的男女在上海的偶遇，以及他们在台北的错过，展现了一个

看似悲伤的故事。然而，这个故事之所以感人至深，是因为
尽管两人分离多年，他们之间始终存在着对彼此的深切思念。
在生命的最后阶段，两人终于在经历了漫长岁月后重逢，实
现了一种"圆满"。金士杰、李立群、林青霞等演员的精彩表
演，使得剧中的情感表达更加深刻。尽管剧中运用了"间离效
果"（alienation effect）来打破观众的情感投入，尽管剧情多次
解构积累起来的情绪，在《暗恋》中病房的那一幕，观众的情
感仍然会被深深触动。编剧深刻理解那种含蓄而持久的思念之
情，以及它对人的一生所带来的深刻影响。这种情感的表达，
不仅展现了人物内心的复杂性，也体现了编剧对人类情感的豁
然洞察。

所谓"间离效果"，是由德国剧作家贝托尔特·布莱希
特（Bertolt Brecht）提出的一个戏剧概念，它指的是在戏剧
中使用特定的技巧，以使观众对舞台上的表演保持一定的心
理距离，避免完全的情感投入，从而促使观众以批判性的眼
光去分析剧中所展现的社会和社会议题，从而激发观众的主
观能动性，促使其进行冷静的理性思考。在戏剧《暗恋桃花
源》中，赖声川导演巧妙地应用了布莱希特的"间离效果"
理论。戏剧刚开始的时候，观众被置于旁观者的位置，观察
两个剧组因场地争执而产生的冲突。随着剧情的推进，特
别是在排练《暗恋》时，观众的情感被剧中人物云之凡的温
柔与清新脱俗之美所吸引，沉浸在江滨柳与云之凡之间充满
理想、热血与情意缱绻的依依不舍之中。然而，导演的一声
"咔"打断了这种情感的沉浸，将观众从剧情的幻觉中抽离出
来，实现了间离效果。在这一过程中，观众对剧中人物的理
想化想象被打破，转而关注饰演这些角色的演员林青霞和金

士杰，以及他们在戏外所展现的脆弱和忧郁特质。这种转变使得观众意识到剧中人物与演员本人之间的区别，以及戏剧与现实之间的界限。通过这种间离技巧，赖声川不仅展现了戏剧的假定性，也让观众对理想与现实之间的冲突有了更深的思考。

随后，剧情从《暗恋》的强烈情感和抒情性质的片段，转变为《桃花源》那接近喧闹的戏剧性场景，观众被迫进行情感调整。正当观众开始对老陶的不幸遭遇产生同情，并对他的后续经历产生好奇时，《暗恋》剧组的介入打断了这一情感连续性。两部戏剧的轮流排练导致观众的情绪体验在投入与抽离之间反复切换。在此过程中，赖声川运用了一个精妙的剧情设置，通过剧中"戏中戏"的导演与其他剧组的协商，达成了将舞台二分、同时进行排练的协议。这一设置不仅在物理空间上分割了舞台，也在情节层面上创造了一种并置效果，使得观众不仅要在两个截然不同的情感世界之间进行快速切换，同时促使观众意识到自己正在观看的是一部嵌套戏剧——即赖声川导演正在排演的名为《暗恋桃花源》的剧目。这是提醒观众正在看的是一部戏中戏，从而进一步强化了间离效果。这种并置的情节构造不仅挑战了观众的感知习惯，也促使他们对剧中的情感和主题进行更深层次的思考。通过这种结构上的创新，赖声川成功地打破了传统戏剧的线性模式，为观众提供了一种全新的观剧体验，同时也探讨了戏剧与现实、虚构与真实之间的复杂关系。赖声川在这部剧中展现了他在传统与现代、东方与西方、艺术与商业、内容与形式之间的巧妙平衡。他的作品不仅提供了喜剧与悲剧的辩证法，而且展示了每种戏剧体裁如何最终走向其对立面。这与剧作的表面设定相反，《暗

恋》是悲剧，也是喜剧；而《桃花源》是喜剧，实则也是一部
悲剧。

在《暗恋桃花源》的戏剧结构中，赖声川导演不仅将布莱
希特的"间离效果"运用得淋漓尽致，而且作为一个深谙东方
情感的中国导演，他在剧的末尾安排了一个极具情感张力的情
节，有效地承接了云之凡与江滨柳之间的未了情感，并巧妙地
包裹了观众的情绪。这一情节体现于江滨柳与云之凡最终相
握又分离的双手，江滨柳洒落的泪水与云之凡微微颤抖的身
躯，使得数十年的离别情感在这一刻得到了释放与沉淀。在生
命的最后关头，江滨柳得以与昔日念念不忘的恋人重逢，而对
方亦同样牵挂着他，使得多年的蹉跎、煎熬以及各自的婚娶似
乎都变得无足轻重。金士杰在这一情节中的表演展现了其成熟
精湛的演技，每一个眼神、每一个动作、每一句台词都充满了
戏剧张力，尤其是那一句经典的台词——"之凡，这些年，你
有没有想过我？"——成为观众情感爆发的高潮。自此，金士
杰以其卓越的表演开启了"金士杰之外，再无江滨柳"的戏剧
时代。

《暗恋桃花源》结尾部分的处理展现了深刻的戏剧关怀。
作为一部"戏中戏"，该剧不仅呈现了两个嵌套故事的结局，
还展示了两部戏剧排演结束后所有参与者的离场过程。该剧
的结尾策略不仅使观众在情感上达到高潮，还给予了他们足够
的时间来处理和消化这些情感。戏剧并未在情感高潮处戛然而
止，而是采取了元戏剧的手法，让剧中人物逐一退场，走出他
们所扮演的故事，回归到演员自身的现实生活中。这种处理方
式引发了观众的双重怅然若失感：一方面，是对《暗恋》中情
感纠葛的失落；另一方面，是对表演者突然离场的失落。当

观众还沉浸在云之凡和江滨柳的情感纠葛中时，戏剧已经结束，而观众尚未从剧情中抽离，剧中演员已经开始离场，回归现实。然而，这种失落感同时伴随着双重的安慰：一方面是故事内部的安慰，另一方面是故事外部的安慰。如果《暗恋桃花源》是一个人戏剧生涯的启蒙之作，那么很少有人会不对其产生热爱和眷恋。当我们从《暗恋》的情节中走出，转向《桃花源》时，我们发现，在那些幽默诙谐、令人发笑的台词背后，隐藏着一个真实而苍凉的世界，这种对比使得观众感到深深的悲伤。

《暗恋桃花源》独特的讲述故事的方式——戏剧的复合结构是其创新之处所在，它开创了国内戏剧悲喜剧交融的先河。导演将悲剧和喜剧同时放置在同一个舞台上，让悲伤与快乐在同一个空间内碰撞，创造出一个参差对照，又极具张力的舞台效果。通过这种并置，戏剧的冲突更加集中，节奏感更加强烈，同时可以升华戏剧主题。同时，多时空的并置、跨越时空的共在展现了戏剧的多层次性，例如在《暗恋》的这场戏里，江滨柳在医院的现实与他幻想中年轻云之凡的到访同时展现在舞台的两侧，这种处理手法极大地增强了戏剧的表现力。最后，将《暗恋》和《桃花源》融为一部戏，同时以后设视角再次将这两部戏拉远，在这两部戏之上，还有一个导演，使得观看两部戏排练的过程，展现两个剧团之间的冲突本身又成为一部戏，而这正是这部戏先锋性之所在。

在这一语境下，有必要对"悲剧"与"喜剧"这两个戏剧学中的核心概念进行阐释。在探讨戏剧艺术的领域中，悲剧与喜剧作为西方戏剧史中两种最为关键且基础的戏剧形式，各自拥有独特的定义与特征。首先，喜剧作为一种戏剧类型，其核心在于通过夸张的艺术手法、幽默的语言以及超乎寻常的肢体动作来塑造人物形象，以此激发观众对丑陋与滑稽现象的嘲笑，同时对正常生活与美好理想进行肯定。德国美学家席勒在对喜剧进行分析时提出，喜剧与悲剧均旨在为人类精神提供一种自由的体验，但喜剧通过"道德上的冷漠"[1]来实现这一目的，而悲剧则通过自律来达成。席勒进一步指出，喜剧的审美特征在于以玩笑和讽刺为手段，触动人的自豪感和自尊心，从而引发人的精细感觉，产生笑的审美效果。[2]同时，席勒对于喜剧与悲剧的功能也进行了深刻的论述。他认为，喜剧能够引导我们达到一种至高的精神状态，而悲剧则引发最强烈的情感活动。在喜剧中，观众体验到的是一种冷静、明确、自由且愉悦的状态；而在悲剧中，观众所体验到的是激烈的情感波动与道德冲突。[3]

至于悲剧，涉及的通常是严肃的主题和高尚人物的行动，按照亚里士多德在《诗学》里的说法，悲剧是通过人物的动作来模仿对象，具有完整、统一，具有一定的长度，悲剧的目的是"通过引起怜悯与恐惧，来使这种情感得到净化"[4]。从古希腊时期起，悲剧便被视作展现人类与强大命运之间的冲突，即所谓的"命运悲剧"。在这类悲剧中，命运作为神秘莫测且不可抵抗的必然性，支配并摧毁了主人公，即使主人公有意为躲

1　席勒所说的"道德上的冷漠"并不是指缺乏道德感或者对道德问题不关心，而是指在喜剧中，道德问题往往不是主要的焦点。在喜剧里，人们更注重的是幽默和娱乐效果，而不是道德教化。喜剧通过夸张和讽刺等手法，让观众在轻松愉快的氛围中反思和批判，而不是直接对观众进行道德说教。

2　张玉能：《论席勒的喜剧理论》，《文艺研究》1995 年第 9 期。

3　同上。

4　亚里士多德：《诗学》，陈中梅译，商务印书馆出版社 1996 年版，第 63 页。

避命运而预先做出了相应的行动。这种悲剧性的实质，被亚里士多德总结为"过失说"。所谓"过失"（hamartia），源自古希腊语"hamartanein"，意为"犯错"（to err）。在希腊悲剧中，这一概念指的是导致英雄走向毁灭的错误判断和行动，亦可视为英雄的悲剧性缺陷。这种缺陷并非源自英雄的邪恶或堕落，而是基于其性格中的无知，以及在理智上对人、对事、对物的判断失误。这反映了古希腊人的一种观念：人类普遍具有犯错的倾向，而神明则不以宽恕和仁慈为怀。英雄的悲剧性缺陷在多个例子中得到体现，例如俄狄浦斯因无法抑制的冲动而意外杀父，又因无知而与母亲结婚。在莎士比亚的戏剧中，奥赛罗因嫉妒而误杀爱妻，麦克白因野心而篡位，最终导致自身的覆灭。亚里士多德特别强调，英雄身上的这些缺陷，即导致其身败名裂的特质，同样可能发生在普通人身上，从而使得观众能够产生认同感，并激发怜悯和恐惧的情感。过失的作用在于卡塔西斯（catharsis），即在观赏悲剧的过程中，观众的情绪随之波动，一方面对英雄的不幸命运产生同情和悲悯，另一方面也感受到恐惧和警醒，最终在情感上达到净化和释放的效果。"过失说"深刻地揭示了人之为人的有限性，只要是人，就会犯错。但当犯错的人面对命运惩罚的罚不当罪时，毅然承担起自己的道德责任，表现出人之为人的自由意志和高贵人性，他就成为"英雄"。就此而言，"过失说"又深刻地指向人之为人的自我超越。

　　当然，这只是就古代悲剧及其"英雄"而言。在现代世界中，这种悲剧性可以说已经一去不复返了。正如曹禺在《雷雨》序言中所洞察到的，"命运"乃是古希腊人对必然性这种宇宙间的"残忍"的命名，它在现代世界中经过祛魅，已经被表述为"自然的法则"。[1] 这个洞见深刻触及现代悲剧的实质。在文学史上，我们可以看到，自 19 世纪下半叶自然主义文学兴起以来，主人公的命运几乎都指向幻灭的宿命论。这种宿命论的本质在于，现代主人公被还原成其外部环境、阶级出身和生理欲望的产物，总而言之，被理解为自然必然性的掌中玩物。他全然丧失了古代悲剧英雄那种自由意志和自决行动，他成为莱蒙托夫所说的"当代英雄"，也就是不再能够以充实的主体性积极行动把握时代脉搏的"多余人"。"多余人"由是为时代的洪流所裹挟，最终只能以无力感和幻灭感作为回应。在《暗恋》和《桃花源》两部"戏中戏"中，我们看到的何尝不是这类"当代英雄"？江滨柳和云之凡都沦为时代洪流的牺牲品，他们的相互错失，不是源于自身的过失，而仅仅是因为小人物在大历史中那宛如浮萍般的存在。尽管两人最终重新见面，看似遂了夙愿，完成了某种"团圆"，但根子是无限的凄凉和悲哀。而像老陶、春花、袁老板等男男女女，更直接被还原为生理欲望的衍生品，最终也只能面对一地鸡毛的庸常人生。在这个意义上，这两个戏剧背后充满了浓浓的现代悲剧意味，这些"当代英雄"都无法掌控自己的命运，面对时代的席卷，毫无还手之力，这是独属于现代人的幻灭感。

赖声川借此展现了一个时代的矛盾和冲突，以及人们在社会变革中的无力感和挣扎。这些主人公在社会中找不到位置、无法实现自我价值，他们的存在和幻灭，成为那个时代的缩影，也象征着那个时代的集体困境。在这一语境下，对理想"桃花源"的坚持只能通过主观且无目的的追求来体现。剧中，

1　曹禺：《〈雷雨〉序》，载《曹禺全集》第 1 卷，花山文艺出版社 1996 年版，第 7 页。

这种空洞追求的具体表现是那位"疯女人"对《桃花源记》中述及的"刘子骥"的寻找，尽管她对刘子骥一无所知，甚至连他的外貌特征都不知道。与古代英雄相比，这种追求显得苍白无力。古代英雄致力于突破命运的枷锁，并且作为充实的主体力量生活在这个世界上。而当代英雄的愿景则沦为了单纯主观的、片面的乌托邦。这并非由于当代人的堕落或理想的丧失，而是因为他们对于理想本身就没有清晰的认识。

音乐在剧中的功能同样不容忽视。面对这样一部先锋且充分运用间离效果的戏剧作品，赖声川巧妙地利用音乐将观众的情感重新拉回到剧中感人的情境之中。他选用了一首名为《追寻》的音乐作品，歌词是诗人许建吾在抗战初期创作的诗歌，并由作曲家刘雪庵谱曲，发表于 1942 年重庆的《音乐月刊》上，至今仍广为传唱。在 20 世纪五六十年代，《追寻》在台湾的传唱度极高，赖声川将其融入《暗恋桃花源》，将这首抗日救亡的歌曲与剧中苍茫时代的爱情故事相结合，从而构建了大时代中小人物命运与国家命运的同构关系。音乐不仅是剧情的载体，也是角色情感的象征。这首歌在戏剧里，为剧情、为云之凡和江滨柳的爱情提供了一个强有力的载体，也象征着江滨柳对过去美好往事的怀念与追寻。这首歌很好地让观众感受到江滨柳内心的孤独和无尽的思念，以及未竟情感的深深遗憾。最为关键的是，《追寻》将观众的情感带回了三十年前江滨柳与云之凡分别前的那个夜晚。赖声川巧妙地将音乐与剧情紧密结合，利用《追寻》不仅串联起两部戏剧，而且连接了戏里戏外的情感世界。此外，《追寻》在戏剧中还承担了让观众情绪得以宣泄的功能，它作为一个强有力的工具，成就了戏剧的魅力和舞台奇观。

林奕华《心之侦探》：当福尔摩斯变成普通人

《心之侦探》

英文片名：This Is Not A Pipe and I Am Not Sherlock Holmes

导演、编剧：林奕华

主演：王宏元 / 朱宏章 / 周姮吟 / 时一修 / 路嘉欣 / 黄俊杰 / 叶丽嘉 / 赵逸岚

中国香港，戏剧，360 分钟，2016 年

林奕华，1959 年出生于香港，是舞台剧导演、其创作领域跨越了戏剧、舞蹈、电影等多个领域。在中学时期，林奕华就在 TVB 担任编剧，毕业后与朋友共同创建了前卫剧团"进念·二十面体"。1989 年至 1995 年他在伦敦生活，1991 年创立了"非常林奕华"剧团。1994 年，林奕华因电影《红玫瑰白玫瑰》（关锦鹏导演）获得金马奖"最佳改编剧本"奖。1995 年返回香港后，林奕华专注推动舞台剧创作，推出的有影响力的作品包括《红玫瑰与白玫瑰》《红娘的异想世界之在西厢》《贾宝玉》《红楼梦》《梁祝的继承者们》《机场无真爱》等。他凭借深厚的文学功底，以其深刻的社会洞察和犀利的台词对文学名著进行改编，比如"城市三部曲系列"（《华丽上

班族之生活与生存》《男人与女人之战争与和平》《命运建筑师之远大前程》）、"四大名著"系列（《水浒传 What is Man？》《西游记 What is Fantasy？》《三国 What is Success？》《红楼梦What is Sex？》）等。林奕华擅长对于经典作品进行现代性的改编，在打破原有故事框架的同时，又敞开了其面向当代的叙事维度。

《心之侦探》是林奕华创作的戏剧作品，灵感来源于福尔摩斯案件中的人物心结，重新创作出九件"人生奇案"。剧中探讨了人们在日常生活中可能遇到的各种"失去"，如幸福被挟持、绑架、勒索、偷窃、嫁祸、被谋杀等，并将这些"失去"构造成案件。这些案件反映了每个人身上可能发生的问题。剧中涉及现代人的内心问题，如孤独、APP 依赖、性瘾、强迫症等，这些都是普通人可能面临的"病症"。林奕华通过作品探究现代人的内心世界，让观众在作品中看到自己，直面问题并寻找答案。《心之侦探》是"非常林奕华"成立 25 周年的第 56 部作品，是"生命三部曲"中的第二部，继《梁祝的继承者们》之后的作品。文章列举了剧中的九个角色及其对应的"病症"，如福尔摩斯的社交恐惧症、华生的依赖症等。通过《心之侦探》，我们可以理解和探索当代人的内心世界，以及直面生活的担当与勇气。

谁是谁的"普通人"

"普通人"是《心之侦探》的一个关键词，华生曾对福尔摩斯大喊："你是福尔摩斯，而我只是你的助手，我是一个普通人"；莫瑞亚提也曾咬牙切齿地对福尔摩斯说："我不只是你的粉丝，我要变成你———一个不普通的人"；探长雷斯垂德说："我一点也不普通，我很聪明，我会怀疑"；麦考夫说："不普通的人，吃的不是普通的蛋糕，因为他们不是在吃杯子蛋糕，他们在吃杯子蛋糕的口味。我是个普通人，只能在吃相同的口味，在不用上班的那一天，做杯子蛋糕"；自杀案委托人说："我是一个普通人，我所遭遇的不幸你作为福尔摩斯是不会遭遇到的，为什么我只是一个普通人呢？"

在《心之侦探》中，"普通人"这一概念被描绘为与"平凡、乏味、不显眼、平庸"等特质相联系的"小人物"。除了福尔摩斯之外，剧中其他角色都在努力逃避这一身份，同时，这也是日常生活中人们日复一日所扮演的角色，他们既在履行这一角色，又在不断地尝试超越它。正如华生，他作为福尔摩斯的知己和伙伴，对福尔摩斯怀有深厚的情谊，但在福尔摩斯的光环下，他似乎变成了一个可有可无的存在，"如果没有福尔摩斯，谁还会记得华生"。然而，在莫瑞亚提眼中，华生因其能够接近福尔摩斯及其核心事务而显得不凡，这种亲近让莫瑞亚提感到极度嫉妒。艾琳在情感的波折中总是能够占据上风，她与福尔摩斯在智力和情感上势均力敌，她也不普通，作为与福尔摩斯有过唯一情感纠葛的女性，她的遗憾在于，这次是她先动了情。莫瑞亚提在剧中看似是一个到处煽风点火、作恶多端，期待取代福尔摩斯的普通反派，但他真的普通吗？不，作为福尔摩斯决心要铲除的最大敌人，他拥有与福尔摩斯相匹敌的力量。那么麦考夫呢？身为福尔摩斯的哥哥，一个每天需要吃150个杯子蛋糕的普通人，他普通吗？他每天指挥和管理不同领域的行政部门，确保它们的正常运作，他将屡陷险境的弟弟置于自己的保护之下，让他可以代替自己去做自己喜欢的事情，为人类揭示更多的真相。还有房东太太，她的不普通之处在于她知道自己与众不同，因为她是福尔摩斯和华生的房东太太。这些与"光环人物"福尔摩斯有着千丝万缕联系的角色似乎没有一个是真正"普通"的，甚至连商店的店员也不例外，因为她是福尔摩斯众多案件中的一个关键人物。

作为《心之侦探》的观众，我们自身是否属于"普通人"的范畴？或者，更深层次的问题是，我们为何不愿意甚至拒绝成为"普通人"？是因为普通人常被贴上平庸、不显眼的标签？是因为他们在社会结构中显得渺小、卑微，常常受到权力和财富的压迫？是因为普通人的生活充满了悲剧色彩？是因为普通人难以获得他人的崇拜和敬仰，缺乏社会认同？还是因为普通人的力量有限，常常感到孤独无助？进一步地，当我们追求成为有地位、有名声的人物后，这些问题是否就能得到解决？此外，我们是否也应该探讨福尔摩斯的观点，在他的视角中，对于"普通人"的定义和看法又是什么？这些问题触及了个体身份认同、社会地位与内心世界的复杂关系，以及对于"普通"与"非凡"的内在省察。

人们难以忍受平庸的生活，这也是哲学家们思考的命题。亚里士多德认为，幸福（Eudaimonia）是一种实现个人潜能和优秀品质的表现，而平庸的生活与此相反，被视为未能实现个人潜能的生活、是不幸福的生活，因此人们追求非凡以实现更高的幸福；尼采提出了"超人"的概念，鼓励人们超越平庸，追求个人的力量和创造力的极致。在尼采看来，平庸的生活是缺乏生命力和创造力的，而非凡的生活是对生命力量的肯定。存在主义哲学家萨特认为，人的存在先于本质，每个人都有自由选择自己生活方式的权利，平庸的生活被视为缺乏个人意义和自我实现的生活方式，因此人们追求非凡以赋予生活更深刻的意义。在文学中，更是有许多作品探讨了人们无法忍受平庸生活的主题。比如在《麦田里的守望者》里，主人公霍尔顿·考尔菲尔德对成人世界的虚伪和平庸感到厌恶，他渴望保持纯真和真实。在《局外人》里，通过主人公默尔索的视角，加缪探讨了人在面对荒诞和无意义的世界时，如何寻求个人的意义和自由。在《了不起的盖茨比》里，盖茨比对财富和地位的追求，反映了人们对于超越平凡生活的渴望，以及这种渴望带来的后果。在《安娜·卡列尼娜》里，安娜对传统婚姻和社会规范的反叛，展现了她对激情和真实生活的渴望，小说也揭示了这种渴望带来的灾难性后果。在《月亮与六便士》里，主人公查尔斯·斯特里克兰德放弃了稳定的家庭和职业，追求成为一名画家的梦想，体现了他对非凡的艺术生活的渴望。这些哲学著作和文学作品通过不同的故事和人物，展现了不同时代哲学家和作家对于超越平庸生活的渴望，以及这种渴望背后的复杂情感和社会冲突。

在《心之侦探》的尾声两幕中，莫瑞亚提向福尔摩斯提出了深刻的质疑："我为什么要是个普通人？我能不能不是一个普通人？如果我只能当一个普通人，我的人生还有什么意义？"莫瑞亚提跳楼了，身后的福尔摩斯说："那你先告诉我，你是谁？""你再告诉我，你为什么会在这里？""这本来是我最后一句台词，不管普通不普通，我们都是一个人，你为什么要害怕？"

这一段落不仅引发了观众对于自我认同和存在意义的反思，也触及了对于恐惧的探讨。在全球的侦探小说爱好者为福

尔摩斯的案件和其个人魅力所倾倒的同时，林奕华试图挖掘的
是隐藏在案件和光环背后的深层次福尔摩斯，他追求的是用心
灵而非肉眼去洞察的真实。这正是《心之侦探》的核心意图。
林奕华曾公开表示，他个人最渴望成为的角色是"华生"，一
个普通人。在剧作的最后一幕"心房出租"中，我们可以窥见
这一点。在这幕戏中，福尔摩斯回到了与华生初次相遇的场
景，这一时刻象征着对过去和未来的深入反思，以及对个体身
份和人际关系的探索：

> 福尔摩斯：你也知道我是福尔摩斯，我没有选择，你
> 　　　　　有选择，你是华生。
> 华　　生：选择？我能有什么选择？我还不是一个普
> 　　　　　通人？
> 福尔摩斯：你再普通，也有双重的身份，你还有一个
> 　　　　　名字，叫柯南·道尔。

　　福尔摩斯、华生，以及站在华生背后创作出这整个福尔摩
斯传奇的柯南·道尔，当来自不同时空的人物发生对话时，人
物与人物之间的关系变得微妙起来。林奕华曾在编剧手记里
说："为什么一个普通人会想找到一个不普通的人，来让自己
觉得自己普通？"这是对《心之侦探》这出戏的意旨"什么人
需要什么人"最核心的诠释。而林奕华终其一生想做的戏剧，
不正是如同柯南·道尔一般，作为一个普通人，创造出不普通
的戏剧和故事人物？

性别是一条流动的河流

在林奕华奉献给观众的诸多戏剧作品里，性别不仅是林奕华个人身份认同的一部分，同时也构成他作品中一个核心议题。他通过艺术创作挑战和颠覆现有的性别观念，探讨性别与文化、身份认同、权力之间的复杂关系。在他的戏剧作品里，男主人公往往有着温婉优雅的女性气质，而女主人公亦常精明能干又坚强、充满男性的爆发力，且比男人们更勇敢。《心之侦探》对于这个模式进行了更为深入的探讨。在这部戏里，不仅男性和女性的角色时时处于一种错位中，甚至"性别"这个概念本身，也在一个角色的身份里开始了时而男性、时而女性的流动。比如说，戏剧的开头，一个很具有女性气质的男演员在贝克街221B扮演着房东太太，下一个场景便换成一个女演员来接着进行房东太太的台词，再然后，房东太太又变成了一个阳刚气十足的男性，随后在后面的剧情铺展中，这个角色身份被注入的性别是随机变更的，观众永远不知道这个"房东太太"是一个男人，抑或是一个女人？同样，在《心之侦探》里，观众也不知道福尔摩斯、华生、莫瑞亚提、麦考夫的性别，这些都成为故事的背景，变得逐渐模糊。这是林奕华和《心之侦探》想要告诉我们的要点之一：人物是固定的，但人物后面的身份、性别是在流动的。但是，观众仍然知道房东太太是福尔摩斯和华生的房东太太；莫瑞亚提仍然是福尔摩斯的死敌，而艾琳无论如何怨恨福尔摩斯却仍然爱他；福尔摩斯仍旧是一个风靡全球的侦探，华生依旧是他的助手。

林奕华在他的戏里似乎有意抹掉或忽略性别作为对一个人评定的本质属性。那什么是最重要的呢？这里面发生着的故事，人与人之间的链接开始变得重要起来。情感的复杂及其深度、里面的种种纠结和层出不穷的问题，是林奕华每部戏剧都直面的人生课题。爱情、亲情、友情的成长和变化，他几乎在每部戏里，都曾描述和再现了那虽然不同却有命定相似的情感。这些情感以极大的戏剧张力向观众展现出来，很激烈、很极端，又歇斯底里。那么为什么感情，尤其是失意、悲惨、不得志的感情屡屡成为林奕华舞台剧的命中主题和重要描写对象呢？为什么激烈一定要以呐喊的形式展现出来呢？这是人类面临危险和无助时最本能的反应，还是一种弗洛伊德意义上出于生命想要破坏的"死亡冲动"？

　　他对此回应道："环顾周遭，世界方方面面的现象，让我感受到你在舞台上所看见的这些激烈且用力的情感，但戏剧不是只有呈现，它通过结构的方式，希望达到启发观众思考的目的。剧中的情绪，于我看来，现实中更甚，只是它不被表达在表面上，而是藏在每个人的意识深处。如果不是到处都有这些焦虑，生活中的我们，就不会有这么多压力，以存在感为例，自媒体的狂热，反映了我们渴望被关注的程度，可能大大超过我们对自己的认识和了解。"林奕华的戏是向内转的，正如他多角度呈现的文本只用看是不够的，还要思考他为什么这样看、为什么这样处理。他的戏剧是对于潜意识的有意识和自觉的表达，使他一次次去试图撼动隐匿在海洋平面下的那70%的冰山，而那些，是当代人共有的生存焦虑，因为有着很多想要的东西，所以有着共同的欠缺。那么如何将这种情绪状态在舞台上展现出来？他选择了在舞台上最直接有效的情绪宣泄的方式。

是"需要"的，还是"想要"的？

在《心之侦探》的结尾"同归于静"中，福尔摩斯对他的头号大粉丝莫瑞亚提说："你只是我的读者，我只是你的投射，故事说到这里，已经完了，你要去写你自己的故事了。"莫瑞亚提说："你凭什么跟我说我要听你的话，去过我的人生。"福尔摩斯说："你听清楚了，我是要你不要听我的话，去过你的人生。"是的，故事讲完了，戏演完了，人要回到各自的日常生活中，要去解决自己的那些问题，去过各自的人生。

在这部戏剧作品中，每个角色都在各自的欲求中挣扎。华生渴望成为福尔摩斯；雷斯垂德追求成为一位智慧且受人尊敬的探长；艾琳期望获得福尔摩斯的性与爱；玛丽希望取代福尔摩斯在华生心中的位置，并与华生共度余生，尽管她意识到华生内心深处真正关心的是福尔摩斯；莫瑞亚提则渴望取代华生，协助福尔摩斯管理其粉丝页面，当无法获得福尔摩斯的爱时，他的爱转变为了恨；福尔摩斯则希望公开他对华生的感情。然而，区分"需求"与"欲望"的界限何在？个体与其所渴望成为或与之共度时光的他人之间，哪一个才是生命的核心？《心之侦探》的核心议题之一是探讨现代人的心理与情感困境。导演林奕华通过一系列案件，探讨剧中人物的心被窃取、自杀、消失或失踪的现象，这些问题均与欲望紧密相连。

《心之侦探》将福尔摩斯这一广受尊崇且令人钦佩的形象置于我们的日常生活中，对其进行深刻的探讨。在这一过程中，福尔摩斯的高智商、勇敢、机智和权威等个人魅力特质被剥离，使他以一个普通人的身份面对爱情和生活的本质。由此揭示，即便是福尔摩斯，也会感受到孤独，也会对爱与被爱感到恐惧，也会渴望得到宠爱，也会经历嫉妒，也会在面对复杂情境时感到无力。然而，他仍然是福尔摩斯，拥有超越常人的智慧和敏锐的洞察力，同时，他也与我们一样，面临着相同的困惑和挑战。在探讨"需求"与"欲望"的界限时，我们往往发现，那些看不见的内在需求与看得见的外在欲望之间存在着微妙的平衡。或许，当我们开始从纷繁复杂的欲望中解脱，真正面对和处理生活中的实际问题时，我们才会意识到，我们真正需要的东西其实并不多。我们为了那些无法放弃的东西而坚持不懈，为了生活中不可或缺的需求而努力奋斗。这不仅仅是为了生存，更是为了追求更高质量的生活。当福尔摩斯转变为一个普通人，他不仅接近了人群，更深入到了每一个生活在群体中的个体，每一个身处其中的"我们"。福尔摩斯，也存在于我们之中，与我们并无二致。

林奕华的作品以其独特的现代视角和对经典作品的重新诠释而闻名，他的创作风格深受多种文化和戏剧传统的影响。《心之侦探》这部戏剧作为林奕华的一部深刻的作品，它在诸多层面上都呈现出了它的戏剧高度。首先是对当下社会中的人的生活状态的深刻的探讨与诊断。这部戏剧讨论了现代人内心的孤独、焦虑、依恋等普遍性问题，这些问题使作品具有强烈的现实关怀和社会批判。其次，这部戏剧里面的每个角色都代表了一种社会上的典型人物，他们的心路历程、他们的痛苦和挣扎是许多普通人的经历，能让观众从这些人物身上看到自己的影子。再次，戏剧舞台设计带来的冲击力，尤其是科技元素如 LED 屏幕和大型电视的使用，还有多媒体和社交网络元素的加入，在特定的场景中，演员们手持手机，屏幕上显示各种社交应用的图表和网页，将虚拟现实的场景置入舞台，究竟是剧中人在看观众，还是观众在看剧中人呢？在林奕华的戏剧作品中，舞台与观众互为镜像、互相审视，让舞台元素和观众席形成互动，是观众不仅是旁观者，而是戏剧体验的参与者，随之提升了体验的沉浸感和参与感。

《伊丽莎白》：一位女性的成长经验史

《伊丽莎白》

英文片名：Elisabeth

导演：哈利·库普费尔（Harry Kupfer）

编剧：米歇尔·昆策（Michael Kunze）

作曲：西尔维斯特·里维（Sylvester Levay）

主演：琵雅·道韦斯（Pia Douwes）饰演伊丽莎白
（Elisabeth）

乌韦·克罗格（Uwe Kröger）饰演死神
（Der Tod）

伊桑·弗里曼（Ethan Freeman）饰演卢凯尼
（Lucheni）

维克托·格诺特（Viktor Gernot）饰演弗朗
茨·约瑟夫（Franz Joseph）

首演剧院：维也纳剧院（Theater an der Wien）

德国，141 分钟，1992 年

谁是伊丽莎白？

在千年之前的巴伐利亚施塔恩贝格湖畔以及奥地利的皇家
宫殿中，诞生了一位光彩照人的皇后，她的爱情传奇跨越了文化、国界和时代，至今仍被世人传颂。她对自由的执着追求和亲身实践，令那些受传统束缚的人心感困惑的同时，也激发了人们的振奋之情。她在欧洲历史上如同一朵永不凋谢的玫瑰，绽放着千年的光芒。60 年前，德国与奥地利联合制作的电影《茜茜公主》三部曲，由罗密·施奈德（Romy Schneider）主演，赢得了全球不同国家观众的喜爱。影片呈现的茜茜公主形象清新脱俗、高贵典雅，为战后重建家园的人们带来了希望与信心。20 年前，由德语舞台剧作家米歇尔·昆策与作曲家西尔维斯特·里维合作创作的音乐剧《伊丽莎白》在维也纳大剧院首演，首演季便上演了 1279 场，并随后在多个国家如日本、匈牙利、荷兰、德国等地上演，意大利、日本、韩国等国家也纷纷制作了本土版本。在 1992 年 9 月 3 日首演后的第 22 个年头，《伊丽莎白》首次登陆中国，在 2014 年 12 月 9 日的上海文化广场，这位原名伊丽莎白、昵称茜茜（Sisi）的巴伐利亚公主、奥地利皇后、匈牙利王后的光芒，为上海的夜晚增添新的色彩。

"这是一部戏剧音乐剧"

自莎士比亚时代以来，舞台剧语言的辉煌魅力似乎在一夜之间消失无踪，戏剧的焦点逐渐从语言的诗意表达转移到了剧本情节的完整性、人物间冲突的强度、表演的生动性、舞台布景与音乐的适宜性以及演员服装的华丽程度。当代戏剧似乎逐渐遗忘了其原本的使命——让语言自身发声。"'戏剧音乐剧'这一术语准确地表达了本剧与典型的百老汇音乐剧之间的区别。我和西尔维斯特所讲述的是一个非常戏剧化的故事。我们通过歌词和音乐来吸引观众，在这里，戏剧性是最为重要的，所有的元素都是为了支持这一核心。"在一次访谈中，主创者昆策如是真诚地指出。昆策的言论强调了戏剧音乐剧作为一种艺术形式的独特性，即其核心在于戏剧性的表现，而音乐和歌词则是为增强戏剧效果服务的。这种观点提醒我们，尽管音乐剧在视觉和听觉上可能更为丰富，其成功的关键仍在于能否通过语言的力量来触动观众的情感，传达深刻的主题和信息。

《伊丽莎白》这部戏剧音乐剧的核心在于其情节和音乐的融合。在情节方面，该剧的独到之处不仅体现在以精炼而优美的语言呈现了伊丽莎白波澜壮阔的一生，更在于对"死神"和刺杀伊丽莎白的意大利无政府主义者卢凯尼这两个角色的巧妙构建。死神在剧中扮演着伊丽莎白的情人，一个超越时空的精神象征，而卢凯尼则是站在历史长河之外，与观众一同回顾伊丽莎白时代的旁观者。这两个角色是伊丽莎白一生的见证者，他们在伊丽莎白的生活中反复出现，或与她建立亲密关系，或成为某些事件的推动者。死神和卢凯尼的角色不仅作为叙事线索贯穿伊丽莎白的一生，更隐喻地揭示了伊丽莎白内心深处未言明和不敢直面的消极情绪。同时，这两个角色向观众提出了深刻的问题："你们真的关心伊丽莎白的故事吗？还是只是将她作为谈资？她又留下来什么呢，除了被写进这些媚俗的艺术作品里？"这些问题挑战了观众对于历史人物和艺术表现的深层认知，引发对于历史、记忆与艺术再现之间的关系的反思。通过这种叙事手法，该剧不仅重现了伊丽莎白的生平，也探讨了个体在历史洪流中的位置和意义，以及公众对于历史人物的复杂情感和认知。

就音乐而言，《伊丽莎白》最值得称道的是音乐的空间化和复调性。如对于卢凯尼这样一个既隔离舞台、在今天的语境下叙述故事，又在舞台上参与历史事件的角色来说，伴随的他每次出场采用的是非常现代的电子音乐；而死神作为一个超越了时空和身体的存在，他的出场音乐则是流行摇滚；其他在历史里流淌的人物则更多地辅以古典音乐。在这些时刻里，音乐不再是线性的流动，而是随着主人公的叙述展开它的叙事空间，因为歌者本身拥有在音乐里展开叙事的能力，它的音乐也就开拓出了立体的空间，这种唱演的叙事感是这部音乐剧非常大的特色之一。除了音乐叙事空间的展开，几个演员的合唱唱段充满复调性。关于复调的讨论我们在前面学习过，它指多个独立的声部同时进行，每一个声部都具有自己的独立性和完整性，同时它们互相交织但并不互相依赖，共同构成一个和谐的整体。如伊丽莎白和丈夫弗兰茨谈判争夺儿子的抚养权，让他在自己和母亲之间进行选择，弗兰茨选择了和她在一起——即第一幕的结尾《我只属于我自己》的重复唱段里，伊丽莎白、弗兰茨和死神每个人分别从各自的立场唱出了自己的渴望，而这些渴望在发出各自声音的同时，充满张力又巧妙相融，汇合成了一首壮丽的交响曲，第一幕完美落幕。在《伊丽莎白》里，除了男女主角的独白以外，复调的演唱是横贯整部音乐剧的大部分篇章。

死亡、爱情与自由

卢凯尼作为剧中带有全知视角的旁白者，其角色设定为一个超越时空的叙事者。对于无数对他刺杀伊丽莎白的动机的追问，他的回答总是指向伊丽莎白自己想要死亡的意愿。这个问题的提出与回答，拉开了音乐剧的序幕，并引出了剧中关键人物——死神，一个超越时间和空间的存在。据编剧昆策所述，他在研究伊丽莎白的生平和历史资料时发现，伊丽莎白对死亡有着一种隐秘的迷恋，这种情感从她少女时期便开始萌芽。因此，在音乐剧中，编剧和作曲家赋予了"死亡"这一概念以具体的形象，并让其与伊丽莎白之间发展出一段复杂而深刻的爱情故事。"死神"在剧情中承担的角色，是反映伊丽莎白对死亡意识的演变——从接近、疏远到最终主动拥抱死亡。剧中的几个关键唱段，如《最后一舞》，展现了这种情感纠葛，象征着伊丽莎白从意识层面到人格化再到回归意识的神话式旅程，在舞台上得到了辉煌的再现。

伊丽莎白与死神的多次交锋贯穿了她的一生：从少女时期的茜茜从钢丝上坠落被死神拯救（《放手才能得到》），到婚礼上死神的出现暗示了茜茜对未来宫廷生活的忧虑（《最后一舞》）；从与丈夫弗兰茨皇帝的权力斗争，到匈牙利加冕，伊丽莎白在政治上取得成功后，她与死神划清界限，坚信自己的力量（《阴霾渐袭》）；再到因婆婆的干涉和弗兰茨的背叛而产生轻生念头时，死神的出现和伊丽莎白的拒绝，在她看来，没有了婚姻的枷锁，这正是她自由的开始，于是她开始了长达数十年的奔波岁月（《你最后的机会》）。

剧中，死神的角色在伊丽莎白的生命中扮演了一种象征性的存在。在伊丽莎白唯一的儿子鲁道夫悲剧性地自杀之后，她身着丧服，沉溺于深深的自责与悲痛之中，对死神的渴望成为她内心的一种隐喻。在这一时期，伊丽莎白对死亡的向往未能得到满足，直至她被意大利无政府主义者卢凯西尼刺杀，死神终于再次出现。在这一场景中，伊丽莎白从沉重的黑色丧服中解脱，转变为一位身着白色长裙的少女的形象，象征着她回归到了一种纯洁无瑕的状态。在死神的怀抱中，伊丽莎白带着对未竟爱情的梦幻，离开了人世。

　　这一系列的剧情深刻描绘了伊丽莎白对死亡的复杂情感，以及她与死神之间的象征性爱情，展现了她一生的悲剧色彩。"死神"在戏剧里被人格化了，它本不是人，而仅仅是作为伊丽莎白的意识而存在的。在戏剧里，导演设定了这样的一个"人"作为死亡的承载体，并多次亲临伊丽莎白人生中的每一个重要时刻，与之展开各种情感的拉扯，展开两人的情感角力。这样的设定不仅加强了整部音乐剧的戏剧张力，而且丰富了整部音乐剧的层次、情感深度和哲学意涵。

　　"死神"在这里一头连接着爱情，另外一头指向自由。《伊丽莎白》细致描绘了伊丽莎白从少女时期的浪漫憧憬至婚后心碎与绝望的情感轨迹以展现情作为个体成长初期的关键主体。很多女性自幼便构想未来身着婚纱的场景，伊丽莎白在母亲的教导下，也在心中构建了对爱情的初步想象。因此，当她遇见弗兰茨时，她毫无保留地投入爱情。在《世上无难题》唱段中，伊丽莎白与弗兰茨之间的情感联结被展现为一种共同承担未来责任、分享欢乐与痛苦的伙伴关系。尽管伊丽莎白意识到王室的规矩和束缚，她仍坚信爱情的力量能够战胜一切困难，这反映了少女对爱情的普遍理想——爱情能够克服所有障碍。然而，伊丽莎白对爱情的最初失望源自弗兰茨在婆媳冲突中的立场选择，他未能在关键时刻给予她支持。这一事件成为伊丽莎白对爱情幻想破灭的起点，她开始学习如何提出条件、运用自己的优势争取主动权，并掌握了谈判和拒绝的技巧。弗兰茨的不忠进一步摧毁了她对爱情的幻想，她所深爱的人将梅毒传染给她，使她陷入绝望，甚至考虑自我了结，死神在此动摇了她的信念。然而，面对这个她深爱的世界，她又怎能轻易放弃人生？

正是源于伊丽莎白对这个世界的深切眷恋，她毅然与弗兰茨决裂，追求个人的自由。面对生活的复杂性，伊丽莎白没有沉溺于情感的漩涡或维持对宫廷生活的幻想，而是超越了女性在爱情和婚姻中常见的幻想和精神上的自我消耗。她将视野从宫廷内部转向外部世界，通过巡游、学习、写作等方式不断成长。于是我们看到，她巡游马德拉、匈牙利、英格兰和科孚岛，学习希腊语，研读荷马史诗，与海涅对话，并开始写诗歌，她不停地在欧洲大地上穿梭，航海、爬山、运动、节食、保持容颜，在各种事务中成长自己。她的足迹遍及了葡萄牙、西班牙、摩洛哥、阿尔及利亚、马耳他、希腊、土耳其和埃及，旅行成为她生活的意义，也是对丧子之痛的逃避。这标志着她步入婚姻后对"自由"追求的顶峰。

伊丽莎白在不同的生命阶段对自由的追求呈现出多样性：少女时期，她的自由体现于与父亲一同捕鱼、打猎、饲养动物、林间漫步以及弹奏齐特尔琴的无忧无虑中。成年后，面对宫廷生活的挑战，她的自由转变为探访精神病院的"疯人"，将"疯狂"视为一种自由的表达和自我抗争的手段。至中老年时期，离开美泉宫的伊丽莎白，其自由则体现为在欧洲大陆上的广泛旅行。女性的自由与地理空间的扩展紧密相关，这不仅标志着女性在经济独立与自由追求上的进步，也象征着痛苦的逃避、情感的转换，以及生活可能性的探索。美国当代作家弗朗西丝·梅斯的《托斯卡纳艳阳下》的女主人公在婚姻失败以后出走意大利的古镇托斯卡纳，用所有的积蓄买了一座古老的别墅，在那里重新找到生活可以继续下去的勇气和意义；英国作家福斯特的《印度之行》中，奎斯特小姐前往印度去看望在那里任殖民官的未婚夫，当她行进在通往神秘岩洞的山道上、在思考爱情的时候，在看到的"凿出的立足点"蓦然打开了自己真实的内心，直到那时她才发现自己并不爱她的未婚夫，这样的发现动摇了她的全部生命感，顿时生活仿佛将瓦解；丹麦作家伊萨克·迪内森在自己的自传体小说《走出非洲》里描写了广袤磅礴的非洲大陆里的一草一物，索马里仆人、小孩、农场上的土著居民、她的白人朋友，纵横驰骋的天地给了她宽广的胸怀和超越了种族的文化意识，她充满激情而又不遗余力地书写着在她所深爱的土地上的经历，这部小说发表于 20 世纪 30 年代，比马丁·路德·金 1963 年发表的那场闻名后世的演讲《我有一个梦想》足足早了 30 年。地理空间上的延展和探索对过往世界有经济能力的女性来说，天然地承载起自由和挣脱旧有生活的主题。这对于伊丽莎白也是这样，她回避自己生活的困境（无论是情感上还是在亲子关系里的），将全副精力投入对外部世界的探索。然而，人生是避无可避的，也终究会因有外在世界触发的思考，而转向对于自己内部意识的探索，"死神"又再次来临。于是，伊丽莎白展开了对于自我精神世界的探索。

欲　望

　　人类的欲望是多维度的，包括爱情、梦想、财富和信仰等多种形式。然而，当爱情的盛放转为凋零，自由的追求本身导致冷漠、伤害乃至死亡，以及人生最终被感知为一场虚空时，我们应当依据何种基础来确保个体的幸福和安全呢？在这些欲望的终极追求中，当结果与初衷背道而驰，人类如何维系内心的平和与稳定，如何在现实的挑战中寻求意义和价值，成为深刻的哲学命题。在唱段《暗夜之舟》里，年迈的伊丽莎白和弗兰茨重逢，弗兰茨恳求伊丽莎白随他回去，伊丽莎白的唱词揭示了深刻的真理："爱情万能，有时仅有爱情远远不够；信仰强大，但有时信仰不过是自我欺骗；我们期盼奇迹，但奇迹最终没有出现。"当伊丽莎白召唤海涅的亡灵时，却无意中召唤了父亲的亡灵，父亲批评她只与死者对话，封闭自我，自寻烦恼，孤立无援。伊丽莎白反驳道："我和活人有何可说？我对世人一无所知，连我从未放弃的自由也不过是自我欺骗。""我奋力反抗，似乎取得了胜利，但最终得到了什么？没有，没有，什么都没有。"（《一场空》）爱情、信仰和希望，不仅是女性生活中的重要组成部分，它们对于每个人而言都是赋予人生深刻意义的关键要素。面对这些支撑人生的基石被逐一摧毁的境况，人如何重新建立自己的生活？当信仰所蕴含的超越性力量最终被证明是虚幻时，人如何在一个由资本操控的"合理化"世界中安全地生长而不至于精神崩溃？对于那些渴望严肃面对生活复杂性的女性，如果她们拒绝接受既定的生活模式，同时又不寻求宗教信仰的庇护，她们应如何维护自身的完整性和独立性？伊丽莎白的生平向观众提出了这些深刻的问题，并以她的方式提供了答案。

匈牙利哲学家卢卡奇曾提出，现代人的崇高之处在于对永不可能达到的总体性的永不停歇的追求。伊丽莎白的父亲马科斯告诉女儿，为了得到幸福，人们总是全力以赴，茜茜说，一切都太迟了，现在我已经铁石心肠，再也不能和你一样。把茜茜少女时期在巴伐利亚施塔恩贝格湖畔和父亲一起唱的《和你一样》同第二幕结尾处《暗夜之舟》的唱段对着听，几十年间，已是沧海桑田。昆策在《伊丽莎白》里不仅写出了一位女性完整的生命经验史，他也写出了时间、爱情、与信念的消失，因为人生常在虚幻中。支撑人生的诸多基石倒下的瞬间无声无息，在精神深处却发出震撼的巨响，那是全部的自由之窗打开的声音。碎裂的玻璃哗哗落下，如阳光倾泻，温柔却黑暗无比。但这并不可悲，它意味着真实的生存回到了身边。那么，如何面对这种真实的生存？《伊丽莎白》里的茜茜最后投入了死神的怀抱，整部音乐剧对伊丽莎白的精神维度的探索到此戛然而止，留给大家一个千古难题。

《伊丽莎白》难题的当代回应

在经典文学作品的丰富传统中，男性作家与女性作家在塑造女性角色面对幻想破灭后的命运选择时，呈现出了迥异的视角和理解。男性作家倾向于赋予这些女性角色以悲剧性的结局。在《包法利夫人》中，艾玛最终以服毒的方式结束了自己的生命；而在《安娜·卡列尼娜》中，安娜选择了卧轨自杀。一个世纪之后，理查德·耶茨[1]在《革命之路》中塑造了艾普莉这一角色。在她的丈夫弗兰克放弃了迁居巴黎、追求新生活的梦想之后，艾普莉在一次自我引产手术中不幸意外身亡。这些作品中的女性角色，其梦想的破灭与对爱情和婚姻的失望是同步发生的。

这些男性作家尽管在思想上表现出了对性别平等的尊重，

1　理查德·耶茨（Richard Yates，1926 年 2 月 3 日—1992 年 11 月 7 日），美国小说家，被誉为"焦虑时代的伟大作家"和美国 20 世纪 30 年代至 60 年代的代言人。他出生于纽约，一生落魄，处女作《革命之路》（*Revolutionary Road*）于 1961 年发表，引起轰动。他的首部短篇小说集《十一种孤独》（*Eleven Kinds of Loneliness*）于 1962 年出版，被誉为"纽约的《都柏林人》"。耶茨有"作家中的作家"之称，艺术风格影响了雷蒙德·卡佛、安德烈·杜波依斯等文学大家。

他们在塑造女性角色时，往往仍将女性的主体性和人生选择局限于爱情和婚姻的范畴内。他们将女性对自由的追求简化为对爱情的向往，并将女性的全部生活追求归结于爱情。在他们看来，女性的勇气体现在对自身欲望的正视和对传统束缚的挑战。此外，这些男性作家通常将女性角色设定在中产阶级或贵族阶层，因为在任何时代，浪漫爱情的叙述都需要金钱和教育作为背景。然而，要与整个阶层抗争，仅凭不稳定的爱情是远远不够的。因此，这些男性作家在作品中设置了一个情节，即在爱情梦想破灭后，女性主人公将何去何从。艾玛和安娜的选择是死亡，而艾普莉的选择则源于对未来生活的希望。在艾普莉身上，我们看到了对超越平庸生活、摆脱环境束缚的梦想的向往，她的生命底色是温暖的。当女性角色走出家庭和婚姻的框架后，她们面对的是更广阔的世界，爱情和婚姻不再是她们唯一的选择。女性的选择开始超越性别的界限和束缚，这在男性作家的小说中首次得到了体现，为后来的作家如迈克尔·坎宁安（Michael Cunningham）的小说和剧本创作提供了灵感。在深入探讨坎宁安的作品之前，我们不妨先审视他在小说《时时刻刻》（*The Hours*）中提到的女性作家弗吉尼亚·伍尔夫是如何处理这一主题的。

《达洛维夫人》（*Mrs.Dalloway*）是伍尔夫于 1925 年出版的意识流小说杰作。小说以克拉丽莎·达洛维（Clarissa Dalloway）的视角，描绘了她一天中的活动和内心世界，从而展现了她的人生历程、性格特征以及与周围人的复杂关系。故事的主线是达洛维夫人为筹备一场上流社会的宴会而忙碌，小说通过这一天的日常生活，反映了她的生活经历和一战前后英国社会的风貌。她对当前的生活状态、对老年和死亡的恐惧，以及对人际关系的反思，都在这一天中得到了深刻的体现。其中最令她震惊的是，因战争创伤而精神崩溃、最终选择自杀的塞普蒂莫斯·沃伦·史密斯（Septimus Warren Smith）。伍尔夫在 1928 年谈到《达洛维夫人》时透露，她最初计划让克拉丽莎在故事的尾声死去或自尽，但最终决定引入另一个角色来代替克拉丽莎的死亡，这个角色就是塞普蒂莫斯，因为他和克拉丽萨有着共同的孤独和死亡的体验。作为患有战后创伤应激障碍的退伍军人，塞普蒂莫斯因无法适应战后的社会生活而感到极度的孤独与绝望，因此选择纵身一跳终结了自己的生命。克拉丽莎被塞普蒂莫斯自杀的勇气所撼动，最终认识到，为了取悦他人而让自己的生活充斥闲谈和谎言，不仅毫无意义，还会破坏生命的真正价值。因此，只有超越依赖外貌、婚姻、财富等标签来定义自我的状态，不再从他人的目光中寻求自我价值，才能自在地做自己，真正地拥抱生活与爱。在伍尔夫的笔下，女性的生活领域得到了显著的拓展。她不再像男性作家那样将女性的生存经验局限于婚姻与爱情，而是延伸至战争、政治、孤独和死亡等更为广阔的主题。女性所经历的幻灭，也不再仅仅源自爱情与婚姻的挫折，而是扩展到了战争对个体生活的影响，以及知识分子对欧洲文明的失望。这些议题不仅困扰着男性，同样也是女性深入思考的。

在坎宁安 1998 年的作品《时时刻刻》中，作者重新审视并扩展了女性生活的主题。该小说通过三条并行的叙事线索，描绘了不同时代女性的生活片段。这三位女性分别是：20 世纪 20 年代，正处于创作《达洛维夫人》过程中的弗吉尼亚·伍尔夫；20 世纪 50 年代，沉浸于阅读《达洛维夫人》并受困于家庭生活的主妇劳拉·布朗（Laura Brown）；以及 20 世纪末，为朋友筹备晚会的中年女编辑克拉丽莎·沃恩（Clarissa Vaughan），她与小说中的克拉丽莎·达洛维夫人共享相同的名字。在《时时刻刻》中，伍尔夫被描绘为一位深受精神疾病困扰、情绪敏感且对死亡抱有复杂情感的作家。她的丈夫为了帮助她疗养，将她带至一个偏远的小镇，但伍尔夫对此感到不满，她怀念伦敦，对生活抱有热情，却也未能摆脱原生家庭，尤其是父兄对她造成的伤害。精神疾病反复发作给她带来了巨大的痛苦，她认为自己无法康复，并对因自己的病情而影响到深爱她的丈夫的生活而感到愧疚。在小说中，伍尔夫正处于选择死亡前的一段挣扎时期。在 20 世纪 60 年代的背景下，劳拉·布朗夫人的生活被家务、丈夫与孩子的日常事务所束缚，她对自身存在的价值和生活的意义产生了深刻的质疑。在阅读弗吉尼亚·伍尔夫的《达洛维夫人》后，布朗夫人开始反思自己的生活悲剧，并探索更为充实的生活意义。她曾考虑自杀以体验死亡，但又因担忧此举会剥夺丈夫和孩子的生命力而放弃。最终，她选择逃离原有的生活，前往加拿大寻求自立，尽管这一决定使她终生背负着对儿子的愧疚。第三位女性是生活在 20 世纪末纽约的克拉丽莎·沃恩，她是新时代女性，事业成功、生活富足，有着爱着她的女性伴侣和男性恋人，女儿是通过捐精的方式生的。克拉丽莎自由、富有、独立，却依然有烦恼，这种烦恼来源于作为一个新时代的女性的独立和这个世界的常规力量的拉扯。比如她会为女儿没有父亲感到愧疚并时刻反思。即使她一生叛逆，即使在一个只有女人的家里，她倾尽所能努力体面地养大了女儿，她依然要面对女儿因为不能拥有一个父亲而产生的对她的鄙视。生活的烦琐还在于她要处理男性恋人和女性恋人的矛盾，她承担起照顾身患重病的前男友理查德·布朗（Richard Brown）的重担，而理查德便是布朗夫人抛弃的儿子，他才华横溢却饱受身体疾病和精神疾病的折磨。在《时时刻刻》里，克拉丽莎·达洛维的形象是对弗吉尼亚·伍尔夫笔下《达洛维夫人》的现代诠释。在这一故事线中，克拉丽莎独自购买鲜花，计划为她的伴侣举办一场派对，然而，她的伴侣在这一天选择了自杀。面对这一悲剧，克拉丽莎经历了深刻的悲痛，但最终选择了坚强和乐观的态度，重新拥抱生活。死亡并非终结，而是希望的重生。在坎宁安的叙事中，伍尔夫在《达洛维夫人》中未能完成的旅程得以继续，她选择了死亡作为寻求安宁的途径；布朗夫人则放弃了达洛维夫人式的自杀念头，转而选择离家出走，彻底逃离她原本的生活；而克拉丽莎则卸下了对男性的依赖，决定专注自我和对生活的热爱。女性并非只能在男性身上寻找生活的意义，死亡所带来的绝望感反而激发了克拉丽莎对生活的热爱和珍视。

从这一角度来看，伍尔夫和坎宁安对女性在幻灭之后的生活选择进行了深刻的思考。将女性的生命经验延伸到比家庭远为广大的社会、历史乃至人类存在的空间，这未尝不是对女性意识的更彻底的解放和更有力的充实。

《莫扎特》：人如何摆脱自己的影子

《莫扎特》

外文片名：MOZART！das Musical

导演：哈利·库普费尔（Harry Kupfer）

编剧：米歇尔·昆策（Michael Kunze）

作曲：西尔维斯特·里维（Sylvester Levay）

主演：乌多·凯帕什（Oedo Kuipers）饰演沃尔夫冈·莫扎特（Wolfgang Mozart）

托马斯·博尔希特（Thomas Bochert）饰演利奥波德·莫扎特（Leopold Mozart）

马克·赛博特（Mark Seibert）饰演希罗尼穆斯·科洛雷多（Hieronymus Colloredo）

安娜·米尔瓦·戈麦斯（Ana Milva Gomes）饰演瓦德施坦顿男爵夫人（Baronin von Waldstätten）

首演剧院：莱蒙特剧院（Raimund Theater）

德国，150分钟，2015年

德语音乐剧《莫扎特》是德语舞台剧作家米歇尔·昆策和老搭档作曲家西尔维斯特·里维继著名的音乐剧《伊丽莎白》以后再次奉献出的一部长篇历史戏剧音乐剧。虽然昆策创造的故事总有一个"长大成人"的主题，自由、爱、寻找自我是主人公身上挥之不去和必须面对的人生课题，但是《莫扎特》还是呈现出与《伊丽莎白》不同的面貌，特别是在几个核心情节中，该剧深入讨论了个体如何克服内在阴影以及人是否真的能够实现自由的问题。它不仅揭示了个体在追求自我实现过程中所面临的内在与外在的冲突，也对自由的真正含义提出了质疑。

"天才与枷锁"

莫扎特的父亲列奥波德·莫扎特是欧洲著名的作曲家、指挥家、音乐教师和小提琴演奏家。和很多那个时代年少成名的音乐神童一样，莫扎特从小的星光闪耀和一世声名离不开父亲悉心的栽培。莫扎特从四岁开始作曲，十岁开始创造出第一部交响乐，十二岁开始写自己的第一部歌剧，一生写了一千多首作品。莫扎特所展现出的庞大、复杂、具有治愈性质且近乎完美的音乐才华，与其父亲严格的教育方式有着密切的关联。例如，他的父亲要求他必须满足听众那些苛刻且出其不意的要求，如在表演中蒙上莫扎特的眼睛，让他在覆盖着布条的钢琴上演奏。这种严明的纪律和高标准的要求，对于才华出众、灵感如潮水般澎湃又渴望自由的少年莫扎特而言，无疑是一种巨大的限制。在音乐剧的开场部分，瓦德斯坦顿男爵夫人——一位在剧中扮演着引导莫扎特日后"升华"的角色——便警告老莫扎特，不应过度压迫这个孩子，因为他过于年幼和脆弱，极易受到伤害。然而，伤害最终还是不可避免地发生了。

莫扎特的首次显著反抗体现在与大主教科洛雷多亲王的冲突中。这位年轻的音乐天才此时已经展现出放荡不羁和恃才傲物的性格。在《奇迹已成过去》的曲目中，尽管他的父亲劝诫他保持低调，但这一忠告似乎并未被莫扎特所采纳。这种态度进一步体现在《我是，我是音乐》的唱段中，他在音乐的领域中自由舞蹈，对自己的未来表现出无畏的态度。当莫扎特对自己的音乐天赋充满信心，并坚信自己能够以此征服世界时，他在舞台上尽情翻滚，以嘶哑的声音高唱："我是大调、我是小调，我是和弦、我是旋律，每个音符构成一个词汇，每个音调构成一句话，我用它们来表达我的情感，我是节奏、我是休止，我是不和谐之音、我是和声，我是强音、我是弱音，我是圆舞曲、我是幻想曲，我就是音乐。"观众无疑会被这种天才的激情与狂想所感染。对于许多人来说，寻找个人在世界中的使命是一生的追求，有些人幸运地找到了，有些人努力却徒劳无功，还有些人则在迷茫中度过。因此，当一个天才在年轻时就发现了自己的天赋，并能够运用这些天赋在人类历史中留下深刻的印记，而这一时刻为人亲眼所见，这无疑是一种震撼。然而，个人天赋即便再出众，不遵守既定规则的行为终究难以在宫廷中长期被容忍。即便是像科洛雷多亲王这样爱财如命的人，也无法容忍莫扎特的放荡不羁。在狂飙突进运动之后，欧洲的贵族与中产阶级普遍信奉理性至上，认为艺术应当服从于理性。在剧目《莫扎特在哪儿？》中，科洛雷多亲王与莫扎特之间的对峙性二重唱，辅以阿尔克伯爵与莫扎特父亲的合唱，构成了剧中最为精彩音乐对话之一。在此场景中，科洛雷多亲王与莫扎特之间的戏剧冲突极为紧张，两位演员的表演把握得恰到好处，在紧张对峙中逐渐展现出缓和的趋势。随后，剧情在莫扎特被驱逐后所创作的《第六号小夜曲》的旋律中缓缓展开，逐渐过渡到下一个情感高潮，同时剧中多次呈现科洛雷多亲王那充满神秘感和自豪感的面容。

　　《没有人比我更爱你》这首曲目是老莫扎特在莫扎特被驱逐出宫廷、临行维也纳前与儿子之间的深情对唱，其中表达了父亲对儿子纯真善良本性及世事险恶的忧虑，同时充满了对儿子未来命运的担忧。老莫扎特的深情与少年莫扎特的意气风发形成鲜明对比，后者对即将到来的新世界充满了兴奋与期待。将这段对唱与莫扎特在曼海姆被韦伯家骗取钱财后老莫扎特的独唱相对照，可以深刻感受到父母对子女的爱不仅深远，更包含了对他们在外生活的深切关心。在巴黎的演出遭遇挫折以及母亲的去世使莫扎特不得不返回萨尔茨堡，继续他由亲王资助的宫廷生涯，直到瓦德斯坦顿男爵夫人的再次出现。如果说父亲开启了莫扎特音乐天赋的大门，科洛雷多亲王提供了优越的生存和生活环境以维持这份天赋的发展，那么瓦德斯坦顿男爵夫人则象征着在莫扎特去世十七年后问世的名著《浮士德》中所说的"永恒的女性，引领我们上升"。瓦德斯坦顿男爵夫人在莫扎特最无助、最迷茫的时刻出现，给予他鼓励、信心，并指明前进的方向。而全剧回旋的高潮之一《星星上的黄金》更是整部音乐剧的神曲。"星星上的黄金洒满天际，找到它就能实现那遥不可及的梦想。生存是蜕变，生活是磨炼。当你找寻星星的黄金，就要独自面对危难艰险。爱就是有时候要勇敢学会放手，爱就是学会给挚爱之人自由，爱就是放弃对幸福自私追求，爱就是含着眼泪笑着说：星星上的黄金洒落千里，你会找到它，在人迹罕至的地方。"瓦德斯坦顿男爵夫人总是身着一袭宝蓝色的长裙，在剧情最为低沉的时刻出现，以她的出现来慰藉人心。

"个体性欲望与社会性关系之间的冲突"

在追求音乐自由的道路上，莫扎特不可避免地承受着来自家庭、社会以及国家层面的期望与压力。这些外在因素对他的创作和日常生活产生了干扰性的影响。在经历了与父亲、科洛雷多亲王以及瓦德斯坦顿男爵夫人的关系之后，年轻的莫扎特再次踏上了他在欧洲大陆的音乐之旅。

在维也纳，莫扎特的演出取得了巨大成功，与此同时，他与爱情不期而遇。莫扎特与妻子康斯坦茨的相爱，其渊源可追溯至多年前在曼海姆的邂逅。康斯坦茨出身一个以欺诈为生的家庭，她的家人利用莫扎特的信任和地位，不仅在歌唱事业上取得了成功，还骗取了他的财产，导致他的母亲在巴黎郊外的音乐厅中病逝。莫扎特的慷慨不仅体现在他对音乐的无私奉献上，也表现在他对他人请求的慷慨回应上，这种性格特质可能是他自幼受父亲影响的结果，也可能是他天性的一部分，这一点我们无从得知。然而，莫扎特最终还是情不自禁地爱上了康斯坦茨，而康斯坦茨也因其才华、与众不同的个性以及敢于反抗权威的勇气而深深爱上了他。在音乐剧的唱段《我们在一起》中，两人互诉衷肠，康斯坦茨撕毁了通过欺诈获得的婚书，两人在《认识你即爱上你》的唱段中确认了彼此的爱情，他们相爱、结婚、结合到一起。将这两段充满热情与甜蜜的爱情唱段与剧情开头康斯坦茨作为莫扎特遗孀时的冷漠态度相对照，不禁令人感到深深的唏嘘与感慨。面对丈夫长眠多年的遗体，康斯坦茨所做的不过是指明墓地所在位置，向对方索要金币以后冷漠又快速地离开。这一情节的描绘，不仅揭示了人物在时间流逝和生活变迁中发生的情感转变，也展现了康斯坦茨角色的复杂性，以及她在丧偶之后所经历的心理和情感上的深刻变化。通过这种情感的极端对比，戏剧不仅展现了康斯坦茨角色的内在深度，也探讨了爱与遗忘、忠诚与现实之间的张力，从而在观众中引起了强烈的共鸣。

康斯坦茨与莫扎特之间的情感裂痕始于莫扎特成名之后，其不断的社交应酬和高强度的作曲工作成为两人关系紧张的源头。康斯坦茨虽然理解并尊重丈夫作为一位伟大艺术家的身份，意识到他不仅仅属于自己，他还需要灵感和时间来创作，但她难以接受为了成就莫扎特的辉煌未来而牺牲和放弃她的舞台。这位坚强而骄傲的女性，在家人面前能够勇敢地保护莫扎特和他们的爱情，但作为一个同样拥有艺术天赋的人，她难以对自己的妥协和付出不求回报。在《总有个地方在纵情舞蹈》的唱段里，康斯坦茨的独白深刻地表达了她对丈夫的爱、对家庭琐事的烦恼以及对艺术和自由的渴望。遗憾的是，莫扎特未能察觉妻子心态的变化和生活压力，未能意识到作为他坚强后盾的女人所承受的艰难，她放弃了自己的天赋，承担起了家庭的全部劳作和照顾孩子的重担。矛盾终于在莫扎特刚接下《魔笛》的作曲任务后爆发，当他在后花园里与女人厮混以"寻求灵感"的时候，康斯坦茨前来对此表示强烈不满，指责莫扎特忽视了自己和儿子，违背了之前承诺的共同旅行，沉溺于寻欢作乐之中。这一事件标志着康斯坦茨对莫扎特的失望达到了顶点，她决定断然结束这段关系。

《莫扎特》作为戏剧音乐剧，处理矛盾的时候总会彰显其间的激烈关系。这种关系有时候和历史本事并无关联，或者说甚至和故事情节都没有关系，有关系的是由此形成的人物之间的距离，比如康斯坦茨前后态度的急转。曾有评论家在《莫扎特》上演后撰文指出，莫扎特的父亲压抑了莫扎特的凡人本能，而妻子分散了他创作的精力。如果说前半句多多少少还有些道理，那么后者的出发点便有些过于男性中心主义。因为不管是父亲、亲王，还是妻子、孩子，这些都是在莫扎特踏上音乐的路途时所必须面对的问题，是他在寻找自由和自我时所必须承担起的责任。莫扎特不可能永远停留在那个被世人惊叹的神童阶段，他需要自由，需要自我探索，也需要长大，需要经历成长的痛苦与挣扎。生活的磨炼不仅包括如何处世做人，更包括如何处理自己成长的时时刻刻里所面对的难题。这一过程不应以牺牲那些深爱他的人的选择为代价，也不应让每一个爱他的人为了他的天赋和才华而葬送自我。

莫扎特试图通过离开家乡、反抗权威来追寻自由，但是这些行为本身也带来了新的困扰和束缚。莫扎特的悲剧在于他无法，或者很难处理好他与所有人的关系，包括他的父亲、母亲、姐姐、妻子、上级……甚至在他死后，他的岳母大人所做的不过是悄悄潜入他的房间，搜寻任何一点还有零星价值的物品，无果后把他手上的戒指剥夺而去。当然，这里的所有人，也包括他自己。

"人如何摆脱自己的影子？"

剧中通过莫扎特的内心独白和歌曲《人如何摆脱自己的影子？》来探讨莫扎特的内心挣扎和自我认知。这首歌反映了莫扎特对于自我认知和追问的深刻觉察，以及对于摆脱内心束缚的渴望。《莫扎特》这部戏剧最匠心独运的一点，莫过于"小阿玛德"这个可爱的瓷娃娃在全剧里的如影随形。在音乐剧中，莫扎特的音乐天赋被具象化为小阿玛德，这一设定象征着

莫扎特无法摆脱的内在阴影和束缚。小阿玛德如影随形地伴随
着成年的莫扎特，并且只有莫扎特能够看到他。这一艺术手法
深刻地体现了莫扎特在面对否定和侮辱时的愤怒，在父亲不理
解他时的委屈，以及在沉浸于爱情和享乐时的不满和生气。小
阿玛德的存在，不仅揭示了莫扎特与外界的冲突，更深刻地展
现了他与内在自我的斗争。这种内在的分裂和挣扎，使得莫扎
特的人物形象更加立体和复杂，同时也反映了他作为天才所承
受的孤独和痛苦。纵观莫扎特一生，他写出了21部歌剧、18
部弥撒曲、2部清唱剧、63部乐团协奏曲、60部交响乐。这
些只是被记录下来的曲词。然而，在如此勤劳和惊人的劳作背
后，莫扎特时刻和他作为平常人的欲望不停歇地斗争着。从他
渴望逃脱宫廷开始，到与康斯坦茨的恋爱，他时刻为着欲望而
激荡着，有时甚至超出了音乐可以给他带来的温暖。但莫扎特
终究还是莫扎特，他清楚地了解自己的天赋，明白自己的使
命，并且为之骄傲，他甚至常常认为，自己就是音乐本身。为
此，他一刻都不停留。全剧末尾，在黑衣人委托莫扎特创作
的《安魂曲》中，笔耕不辍的"小瓷娃娃"像往常一样，在墨
水用尽以后将鹅毛笔刺进了重病中的莫扎特的手臂，用他的鲜
血继续写曲谱，最终，他将鹅毛笔刺进了莫扎特的心脏，用最
后一点鲜血继续谱曲。然后，莫扎特死了，"小瓷娃娃"也消
失了，只有那闪着微弱光芒的、小莫扎特从小抱着的音乐盒飘
荡出一首又一首莫扎特创作的曲子。在这里，与其说"小瓷娃
娃"是莫扎特费尽后半生想要逃脱的阴影，不如说他其实是放
不过自己，放不过自己用整个生命去热爱和想要为之付出一切
的音乐，放不过自己作为守门人的责任和命运。他把他全部的
爱、他所有的责任甚至整个生命都用来看护音乐这个最后的也

是最初的东西了。

德语音乐剧的"欧洲歌剧化传统"

德语音乐剧《莫扎特》融合了古典、流行、摇滚等多种音乐风格，这种多元化风格增强了音乐剧在表现莫扎特音乐才华及其对自由追求时的艺术表现力和层次感。与法语音乐剧偏好利用视觉特效和华丽舞台布景吸引观众，以及美国百老汇音乐剧强调娱乐性、欢闹性和直接情感体验的特点不同，德语音乐剧的旋律更倾向于古典风格，其演唱方式更为传统，舞台设计倾向于简约，舞蹈编排呈现出严肃性，更注重剧情的深度挖掘和人物心理体验的传达。同时，德语音乐剧的发音的颗粒感更加强烈，重音丰富，抑扬顿挫明显，且多数剧目倾向于悲剧色彩，展现出深刻的思辨性。

下面我们从音乐本体出发，进一步来分别阐释一下《莫扎特》在文体形式上所开拓的一种典范样态。首先是创作者坚持的以戏剧为核心的创作理念。米歇尔·昆策，作为维也纳音乐剧风格的核心创立者之一，明确反对百老汇那种过于娱乐化且戏剧性浅显的音乐剧。他倡导德奥音乐剧应独立发展，形成具有文化特色的流派。因此，在德语音乐剧中，所有创作元素均需服从于戏剧情节，这一理念深受欧洲歌剧传统的影响。

那何为歌剧化的音乐创作传统呢？即追求戏剧和音乐的和谐与秩序——要求音乐创作必须与剧情发展相匹配，要服务于戏剧的整体目标，强调音乐动机（Musical Motif）和音乐主题的创作方式。这种对于戏剧结构的重视在德奥音乐剧中尤为突出，特别是在理性思维受到尊崇的德奥文化中。戏剧结构的作用可类比音乐中的曲式，为整个故事提供框架和动力，要在戏剧的转折点上增强情感的说服力。那么何为"音乐动机"？音乐动机指的是在音乐作品中反复出现的一个简短的旋律、节奏或者和声单元。作为作品的核心构成要素，音乐动机通过其重复与发展，为整个作品赋予了内在的连贯性与结构上的统一性。音乐动机是音乐作品中的一个核心主题，通过其在不同乐章或场景中的转化和再现，增加作品的整体感和深度。所以在音乐剧的作曲实践中，作曲家通常会通过构建基本的音乐动机，进一步发展完整的音乐主题。这些主题在音乐中多次出现，不仅在音乐上形成了统一性，而且在戏剧上也与特定的角色、情感或情节紧密相关联。这种创作手法类似于建筑学中的结构设计，其中音乐动机和主题如同建筑的基本构成要件通过精心的组合和排列，构建起音乐剧的整体音乐框架。在德语音乐剧《莫扎特》中，上述创作手法得到了明显的体现。剧中的核心曲目《我是，我是音乐》和《人如何摆脱自己的影子？》，不仅在音乐层面上承载着丰富的象征意义，而且在戏剧层面上对情节的推进及角色深度的塑造起到了关键作用。在《我是，我是音乐》中，该曲目通过歌词"我是大调，我是小调，我是和弦，我是旋律……我是音乐"等，象征性地表达了莫扎特与音乐的同一性，揭示了他将自我完全融入音乐创作的境界。在戏剧层面，这首曲目强化了莫扎特作为音乐家的身份认同，同时展现了他在艺术追求中寻找人我认同的过程。它推动了剧情的发展，突出了莫扎特对音乐的纯粹的热爱，以及在现实世界中对音乐的信赖。在《人如何摆脱自己的影子？》这首全剧最高潮的时刻里进入的曲目，创作者问了一个对每一个人来说都是一个内心深层次的问题：人如何才能逃离自己的影子，人如何才能脱离命运的枷锁？这是莫扎特对自由的渴望和对自我的深刻反思。

　　此外，德奥音乐剧深刻的戏剧内涵，也映射出德奥地区的哲学底蕴。该类音乐剧倾向于描绘人物的悲剧性，将之视为生活本质的反映。在昆策和里维的合作中，他们通过主角的经历提炼出超越日常生活的道理与情感，旨在引发观众的深层共鸣。德奥音乐剧常以单一主角为中心，展现其与动荡环境的斗争，通过力量的对抗赋予角色深刻的意义，并在角色克服缺陷的过程中实现其自身成长。戏剧与音乐的高度平衡与深刻性，是德奥音乐剧与众多戏剧乃至艺术类型相比取得的显著成就。

邵宾纳剧院《哈姆莱特》：奥斯特玛雅的新现实主义

《哈姆莱特》

英文片名：Hamlet

导演：托马斯·奥斯特玛雅（Thomas Ostermeier）

编剧：莎士比亚

主演：拉斯·艾丁格（Lars Eidinger）饰演哈姆莱特

乌尔斯·尤克（Urs Jucker）饰演克劳狄斯 / 国王的灵魂

玛格达莱娜·勒梅尔（Magdalena Lermer）饰演乔特鲁德 / 奥菲利娅

罗伯特·贝耶（Robert Beyer）饰演波洛涅斯 / 奥斯里克

达米尔·阿夫迪奇（Damir Avdic）饰演霍拉旭 / 盖登思邓

康拉德·辛格（Konrad Singer）饰演雷欧提斯 / 罗生克兰

首演剧院：德国柏林邵宾纳剧院（Schaubühne Berlin）

德国，戏剧，165 分钟，2008 年 9 月 17 日

托马斯·奥斯特玛雅被问及为何深受法国人欢迎时曾提到两点：1. 法国人喜欢并尊重叙事；2. 法国人热衷风格化和极端化的表演。[1] 国际观众对其作品的喜爱，或许也出于此。然而，在当今的德国剧场，奥斯特玛雅仍属异类。作为新一代导演，奥斯特玛雅抵制德国剧场已经泛滥得失去锋芒的老一套意识形态和戏剧实践[2]；在解构、后戏剧和后现代甚嚣尘上时，奥斯特玛雅剑走偏锋地强调"已经过时"的现实主义和娱乐性。他为故弄玄虚、逃避现实的"资产阶级现实主义式的"[3] 后戏剧剧场植入了被后者弱化的叙事性内容，又在过于中规中矩的经典作品呈现套路中加入了反常规的交流方式。奥斯特玛雅的做法有其自身的观念逻辑。1999 年，刚成为邵宾纳剧院艺术总监的奥斯特玛雅发表了一份对抗性的新现实主义宣言，其观点如下：

    1. 现实主义是 20 世纪戏剧创新者的共同追求，每一代人都在提出新的现实主义准则；

    2. 现实主义试图描绘世界本来的面目，而不是其外表，并蕴含改变社会现实的意图，挑战现实生活中的陈词滥调；

    3. 德国 70 年代确立的"导演剧场"导致了一种后果，即戏剧开始进入精英的自我指涉戏剧性困局，罔顾社

1　Gerhard Jorder and Thomas Ostermeier, *Ostermeier*: *Backstage*, Verlag Theater der Zeit, 2016, p. 12.

2　Peter M. Boenisch and Thomas Ostermeier, *The Theatre of Thomas Ostermeier*, London: Routledge, 2016, p. 16.

3　Ibid., p. 243.

会现实，即便解构也失去了原初的批判力量，因此戏剧开始愈发"资产阶级现实主义"，忽视公众的声音和现实考虑；

4. 重新召唤戏剧文学，是让戏剧的故事与更大的现实世界建立联系的重要手段，其中剧作家的地位不可忽视；

5. 新时代环境下的观众不再关注人物的行为动机，而更加强调身体性，因此新的现实主义需要利用身体引起惊奇，从而把生活的残酷和现实的苦难搬上舞台。[1]

20 世纪以来，欧洲剧场便一直与狭义的现实主义——一种审美运动和技巧——作斗争，但广义的现实主义精神——揭示世界的运作原理并改造世界——却从未消失过。不明二者区分之人，往往以偏概全，落入形式主义的圈套，而丢失了现实主义精神——在奥斯特玛雅看来，不少后戏剧的作品便有此特征。[2] 对他而言，现实主义"是一种对世界的理解加上追求改变的态度，它来自催人写作、激发复仇的伤痛——向世界视而不见闭口不谈的事情复仇"。[3] 为了实现自己的艺术纲领，奥斯特玛雅借力德国以外的资源，与当代德国主流保持距离，在成功走向国际的同时，也收获了一大批本土年轻拥趸。

奥斯特玛雅的新现实主义一反常态地重视剧本。但由于德

1　*The Theatre of Thomas Ostermeier*，pp. 13—25.

2　鉴于后戏剧剧场的多元面貌，奥斯特玛雅对后戏剧剧场的评价未必全面而公允。

3　托马斯·奥斯特玛雅：《戏剧在加速的时代》，王翀译，《戏剧艺术》2008 年第 2 期。

国当代剧作一度被导演剧场挤压，奥斯特玛雅除莎士比亚和易卜生之外，尤其重视有着深厚剧本创作传统的英国与爱尔兰。萨拉·凯恩（Sarah Kane）、马克·瑞文希尔（Mark Ravenhill）、马丁·昆普（Martin Crimp）、恩达·沃尔什（Enda Walsh）等剧作家都因直击现实而被奥斯特玛雅搬上德国舞台。其内容和风格的冲击性也启发了奥斯特玛雅的美学革新。其次，奥斯特玛雅前置演出的身体性，给观众以视觉冲击，令其真切地感受到现实的暴力和残酷。关注现实、切中时弊并非当代戏剧所独有，故，新现实主义之新，或许更在于新型观演交流模式。

新现实主义的美学也体现在我们熟悉的《哈姆莱特》之中。[1] 本文结合奥斯特玛雅相关一手资料，将其置于 20 世纪以来戏剧美学发展的脉络，并着重解决两个问题：新现实主义使用何种策略开发《哈姆莱特》这一经典文本的潜能，使其具有当下性？新现实主义如何利用情境和演员的表演，重构观演的交流方式，尤其是影响观众对"现实"的感知？该案例有助于我们反思欧洲有别于后戏剧的另一种创作策略，探讨重构现实主义精神和戏剧性的有效路径，并为以奥斯特玛雅作品为代表的一类演出提供言说和分析的入口。

文本解读与情境张力：批判消费主义

不同于去文本中心的后戏剧剧场，新现实主义接续了布莱

---

1 本文探讨的版本主要基于 2014 年笔者在都柏林戏剧节观看的现场演出，也参考了 2008 年阿维尼翁戏剧节的录像版。

希特对故事情节的侧重。[1] 后戏剧剧场提倡碎片、反抗综合 [2]，而奥斯特玛雅的作品却都保留了整一的叙事——虽然他对原剧也并未亦步亦趋。原剧的经典母题和深层结构中的核心冲突固然会体现在改编中，但他并不解构，而是重构。[3] 他不以固有的当代眼光打量和改造原剧，而是让作品进入当前社会的语境，遭遇演员和观众，自然地获得新内涵。[4] 因此，对当前社会的解读和相应情境的设定是他导演的首要任务，甚至是唯一任务 [5]，与之相应的，是对人物心理和动机的淡化。当下性和整一的叙事，也是邵宾纳在国际上大受欢迎的基础。

邵版《哈姆莱特》的当下性不仅体现在服装、科技、流行音乐，也不只是用当代语言重译的台词，还体现在展现当代人所处的具体社会困境。作品并未将原剧中的褶皱一一铺开，而是在去除宫廷政治的枝节后，以哈姆莱特的主观感受为中心，重构原剧的核心情境。[6] 情境的意义在于，给角色以行动、反应和互动的空间。[7] 作为"所有情况的总和"[8]，一旦情境确定，

1　雷曼称叙事剧理论是对古典式戏剧构作的改良与完成，而对布莱希特而言，寓言（情节）依然是剧场艺术的核心。参见汉斯-蒂斯·雷曼：《后戏剧剧场》，李亦男译，北京大学出版社 2016 年版，第 26 页。

2　《后戏剧剧场》，第 99 页。

3　所谓重构，是重新组织解构后的碎片，使其获得意义。参见 Ostermeier：*Backstage*, p.10。

4　Peter M. Boenisch, "Thomas Ostermeier: A 'Sociological Theatre' for the Age of Globalised Precarity," *Contemporary European Theatre Directors*, Eds. Maria M. Delgado and Dan Rebellato, London：Routledge, 2020, p.462.

5　*The Theatre of Thomas Ostermeier*, p.149.

6　Ibid., p.137.

7　Ibid., p.44.

8　Ibid., p.135.

舞台的非文本符号系统、角色之间的张力、演员的肢体运用也会找到支点，并综合起来丰富和改变原剧的内涵。因此，在很大程度上，情境是戏剧构作要确立的作品核心内在逻辑。这种逻辑生发于原文本，长于新的情境。情境往往依托具体的舞台装置，而文本与舞台装置的互动，便将核心情境的内涵具体化了。而在《哈姆莱特》中，凝聚戏剧情境要素并支撑整体符号意义组织的，是三个显著而关键的装置：放着饮食的长条白布餐桌、铺满舞台的泥和挂在舞台中间的珠帘。三者不仅指涉了整体上人与人之间、人与物之间、人内在的冲突，还以其物质性加入演员的演绎，强化舞台效果。

　　同时，熟悉原剧的观众会发现，这种设计并非设计师的突发奇想，而是根植于原剧。使用餐桌，表面上是为了配合第一幕的婚宴，而实际上，它也在主题上回应了原剧结尾处福丁布拉斯在见到丹麦王朝覆灭后的感叹："好一场惊心动魄的屠杀！啊，骄傲的死神！你用这样残忍的手腕，一下子杀死了这许多王裔贵胄，在你的永久的幽窟里，将要有一席多么丰美的盛宴！"[1] 在挪威王子的口中，屠杀有如死神的盛筵，让人兴奋，又让人震惊。一如邵版开篇的葬礼，死亡从一开始就笼罩丹麦宫廷，赋予欢庆和享乐向死的色彩。另一方面，此语呼应了铺满舞台的泥土，因为在基督教传统中，泥土也代表死亡。原剧和邵版都以死者老哈姆莱特开篇，而在掘墓人一场，哈姆莱特看破生死，不无感慨地将功名、泥土、死亡联系起来。死亡因此成为作品中的头号他者。

1　威廉·莎士比亚：《哈姆莱特》，载《莎士比亚全集》（五），朱生豪译，人民文学出版社 1994 年版，第 421 页。

　　餐桌和泥土并非仅是死亡的同谋——在空间与色调上它们也构成了对峙。改编版的情境冲突，也因这种对峙而格外醒目。在这之前，需要对餐桌这一冲突的焦点展开更细致的符号分析。餐桌上并无宫廷常见的金银器具和烛台，也没有大餐和红酒，而是堆满了寻常超市随处可见的罐装啤酒、瓶装矿泉水和盒装饮料，而婚宴的食物则是快餐，杯子和餐具也是一次性的。在宫廷与王权符号的缺席之下，原剧的宫廷政治被边缘化；同时，食物及其包装指向的不仅是当代这一时间维度，更带有消费主义色彩，因为消费品是标准化和快餐化的。鉴于餐桌与死亡的关联，也不难推测导演对消费主义的批判态度。《哈姆莱特》争夺王位的故事，隐喻了现代消费社会中话语和实践的争端。

　　不妨先回到奥斯特玛雅的"现实主义"。奥斯特玛雅出道时，德国进入经济饱和，人们感觉生活再无奔头，于是沉迷物欲，其早年作品《玩偶之家》便以此为主题。但这一问题并非德国独有——它是很多进入经济稳定增长期的国家的共同经验，具有一定的普遍性。[1]可是，一如被死亡包围的餐桌，消费欲望并非总是愉悦和满足的源头——它也可以带来毁灭。齐泽克批判过资本主义隐藏的"客观暴力"，即内在于资本主义系统、"导致真实生活发展和灾难发生的关键所在"，而非那种外部随处可见、通常意义上的"主观暴力"。[2]在消费主导的

1　James Woodall，"Thomas Ostermeier：On Europe，Theatre，Communication and Exchange，" *Contemporary European Theatre Directors*，Eds. Maria M. Delgado and Dan Rebellato，London：Routledge，2010，p. 364.
2　斯拉沃热·齐泽克：《暴力：六个侧面的反思》，唐健、张嘉荣译，中国法制出版社 2012 年版，第 12 页。

晚期资本主义时代，消费品不再是必需的，而是约束和控制人的工具，消费者也被异化为生产机器的一部分。当过剩统治一切，个体失去坚信的对象，无尽的消费和对名流的崇拜则成为新的意识形态。[1]

《哈姆莱特》的现实主义精神和基本的社会学情境，便体现在消费品与人的二重关系中。不合时宜且试图重整乾坤的哈姆莱特，正是带着一种激烈的复仇心态，去抵制强大的资本力量，并与其他人物产生剧烈冲突。原剧中的哈姆莱特本来就厌恶餐饮。在第一幕的独白中，他控诉迅速改嫁的母亲，不无尖刻地以食欲比喻性欲："她会依偎在他的身旁，好像吃了美味的食物，格外促进了食欲一般。"[2] 而他对丹麦国王纵情酒乐的不满，也在见鬼魂之前与霍拉旭的对话中有所反映。在哈姆莱特看来，纵欲是一种腐败性的缺陷，会毁掉人的全部。表面上，消费为身体创造欢愉，但哈姆莱特却洞悉了消费品的攻击性与暴力性。

作为情境张力的另一个方面，演员对情境的使用，也使作品中的冲突和主题更加具象化。改编版中几乎所有人的死亡都与消费品有关。首先来看哈姆莱特一手策划的戏中戏。在这一场，扮演老哈姆莱特的霍拉旭和扮演王后的哈姆莱特几乎全裸，而国王遇害时，裸露的上半身被一米多宽的塑料膜层层裹住，王后则从肩颈处倒进牛奶和血红的果汁，顺手在塑料膜上涂抹，以模拟鲜血横流。保鲜膜样式的塑料膜是消费时代的产物，而牛奶和果汁也是盒装的商品形态。塑料象征资本主

1　Jozefina Komporaly, *Radical Revival as Adaptation*: *Theatre*, *Politics*, *Society*, London: Palgrave Macmillan, 2017, p. 25.

2　《哈姆莱特》，第 293 页。

义主体经济滋生的过度消费及生产过剩问题，因为它们最终会吞噬作为生命之源的海洋和人类居住的大地——但我们的食物却总是被塑料包裹。捆缚、扼杀和毒害国王的工具，并非什么巫药，而是这种消费经济。换言之，通过身体遭受的暴力，哈姆莱特暗示，老哈姆莱特之死与让人上瘾的消费欲望（而非权力）密切相关。其他人物之死，也大抵遵循相似逻辑。当被问及波洛涅斯何在，哈姆莱特称其"在晚餐"，并往死者嘴里灌啤酒，死者也张嘴配合；雷欧提斯身中剑毒，也是自行从餐桌旁站起，端起纸杯喝毒酒，酒又从唇边漏下，然后他道明真相，用杯中残酒浇脸，方才伏桌；国王被刺中后，又主动喝下一口酒，喷到哈姆莱特脸上；王后中毒后，肢体晃动，拿毒酒浇头。酒精是资本运作链最稳定最持续产出和扩增的东西，是人难以抵制的欲望，但同时它也催生了无数的等级暴力和家庭暴力。即便奥菲利娅，也是在桌边死于令她窒息的塑料膜，因其可以模仿流水的效果。通过同类符号的叠加，消费经济与暴力的潜在关联被强化。

在反消费主义者哈姆莱特看来，他们是消费社会的共谋者和受害者。亲情、友情、爱情，均被消费主义扭曲，因此他与其他人物的冲突，也有了情景化的落脚点，而情境中的装置，也成为表达冲突的工具。为了抵制餐桌代表的消费主义，哈姆莱特总是游离在餐桌边缘。但凡他去餐桌，定是搞破坏，比如猛砸饮料罐，将饮料乱洒，抑或爬上餐桌，将桌上之物踢得满地都是。作为哈姆莱特主要的活动区域，看似肮脏的泥土空间与资本主义商品带来的愉悦形成鲜明对比。泥土的存在显示，餐桌和婚宴的愉悦和光鲜只是消费社会制造的假象，实在的恐怖总是被遮蔽。哈姆莱特不断和泥土发生关系：躺在上面，铺在上面，在泥里上蹿下跳，或抓起一把泥砸向餐桌。泥土以这种入侵的姿态，代表被压制的事物，包围和侵犯象征文明的餐桌。两相对比，不难看出哈姆莱特对消费欲望的拒绝。哈姆莱特自诩的超脱，也在区分中凸显。

然而，奥斯特玛雅并未将哈姆莱特理想化，而是将其也塑造成消费主义的牺牲品。这就需要回到情境中的第三个核心装置：珠帘。它代表脆弱、可变、临时的映像，映照着哈姆莱特内心的张力和冲突。如导演和许多批评家所言，此剧是借由疯子哈姆莱特的扭曲视角呈现的[1]，具有一定的超现实色彩。但不同于常见的心理分析，此剧将哈姆莱特的疯癫归因于消费时代。消费社会中的信息消费，以戏剧化和非现实化为基本特征，将事实化约为符号以取代真实[2]，"使事物与现实相脱节"[3]，让消费者沦为奴隶。视觉化的影像尤其善于用假象干扰人的认知。哈姆莱特沉迷于摄影机对现实的再现，主体性也岌岌可危。恰如导演所言，"摄影机是他唯一的朋友，他透过这个媒体看世界"[4]——但这却"让他与现实渐行渐远"[5]，最终坠入消费主义的陷阱。消费主义的媒介进一步击碎其主体性，取消其能动性，使其无法专注一件事，因此，哈姆莱特"不仅戴着疯

1　Aida Bahrami, "Paranoia and Narrative of Alterity in Thomas Ostermeier's *Hamlet*," *Contemporary Theatre Review*, Vol. 28, No. 4（2018）: 476—487.

2　鲍德里亚：《消费社会》，刘成富、全志钢译，南京大学出版社 2014 年版，第 10 页。

3　同上书，第 113 页。

4　林冠吾：《专访〈哈姆莱特〉导演欧斯特麦耶》，《PAR 表演艺术》第 206 期，2010 年 2 月 8 日，https://magazine.chinatimes.com/performingartsreview/2010 0208002584-300603。

5　Zaroulia Marilena, "Staging *Hamlet* after the 'In-Yer-Face' Moment," *Contemporary Theatre Review*, Vol. 20, No. 4（2010）: 502.

癫的面具，却也真的变疯了"[1]。哈姆莱特的张力体现在：他想要反抗，却无异于拎着自己的头发想让身体脱离大地。其"行动还是不行动"的悲剧性困境，源自太多行动的可能。最终的结果，只有自毁和他毁。在这个意义上，邵宾纳版《哈姆莱特》的核心问题也变成了：在消费社会，个体对资本主义的抵制是否还有可能？而哈姆莱特经典的主体分裂也获得了更具时代意义的表征，使其成为观众真正的同代人。

怪诞而肮脏的情境：具身化的交流

消费主义的运作方式是制造表象，而新现实主义则力图穿透表象，让观众直面被遮蔽的真实。奥斯特玛雅虽然继承了现实主义对社会的批判精神，但在风格上却不再追随，因为各时代对"现实"内涵的理解和呈现有所不同。在西方现代艺术中，所谓"现实"，不再是自然主义揭示的现实世界之阴暗面，而更多是拉康意义上的"实在"（the real），一种不可言说、难以再现、创伤性的经验[2]；在创作实践上，不再是反映式的，而是事件性和操演性的，以断裂、开启、激发行动作为基本标志。用阿尔托的话说，这种现实"引起心灵和感官的真正感觉，仿佛是真实的咬啮……应该提倡残酷和恐怖，但应在广阔的范围，而且其广度能探测我们全部的活力，使我们面对自己的全部潜力"。[3]这类作品淡化语言的作用，突出肢体性，并鼓励观众参与演出意义的创造。

---

1 《专访〈哈姆莱特〉导演欧斯特麦耶》。

2 Hal Foster, "Obscene, Abject, Traumatic," *October*, No. 78（1996）: 107.

3 安托南·阿尔托：《残酷戏剧：戏剧及其重影》，桂裕芳译，中国戏剧出版社1993年版，第75页。

　　观众的感知自然也会有别于传统现实主义。奥斯特玛雅早年在巴拉克剧院所排剧目多为英国当代的直面戏剧，这种作品惯于使用熟悉之物激发惊异，从而揭示真正的现实。为此，奥斯特玛雅崇尚风格化、夸张、全方位的表演手段，以通过全新的刺激让观众重新审视现实。因为事件和创伤的不可言说，理性分析的策略不再奏效，取而代之的是猛烈的震撼带给身体的直接感受。身体的感知使观众和演员在共享的感觉结构中建立起联系，进而让观众跳出传统现实主义的人物心理分析，对剧中表达的社会问题产生切身体会[1]。

　　切身体会自然以身体为中心。奥斯特玛雅突出肉身在演出中的媒介作用，以演员的肉身与观众沟通，使其能逾越语言直接触动观众。这一种身体感受激发后期理性方式的感知方式，便是现象学意义上的具身化（embodiment）。演员的肉身有符号和现象两种属性：前者关注身体的意义，后者关注身体的物质性；前者与确定性相关，后者指向更加含混的地带。符号的身体可以增加意义的维度，而现象的身体召唤的大多是只可意会不可言传的体验。奥斯特玛雅秉承阿尔托的精神，以梅耶荷德的训练方法取代斯坦尼的心理现实主义，创造更有冲击性的场面。在演出情境确定之后，演员围绕身体属性和长处充分发挥，在对戏中相互激发，表现情境的张力。换言之，情境是基础，而身体的双重性，则是基本工具。

　　奥斯特玛雅对演员身体的重新设计，也是为了激发观众新的感知。作品表达的内容不再不言自明，而作品意义和戏剧事

1　"Thomas Ostermeier: A 'Sociological Theatre' for the Age of Globalised Precarity," *Contemporary European Theatre Directors*, p. 458.

件的创造，需要借助观众主体的参与。身体是作品中观众感知
的主要媒介。所谓"感"，牵扯的是身体的感受，而"知"，则
是理性的分析和判断。前者关乎肉体和感觉，后者关乎理性和
意义。于是肉身的二重性便对应了感和知两个层面——但二者
并非泾渭分明，而是相互交织，在对身体的作用中激发新的思
考，"通过肉体……使形而上学再次进入人们的精神"。[1]

为了强化对观众的刺激，邵版《哈姆莱特》"以萨拉·凯
恩的棱镜去观照"[2]莎士比亚，借助怪诞与肮脏的情境，揭示消
费主义的其他面向。但作品并非一味借用直面戏剧的残酷，而
是融入了梅耶荷德的怪诞美学。所谓怪诞，指的是"一种玩
弄尖锐矛盾并在感知层面产生不断变化的戏剧风格"。[3]它往
往"穿透生活的表面，抵达其不再单纯是自然状态的点"，让
人"看见生活的深渊"。[4]它是不协调和矛盾之物的混杂，因此
会让人同时捕捉多种内涵和意义，以至于"超越语言、难以言
说"。[5]同时，怪诞暗含"未被认可的现实，或者是必要的但潜
在的现实的可能"[6]，也是对常态的恶作剧式颠覆。因此，作品
中的暴力不仅直接批判了消费主义，还因为怪诞的特征带上一
种让人难以言说、胆战心惊的暗恐感和滑稽感。

以全剧最后一场为例。在哈姆莱特被雷欧提斯偷袭后，演

---

1 《残酷戏剧：戏剧及其重影》，第 89 页。

2 *Radical Revival as Adaptation*, p. 36.

3 Aleksandr Gladkov, *Meyerhold Speaks/Meyerhold Rehearses*, trans. Alma Law,
  Amsterdam: Harwood Academic Publishers, 1997, p. 142.

4 Edward Braun, ed., *Meyerhold on Theatre*, London: Methuen, 2016, p. 165.

5 Ralf E. Remshardt, *Staging the Savage God: The Grotesque in Performance*,
  Carbondale: Southern Illinois University Press, 2004, p. 2.

6 Ibid., p. 11.

出风格骤然从相对写实转向怪诞。演出节奏在诡异的钢琴声中减慢，舞台上出现了两种时间：一种是正常速度的哈姆莱特，另一种是时而慢速的其他人物。雷欧提斯中剑后，若无其事坐到餐桌一角，与此同时，王后开始口吐白沫。在场的裁判也拿起话筒，叙述这一段的剧情，而雷欧提斯也异常自然地吐露国王的阴谋，然后以毒酒泼面。得知真相的哈姆莱特冲向国王，国王却面无表情地赴死，并主动喝酒，喷哈姆莱特一脸。桌边的雷欧提斯也突然诈尸站起，木偶般的双手侧伸向哈姆莱特，欲与之和解。接着，王后拿起婚纱罩在头上，用毒酒浇头。在哈姆莱特最后的独白中，三位死者又站了起来，肢体扭动或喋喋不休，与移动的珠帘一起将哈姆莱特逼向前台。

　　在这一场中，三位死者的身体如同木偶，身心分裂，丧失自由意志和个体性。伴随着时间的错乱，生／死、人／物、叙事／再现、严肃／滑稽、穿帮式的做戏／真情流露等界限被轻易逾越，由此平添一种强烈的怪诞色彩。当二元对立不再，暴力所致的不安全感中，便掺杂了既熟悉又陌生的惶恐感。这种怪诞的暴力，不仅消解了消费主义建构的有序、安全、洁净的幻象，也破坏了死亡的庄严。通过将隐微的资本主义客观暴力以外化的主观暴力的形式来展现，怪诞更是凸显了消费主义对人的异化和剥夺。鲍德里亚提醒我们，在消费社会中，暴力与秩序同质："消费社会既是关切的社会也是压制的社会、既是平静的社会也是暴力的社会。"[1] 而怪诞将对立的二者以奇怪的方式综合，让人追问究竟是物具有了人的意识，还是人被异化成了物。

---

1 《消费社会》，第 173 页。

在扭曲之中，观众被一种黑色幽默般的奇异感击中：悲剧的成分固然有，闹剧的成分却又将其削弱。作为观众，我们不知道该笑还是该哭。观众会有出戏之感，但这种怪诞又将其牢牢抓住，逼其参与到演出意义的创造之中。通过观察演员扭曲的身体，观众身上的镜像神经元也会共情地模仿，并传递那种扭曲——这样一种交流虽难以言喻，却真实可感。陌生化和创伤性的事物，都以超越经验、超现实的怪诞形式，直击观众。

在让真实出场的事物中，肮脏的穿透力比怪诞尤甚。肮脏（obscene）一词与场景（scene）仅两个字母之差，在原初意义中，肮脏指的是场景外的内容，无法置于台面之上。[1] "ob-"这个表示"逆、反、倒"的前缀，将场景背面的内容掀开，带来一种实在的、私人的创伤经验。何为肮脏，并非不言自明，而是取决于受众与具体情境。在我们的文化经验中，肮脏对应的是反伦理、禁忌、不雅等事物，它们往往关乎混乱、隐蔽和无意识，以及其他理性要压抑和逃避的内容。现代艺术在很大程度上依赖对肮脏的使用；无独有偶，直面戏剧中冒犯性的内容，也多是与观众的身份和秩序构建息息相关的肮脏之物。在肮脏情境中，身体和物丧失符号意义，回归其直接的物质性，从而让观众的肉身在不自觉中出场。

依然以前文提到的食物为例。奥斯特玛雅选用食物作为消费品的代表，并非只是出于方便，还因为食物本身就有肮脏的

1 Kassandra Nakas and Jessica Ullrich, "Preface," *Scenes of the Obscene: The Non-Representable in Art and Visual Culture, Middle Ages to Today*, Eds. Kassandra Nakas and Jessica Ullrich, Weimar: VDG, 2014, p. 7.

潜质。"当食物位于两种截然不同的实体或疆域的边界时"[1]，就会让人感到生理性的恶心。在婚宴一场，哈姆莱特摆弄摄像机，对准每一位大快朵颐但毫不顾及吃相的赴宴者，给他们嘴角流出的食物汤汁以特写；为了答话，哈姆莱特将嘴中的快餐吐回餐盘，也是让食物逃离自己应在的位置。食物的物质性在与身体的关联中出场，符号意义退去，直接作用于观众的感官。在这种情况下，食物的美味不再，反而令人作呕。

　　同样，泥土一旦离开大地，入侵人体，也给人以食物离开嘴巴的恶心感。当奥菲利娅被哈姆莱特用泥土掩埋，哈姆莱特满嘴是泥，且用舌头舔准备砍国王脑袋的剑，导演凸显的都是身体如何被泥土这样腐败而肮脏的外物入侵。在全剧结尾前，所有死亡的人物如丧尸般被食物和泥土裹满全身，尸体、食物、泥土这些肮脏之物以怪诞的姿态与人共舞，穿透人体与外物、我与非我的边界，令观众直观地感受到无法言说的怪诞、恐惧和恶心。

　　相信很多看过《哈姆莱特》现场的观众对这种感受都不陌生，但其源自何处？本质上，肮脏代表克里斯蒂娃理论中的卑贱之物（abject），是主体为确定自己的身份，从体内强行分割出去的一种事物；然而，这种被分割的事物又没法被完全客体化和符号化，因此，它既非主体亦非客体。克里斯蒂娃指出，食物、脏物、废物、垃圾，都是卑贱之物。[2]当卑贱之物以破坏和解放的姿态强势出场，模糊二元对立形成的边界，引发负

1　埃丝特尔·巴雷特：《克里斯蒂娃眼中的艺术》，关祎译，重庆大学出版社2020年版，第108页。
2　茱莉亚·克里斯蒂娃：《恐怖的权力：论卑贱》，张新木译，商务印书馆2018年版，第3页。

面情感，人强行建构的主体身份便摇摇欲坠；这一种创伤性的震惊感，会令人怀疑自己的身份和外部世界建构的秩序。在当代文艺中，卑贱之物常被用来"批判文化规约、固有的感知和已沉淀的价值，因为它们与身体、身份和社会息息相关"[1]。在剧中的肮脏时刻，观众与哈姆莱特一起，逼近了拉康的实在界，产生一种创伤性的经验，这种经验"可以摧毁意义，但它同时也是构成意义的认同与更新的重要根本"[2]。肮脏借由对符号性的超越，打破了消费主义用符号制造的光鲜幻觉，解除其秩序，而此刻的肮脏，与"生产性/消费性相反，是破坏性（死亡的冲动）的体现"[3]。它提示我们，消费社会再现的秩序并非安全无虞，而是充满破坏性。如果是一个审慎的观众，面对这些被身体承受的他者化的存在，在事后会重新思考自己的主体性，尤其是肮脏空间对自己的意义：如果身体不是封闭的，而是可以向肮脏之物开放，那人和物质的界限何在？人和死亡的关系如何划分？人在消费社会中，是主体，还是物一般的客体？

怪诞与肮脏均不依附于单一的客体或主体，而是存在于主客之间，因此，二者产生的作用、激发的认知均需观众和演员的共同参与。同样，二者让人感到抗拒，但又备受吸引，这本身就是一种吊诡的打破二元对立的现象。借助这种穿透性的体验，舞台上的虚构与观众自身现实的边界也被打破，观众被迫进入舞台，而舞台的内容也强势进入观众的现实。这一种现

1 Adrian Heathfield, "Alive," *Live: Art and Performance*, Ed. Adrian Heathfield, London: Tate Publishing, 2004, p. 9.
2 《克里斯蒂娃眼中的艺术》，第107页。
3 《消费社会》，第177页。

实，是非符号的、切身可感的现实。具身化的策略要旨也在此处。观众面对舞台上非再现的刺激，只能以一种切身的、个体的和内在的经验去应对，而一时难以完全捕捉其意义，于是观众与物质之间的具身化关联，为后期的反思余波作了铺垫。在与他者的相遇中，观众的主体性也会重塑。

奥斯特玛雅的新现实主义以社会化、政治化，而非心理化的情境为基础，综合了布莱希特、梅耶荷德、阿尔托的理论资源，汲取直面戏剧的营养，赋予经典和当代戏剧文学以有力的表现形式。新现实主义反对简化和反映式的现实，而是在陌异性和政治性的追求中，彰显戏剧对现实和观众的操演作用。为了强化对观众的影响，逼迫观众对晚期资本主义时代症候的反思，批判全球资本主义对人的分裂和异化，奥斯特玛雅引入了现代艺术对"实在"的关注，从而丰富了现实主义在当代的内涵。究其根本，奥斯特玛雅避开了后现代、后戏剧强调的断裂，而是反其道而行之，在二元对立的事物之间建立联结，在中间地带重构和创造新的意义和戏剧性。

跨越先锋剧场作品《相对平静》：艺术的本质是什么？

　　《相对平静》(*Relative Calm*) 的三联版，是由后现代艺术家罗伯特·威尔逊（Robert Wilson）与编舞家露辛达·查尔兹（Lucinda Childs）联合创作的剧场作品。该作品首演于1981年，后经艺术家们重新构思与扩展，形成了新的三联版，于多年后再度呈现于舞台。在新版《相对平静》中，艺术家们保留了原作的核心记忆，同时融入了约翰·吉布森（John Gibson）与约翰·亚当斯（John Adams）的音乐元素，以及露辛达·查尔兹基于伊戈尔·斯特拉文斯基（Igor Stravinsky）的《普尔奇内拉》(*Pulcinella Suite*) 创作的新舞蹈段落，构成了一个"舞台三联画"。威尔逊将整个作品划分为三个对称的部分，象征着时间的流逝与连续性，如同钟表计量时间，以及一天中时间的连续流转。三联版《相对平静》的创作理念为在舞台上创造一种"视听奇观"，通过整体视觉和听觉效果的协调，展现在重复中细微变化的艺术主张，即在宏观层面上追求统一性，而在微观层面上展现差异性。该作品是一个综合了戏剧、舞台灯光、音乐、多媒体艺术和时尚美学的跨领域艺术作品。

表演艺术界的极简主义大师罗伯特·威尔逊和露辛达·查尔兹在《相对平静》首演四十年后再度聚首，将这部原先以四部分组成的作品以"三联版"（Triptych Version）的全新姿态重新搬上舞台。新版保留了首演版的第一部分"升起"作为第一联，引入查尔兹另一部旧作《现有光源》（1983）的部分作为结尾，中间插入新编的《普尔奇内拉》，三幕之间以过场戏串联。四十年后的威尔逊用"巴洛克"将自己与"极简"的标签划清界限，然而这是否真的意味着主创与极简主义就此分道扬镳？三联版《相对平静》展示了艺术史上作为先锋艺术的极简主义在今天的一种可能性，它不再激进，但并未停止对艺术本质的追问。

随着全球巡演的恢复，实验戏剧大师罗伯特·威尔逊和先锋编舞大师露辛达·查尔兹带着两人的经典合作重新回到中国观众的视野。两位主创的大名在表演艺术界如雷贯耳。自1976年在菲利普·格拉斯（Philip Glass）的歌剧《沙滩上的爱因斯坦》（*Einstein on the Beach*）中首次联袂以来，这对组合在对方身上看到了与自己一致的审美追求，多部极具风格的实验性作品由此诞生，1981年首演于法国斯特拉斯堡国立剧场的《相对平静》也是其中之一。

在第二十二届上海国际艺术节上与中国观众见面的《相对平静》，是被称为"三联版"的全新版本，2022年首演于意大利罗马（以下将该作的两个版本以"首演版"和"三联版"区分）。尽管《沙滩上的爱因斯坦》曾在2013年第四十一届香港艺术节上连演三场，不少戏剧爱好者专程前去一睹大师风采，而罗伯特·威尔逊本人也在2014年北京主办的第六届"戏剧奥林匹克"献演，又从 2017 年开始连续两年携作品参加上海国际艺术节，他的舞台语汇在今天依然挑战着中国观众的观演习惯。笔者在上音歌剧院观看了这部作品。在灯光、舞蹈和音乐的多重感官刺激下，观众大多像是经历了 90 分钟的"催眠"，走出剧场时仍是懵懂的神情。我们一边在脑海中模糊的艺术史记忆里检索与两位大师关联的词条，一边赶紧打开手机搜索网络上的宣传稿与推荐语，得到铺天盖地的"极简主义"标签。然而，在 80 年代轰轰烈烈的先锋艺术浪潮淡去之后，面对今天看到的三联版《相对平静》，我们还能够不假思索地为其贴上这个标签吗？

《相对平静》："升起"

舞者凯莱·博里亚尼（Michele Pogliani）曾是露辛达·查尔兹舞团的一员，离开舞团后回到意大利创立了 MP3 舞团。2020 年，他带着舞团的 12 名舞者受邀加入了《相对平静》的复排计划。"我在 1985 年加入露辛达·查尔兹的舞团，《相对平静》的第一部分'升起'是我在那里学到的第一支舞。我的一大遗憾就是未曾跳过这部作品 1981 版中的其他部分，比如'回归'或'赛跑'。"[1] 博里亚尼未曾学过的几段舞在我们今天看到的《相对平静》中也不复存在——首演版的《相对平静》由"升起""赛跑""抵达""回归"四部分组成；新版则为三幕结构，三联版也是由此得名，其中"升起"是唯一得到保留的部分。

走进观众席，大幕敞开着，舞台上一块幽幽亮着蓝光的天

1　*Relative Calm*：Lucinda Childs' Mathematical Equation（Magazine CND-Centre national de la Danse）. https：//magazine.cnd.fr/en/posts/88-relative-calm-lucinda-childs-mathematical-equation.（2023-11）[2024-12-30].

幕静待着当晚的观众（图1）。大幕和天幕之外，舞台上再无其他显眼色彩，只有简单的黑、白、灰——签名一般的威尔逊风格。

三联版依旧以"升起"开场。虽然罗伯特·威尔逊在复排中重新设计了舞美，实现了四十年前技术上无法达成的视觉效果，但至少在这唯一可称为"复排"的部分中，我们感觉到真正引领舞蹈走向的仍旧是约翰·吉布森为该作首演版委约创作的配乐。吉布森是菲利普·格拉斯合奏团的创始人，曾作为乐手参与过多部里程碑式的极简主义音乐作品的首演，包括《在C音上》（赖利，1964）、《击鼓》（莱什，1971），以及前文提到的《沙滩上的爱因斯坦》。

图1 三联版《相对平静》开场前，笔者摄于上音歌剧院，2023年11月18日

相对（relative），即意味着两项之间的相互关联。持续的管风琴和类似通奏低音的低音提琴（又或许是合成器）声音上方，两条旋律由时值相同的音符组成，一高一低、一明一暗，时而以固定的音程同向而行，时而以镜像的方式相向而行，像两条时而平行、时而相交的线，始终保持着对称。音乐语境中的 relative 一词又难免让人想起关系大小调（relative key）的概念。关系调由一对具有相同音列的自然大调和自然小调组成，其中的大调主音比小调高出一个小三度。在"升起"中，主旋律几乎就是由一个又一个时值相同的小三度拼接而成，时而上行、时而下行，不知要走向何处。

台上的舞者以松散、重复的姿态呈现出简单的芭蕾动作，音乐的旋律每走一拍，舞者的动作就卡着节拍变化一次。也许它们称不上是芭蕾，只是让身体呈现出直线和几何感的机械动作，与古典芭蕾的圆润优美和当代芭蕾的力量感和冲击性都不甚相干。舞者们有时静止，有时舞蹈，所有的动作始终以两人为单位进行，像一对平行线——始终相对，无限延伸。

在三维的舞台空间看不到的地方，舞者动线的相对性在查尔兹的手稿上更清晰可见。绘图是查尔兹编舞工作中重要的一环。在这一点上，她与舞台建筑大师威尔逊如出一辙。手稿上用不同颜色表示每一位舞者，并清晰地标注了每个人的运动轨迹，并最终以视觉的形态出现在威尔逊的舞美设计中。在"升起"中，威尔逊在影像上也采取了平行线的设计，用灰白色的平行线条将黑色的画面切割成不同的空间。音乐中的自鸣筝每拨响一次，平行线就增减一条，同时就有一对舞者改变行动的状态。舞台上的一切都严格以"相对"一词作为其运转的规律，舞者仿佛钟表的指针一样不急不缓地精确运行着，每个动作都有定格的瞬间，在那一瞬间短暂地化身为非人的雕塑。

"它不是极简的，而是巴洛克的"

无论是吉布森的音乐，还是查尔兹和威尔逊的剧场实践，都被艺术史研究者和评论者们视作极简主义的代表而津津乐道，而此时有关非人雕塑的联想也将我们的思绪引向极简主义艺术。发轫于20世纪60年代的极简主义正是一种聚焦物品本身，重视视觉现实的激进的前卫风格。与此前十多年间占据统治地位抽象表现主义强调的象征性和情感意义相比，极简艺术的创作显示出一种去人性化的冷峻。"特殊物品"——这是极简主义在造型艺术领域的代表人物唐纳德·贾德（Donald Judd）对这一风格的总结。不论是雕塑还是绘画，音乐还是舞蹈，极简主义与物性之间的钥匙就在于放弃了"拟人"。很显然，就最初的《相对平静》而言，极简主义剧场作品的标签并非凭空而来。至少，在"升起"机械般精准的舞蹈中，我们几乎感受不到任何"人"的存在。任何试图寻找情节的努力都是徒劳的，亚里士多德意义上对人的行动的摹仿已然被彻底弃置。

然而，威尔逊本人却表示："人们说我的作品是极简的；它不是极简的（minimal），而是巴洛克的。"[1]

"巴洛克"一词的"异形珍珠"意涵始于17世纪初，指向一种繁复华丽的风格，最初在建筑和装饰艺术领域用以区别于文艺复兴古典平衡的风格。这些建筑常常以强烈的色彩、富丽

1　Note d'intention de *Relative Calm*（Théâtre Garonne Scène européenne）. https：//www.theatregaronne.com/dossier/relative-calm.（2023-11）[2024-01-03].

的装饰、动态的线条示人。与此同时，巴洛克时期也是各种艺术形式蓬勃发展的时代。在音乐语境中，文艺复兴时期主要服务于教会的音乐在这一时期逐渐走入宫廷，华丽的装饰音与宫殿中夸张的色彩和构造相映成趣。巴赫在《赋格的艺术》和《音乐的奉献》中对对位法炉火纯青的运用成为复调音乐鼎盛的标志，也宣告着调性音乐已然落成为一座根基深厚、结构精密的音乐大厦，直至今日依旧有着不可撼动的地位。

与对位法可见的复杂结构不同，威尔逊的作品乍眼一看却似乎过于简单了。威尔逊在导演阐述中解释道："人们说《沙滩上的爱因斯坦》是一部极简主义歌剧，但它其实是异常复杂的。舞台上看起来好像什么都没有发生。然而，那仅仅是表面。在表面之下，它本身有着非常复杂的结构。"[1] 如此看来，对于威尔逊本人来说，织体复杂的复调风格更能准确地定义自己的作品。在三联版《相对平静》中，他更是以新编的第二幕明示了自己与这种"巴洛克"风格之间的联系。在服装设计上，紧身的上衣、小型的泡泡袖和拉夫领显示出巴洛克的印记，收紧的腰线、利落的剪裁和套装款式又令人想起 20 世纪初的时装风格。该部分以斯特拉文斯基的作品《普尔奇内拉》组曲作配乐，将观众瞬间拉入一个怪诞奇谲的"巴洛克—新古典"时空。这首作品是作曲家为俄罗斯芭蕾舞团的同名独幕芭蕾舞剧所作的配乐。斯特拉文斯基在该曲中引用了大量冠着 18 世纪意大利作曲家佩尔戈莱西（Giovanni Pergoles）名号的旋律，营造出意大利喜歌剧的氛围。然而很快，这一巴洛克的

---

1 Note d'intention de *Relative Calm*（Théâtre Garonne Scène européenne）. https：//www.theatregaronne.com/dossier/relative-calm.（2023-11）[2024-01-03].

幻象就被斯特拉文斯基标志性的和声打破。隐藏在优雅的秩序表面下的，的的确确是来自 20 世纪的前卫之声。这一幕是本次三联版中唯一全新编排的部分，也由此成为这一版本的重头戏，与头尾两段极简的当代风格形成鲜明对照。

"巴洛克"与复杂的结构自然密不可分，但"极简主义"真的等同于"极简"吗？

首先必须明确的是，极简主义作为一个在艺术评论中确立起来的流派，其定义本身一直以来有着模糊性。它并不像艺术史上一些风格流派或是艺术运动一样，有明确的领导者或是确切的宣言。此外，极简主义的艺术家们也是一个松散的群体，他们各自的作品呈现出鲜明的个性化特征，对极简主义的描述也多有矛盾。比如极简主义全盛时代的三个主导文本——贾德的《特殊物品》（1965），罗伯特·莫里斯（Robert Morris）的《雕塑札记，第一和第二部分》（1966），迈克尔·弗雷德（Michael Fried）的《艺术与物性》（1967），在哈尔·福斯特（Hal Foster）看来就矛盾重重。[1] 贾德和莫里斯的首要身份还是艺术家。贾德为了客观性（objectivity）抛弃绘画，拥抱雕塑；莫里斯和贾德对于极简主义与雕塑的关系就存在不同的看法；批评家弗雷德则将极简主义称为实在主义（literalist）艺术，并将上述两人所谓的雕塑之关键因素总结为形状——而对他来说，形状并不仅仅是实在的，而是"必须属于绘画"。[2] 尽

---

1 哈尔·福斯特：《实在的回归》，杨娟娟译，江苏凤凰美术出版社 2015 年版，第 54—63 页。

2 迈克尔·弗雷德：《艺术与物性》，载《艺术与物性：论文与批评集》，张晓剑、沈语冰译，江苏美术出版社 2013 年版，第 159 页。

管我们并非要在此深入讨论极简主义的本质，但这些文本之间的张力多少让我们想起艺术家艾伦·里帕（Allen Leepa）的那句话："极简主义者认为任何关于自我和艺术的定义都是不可能的。"[1]

1959 年在纽约展出的弗兰克·斯特拉（Frank Stella）"黑色绘画"（Black Paintings）系列通常被认为是极简主义最早的作品。斯特拉以规整的黑色条纹在画布上呈现出高度规律性的轴对称布局，整个作品看起来极为单一且机械化。这些 6 厘米宽的条纹灵感来自画框榫头的宽度，因此整个画面都可以说是画布形状的化身。这样简单的构思只让人关注画面的组织模式，除此之外不作他想。而在画布上绘制条纹也没有其他任何情感指向，只是直指绘画这一行动本身。[2] 在三联版的第一幕中，我们其实可以在天幕上看到非常相似的舞美设计——黑、白、灰的单调色彩，只有条纹的黑色"画布"。而舞者白色服装背后那一道黑色的条纹，更是直接让人想到斯特拉的黑色笔刷。清冷简单的色调"漂尽了感情"[3]，得益于视觉层面上各种图像元素的极度简化，观众的注意力会不由自主地被这些线条排列的方式和组织的逻辑所吸引。正如前文中讨论的那样，黑底天幕上线条的出现、消失与音乐、编舞形成了切题的互文，其中的组织逻辑便是"相对"。艺术家、评论家苏西·加布里克（Suzi Gablik）将极简主义艺术中普遍具有的这种系统性的

---

1 Allen Leepa, *Minimal Art and Primary Meanings*, Gregory Battcock, ed., *Minimal Art*, New York：E. P. Dutton, 1968, p. 206.
2 詹姆斯·迈耶尔：《极简主义运动的兴起》，李云译，《装饰》2014 年第 10 期。
3 同上。

逻辑理解为极简主义抛弃主观情感，转而寻求理性的科学方法进行创作的表现，只是这种逻辑方法的运作过程是不考虑意义的。[1]

以自成体系的方式组织起最简单的物质材料——也是在此意义上，艺术评论家格雷戈里·巴特科克（Gregory Battcock）说极简主义其实是相当复杂的。在他看来，极简艺术家所做的其实是在创造关于空间、规模、内容、形状和物的新概念。更重要的是，"他必须重建作为物的艺术之间、物与人之间的关系"。[2] 在物本身的空间维度之外，莫里斯也早已在《雕塑札记》的第二部分指明了那道来自观者（observer）的视线。[3] 在剧场作品中，"观—演"的天然二分则使这种关系变得更为可见。在《相对平静》中，层层叠叠的视听符号需要观众调动全身的感官去捕捉，才能通过感官性的体验窥见其中的联系和结构的全貌。而在本身的形式外，舞台上的一切让身体的感知与现实中的时间与空间产生了连接。第一幕中吉布森的音乐没有明显的乐句划分，也没有古典乐中惯常的终止式，仿佛会无穷无尽地发展下去；舞蹈的动作来来回回没有太大的变化，像是上紧了发条的钟表，不知道何时才会被按下暂停；视觉上的几何线条总呈单点透视状排布，将表演的空间向外延展；而在幕间，天幕上播放着动物奔跑的慢动作镜头，缓慢的动作从视觉上将观众对时间的感知无限地拉长……福斯特将极简主义的关键归于现象学的经验[4]，而斯特拉其实在更早之前就用一句质朴的名

1 Suzi Gablik, *Progress in Art*, New York: Rizzoli, 1977, p. 88.
2 Gregory Battcock, *Minimal Art*, *Art Education*, 1968, 12（9）: 7—12.
3 *Notes on Sculpture*, pp. 228—235.
4 《实在的回归》，第 53 页。

言对此做出了概括："所见即所见。"[1] 在这里，所见、所闻、所感便是作品的意义本身。作品标题中的"平静"便来自观看时鲜活的感官经验，这也是艺术家在作品中创造的独特体验——那种仿佛身处宇宙深处，连周遭的时间和空间都在无尽延伸的感觉。

由此看来，《相对平静》至少不是字面意义上的极简。注意威尔逊的用词是形容词的"极简"（minimal）而不是"极简主义"（minimalist）。极简确实容易成为极简主义的误读，当然极简主义本身也是矛盾重重，更从观念上加深了它的复杂性。一方面，极简主义排斥错觉，却高度依赖感官体验，它所勾起的反身性的感知赋予了作品新的意义。再者，它虽以极简的表象示人，实质上却期待表面下隐藏的层层构建的组织逻辑被看到、解码，否则威尔逊也不必"重返"巴洛克来凸显自己作品中被忽视的复杂本质，这让极简艺术家对观者的预设前脚跳出了"理性的人"这一传统艺术的观者框架，却后脚又陷入了另一重"理性的牢笼"。从艺术本体论的意义上来说，极简艺术作品虽在创作中依赖和强调物质性，作为艺术本身却表现出高度的观念化。在此之前，从杜尚的现成品开始，艺术家对物的使用就已经成为对抗传统绘画物质性的武器，以此让艺术品成为"视觉化的思想"，让绘画重新为思想服务。[2] 也许威尔逊和查尔兹在这里并没有对"剧场是什么"作出刨根究底的追问，然而他们在剧场中创造的知觉体验却是前所未有的。恰恰

1　Bruce Glaser, *Questions to Stella and Judd*, Gregory Battcock ed., *Minimal Art*, New York: E. P. Dutton, 1968, p. 158.
2　托尼·戈弗雷:《观念艺术》，盛静然、于婉莹译，北京美术摄影出版社 2020 年版，第 21、27 页。

在福斯特那里，这种认识论层面上聚焦知觉条件和惯例限制的自我批判才是极简主义艺术作品的精髓所在：“[……] 极简主义作品远远不是观念论的，而是将概念的纯粹性，与特定时空中的知觉的偶然性、身体的偶然性，糅合在了一起。”[1]

先锋之后：回望与重构

说回三联版。作品在第三幕再次回到极简主义。如果说首演版的四个部分以"升起"开始，最终以"回归"结束，像是一笔勾勒一个平行四边形最终回到原点，那么三联版的架构则更像一首奏鸣曲，从极简主义的呈示部开始，经历《普尔奇内拉》的"巴洛克式"展开部，最后来到极简主义的再现。舞者的服装在此刻再次回到了类似第一幕的单一浅色，行动方式也与第一幕有相似之处。新版《相对平静》终章的音乐，使用了当代作曲家约翰·亚当斯《水上之光》(*Light over Water*) 的终曲。这首作品也是受查尔兹委约创作，作为她的舞蹈作品《现有光源》(*Available Light*) 中的配乐于 1983 年首演。

虽然与先前提到的吉布森、格拉斯等人同属极简主义音乐阵营，但相比较而言，亚当斯的音乐在技术上与电子音乐有着更为亲缘的关系。这首作品中，电子合成器与原声乐器仿佛站在镜子的两端相互对视，但我们很难听到《相对平静》中那样清晰又冷峻的相对性和无休无止的发展。《水上之光》完成于旧金山，灵感来自太平洋南海岸的自然风光。亚当斯用多调性的模进将原声与电子的声响紧密编织在了一起，声部之间呈现出晦暗不清的模糊边缘。音乐的情绪缓慢上升，整个第三部分

---

1 《实在的回归》，第 50 页。

呈现为一段长跑般的渐强。画面从一汪泛着细微涟漪的水波，逐渐扩展为一整片见证了一场盛大日出的大洋，在听感上将我们引向一个更为开阔的空间。正是在这个意义上，我更愿意将第三幕称为极简主义在本作中的"再现"而不是简单的"回归"：从音乐角度看，吉布森更倾向于使用原声乐器制造出机器的精确感，而亚当斯却用更多的合成器溶解了开头强烈的机械化色彩；相应地，威尔逊在这一幕中所做的视觉设计也同这种音乐上的色彩变化相呼应。现已是耄耋之年的威尔逊和查尔兹许是在阅尽千帆后更愿意袒露柔软的底色，最终给这段始于无机与秩序的旅程安排了一个更具人性化的终局。

本作的主创均已是各自领域功成名就的代表性艺术家，他们的从艺时间也已经长到研究者能够对其进行分期、归纳出几个时期的不同风格，并在今天试图去寻找一种属于大师的"晚期风格"。萨义德曾将艺术家在事业晚期的风格概括为两种，一种是年龄和阅历带来的睿智与宁静，另一种则恰恰相反，充满了不和谐的因素，"包含了一种蓄意的、非创造性的、反对性的创造性"。[1] 像萨义德及其精神导师阿多诺所推崇的贝多芬那样到了晚年反而愈发不妥协的艺术家可谓寥寥无几，尤其到了当今年代，第一类才是人群中的大多数，即便是像威尔逊和查尔兹这样在当代艺术史上曾引领过突破性浪潮的先锋艺术家也是如此。在今天看来，《相对平静》时隔近四十年的"复排"很难说有什么风格上的突破，反而更像是对旧作的某种圆滑的补全。

1　爱德华·萨义德：《论晚期风格：反本质的音乐与美学》，阎嘉译，生活·读书·新知三联书店 2009 年版，第 5 页。

　　查尔兹通过这次复排，似乎再次证明了一部当代舞蹈作品的生命周期可以有多长——舞蹈作品的特殊性本就让作品尤其依赖于编舞及其舞团，而当代的实验作品则更甚。前面提到的《现有光源》曾在 2017 年再次上演，如今我们又有幸见证了《相对平静》的复排与国际巡演。不过，我们很难将这次复排完全归功于该作品本身的生命力，其中的创意大多受益于两位主创的艺术生涯，因为它虽然不是对该作品简单的"数字修复"或是"重制"，但实际也只是在头尾部分保留原作的基础上，在中间插入了新编的一小部分，即便如此，这一小部分也处处透露着曾经的影子，与其说是创新，不如说是某种"修订"罢了。

　　从威尔逊方面来看，他在"三联版"中重做了作品的视觉设计，弥补了首演当年技术上未能达成的遗憾。但这次的威尔逊不再满足于舞美设计的身份，而是加强了自己导演的身份，"引用"了自己的作品和惯用的戏剧手法，重新组织了这部作品的结构。天幕中视觉元素的设计从最开始的直线，到第二幕的弧线，最终到第三幕中发展为圆形。三段迥异的编舞之间以过场戏（knee play）串联，这一深受中国戏曲影响的手法本身就带有威尔逊强烈的个人印记。本作的两场过场戏被称为"书信场景"，不知是否有致敬老友苏珊·桑塔格之意。[1] 舞者把空间让位于独角戏演员，他像默剧演员一样作出纯肢体性的表演，配有旁白。旁白文本均选自《尼金斯基手记》——昔日俄罗斯芭蕾舞团的巨星那支离破碎的喃喃自语就像桑塔格

1　苏珊·桑塔格（Susan Sontag）也是威尔逊的重要合作者（如《床上的爱丽丝》《海上夫人》），著有短篇小说《书信场景》。

的《书信场景》中塔季扬娜写给奥涅金的信，串联起前后来自不同时空的絮语。芭蕾《普尔奇内拉》最初的编舞马辛正是尼金斯基在俄罗斯芭蕾舞团的继任者，第一场过场戏与第二幕舞蹈背后未曾现身的两位"主人公"与这两部分的先后顺序形成了巧妙互文。而《相对平静》的"书信场景"中，台上虽只有一人，但诵读尼金斯基日记文本的声音不止一个，像是一首多声部的赋格，既从音乐性上与第二幕舞蹈部分的配乐相呼应，又在内容上着重强调了整部作品的舞蹈内核。"我跳舞是因为我感到自己有跳舞的冲动，而不是因为有人在等着观看我才去跳……" 1

从作品的结构上来说，这是威尔逊对三联版所做出的唯二"创新"。然而实际上，上述两场过场戏出自威尔逊本人 2015 年的作品——《给一个人的信》(Letter to A Man)。这部作品是对《尼金斯基手记》更为全面的改编，由当代的芭蕾大师巴瑞辛尼科夫（Mikhail Baryshnikov）饰演尼金斯基。《相对平静》中两场短戏的表演形式与其如出一辙，也是单人默剧配上旁白。除此之外，在视觉层面上，《普尔奇内拉》部分中背景设计的红色弧线也能在这部作品中找到对应的参照。

比起革新，新版的《相对平静》更像是主创们对自我艺术生涯的回看和审视，并在其中不断补充灵感的出处。创作趋于成熟的艺术家总能自如运用自己签名一般的作者性符号，在晚期作品中自我引用的也不在少数，例如理查·施特劳斯在其创作的最后一首交响诗《英雄的生涯》中就大量引用了自己过往

---

1 瓦斯拉夫·尼金斯基：《尼金斯基手记》，刘杰译，华中科技大学出版社 2017 年版，第 4 页。

作品的主题。在这里，主创们选择用自己近年来的创作去丰富一部四十年前的作品。八十多岁高龄的威尔逊和查尔兹至今未停止创作确实令人钦佩，但这样的一部"复排"作品在我看来只能说是一张适合巡演的安全牌。对于不熟悉两人风格的观众来说，这部几乎有些回忆录性质的新作可以说是非常"威尔逊"、非常"查尔兹"，它几乎囊括了主创们最标志性的特征，当然这也是观众争相为之买单的最主要原因。但与此同时，这也暴露了剧场作品如何在日新月异的技术和观念迭代中保持生命力的问题。在"文本剧场"中，流传下来的往往是戏剧文本；对于舞蹈作品尤其是舞剧来说，音乐则是那个标志性的文本。那么"舍弃"了文本的后戏剧剧场之"后"将和何去何从？我们都知道，绝对而永久的先锋并不存在，它只能在特定的历史环境下成为"那个时代"的先锋。先锋作品本就是为质疑当下某种观念而诞生，可当曾经的先锋成为如今的常态，又不满足于静静待在艺术史的陈列室，它要走向何处？

在艺术史家和评论家眼中，极简主义属于 20 世纪先锋艺术中极端的那一类，但这种极端反主流的态度仅仅针对的是美学价值和社会价值，往往不触及政治经济本质。[1] 一方面，这让他们的作品离日益变化的日常生活和随之而来的观念需求越走越远，直至逐渐被抛弃。另一方面，那些一次又一次被反抗的主流美学传统似乎已经穷尽，以至于这份极端到后来也只能渐渐泄了气。我们今天看到的新版《相对平静》正如其名，的确是那一类回归于"超凡脱俗的宁静"的晚期作品。但毫无疑

1　戴安娜·克兰：《先锋派的转型：1940—1985 年的纽约艺术界》，常培杰、卢文超译，译林出版社 2019 年版，第 27 页。

问，这份平静为当下不断被冲突拉扯的我们提供了一个脱离世俗，放空自我的真空场域。在那里，时间仿佛停止，我们只需调动感官去经历一段催眠一样的剧场时间，无需思考意义。

然而，也许正是因为他们不再锐利的晚期，主创们得以开始越来越多地触及死亡和宗教这样的议题，人的身影从极简主义的无机与序列中浮现。剧中第二个"书信场景"的文本选自《尼金斯基手记》中"论死亡"的部分。前文提到，包括这部分在内的两场过场戏来自威尔逊的一部距今更近的作品——《给一个人的信》。威尔逊将陷入精神分裂的舞蹈家写下的日记看作是一封"写给一个人的信"，这个以不定冠词修饰的收信人"A Man"既指向艺术家自己，指向台下的任何观众，更可以是任何一个人类。"我是化身为人的上帝。我不害怕死亡。"[1]这是一个精神病人的诳语，但同时也可被视作任何一个艺术家人生晚年的宣言。当死亡近在咫尺——这是每个人都无法避开的人生议题。在威尔逊没有通过《相对平静》直接引用的地方，尼金斯基写道："我还有很多要写的，因为我想要向人们解释什么是生命，什么又是死亡。"[2]书信中的"解释"在舞台上就成了"演绎"，两个动作（interpret）在西文中本就同源。此时的尼金斯基成了威尔逊和查尔兹今日的写照：不断去解释和演绎生命与死亡，这是表演艺术家的宿命，也是他们的坚持。

除去精神上的补完，三联版中新增的两场过场戏与"普尔奇内拉"仍旧可以说是意味深长。"书信场景"中男声与女声

---

1 《尼金斯基手记》，第230—231页。
2 同上书，第231页。

交叠的复诵方式不仅如前文所述在音响效果上起到结构性的过渡作用，其精神内核也同样指向普尔奇内拉：戏剧史上有着种类繁多的普尔奇内拉角色，他们来自不同的阶级，承担不同的工作，甚至有着不同的性别，可他们都是普尔奇内拉，这些形形色色的人物共同组成了这一角色的集合。作为意大利即兴喜剧的程式化角色，与其说普尔奇内拉是某个特定的角色，不如说他是等同于这一角色的标志性面具。在1920年的那部芭蕾舞剧中，马辛就没有往常的普尔奇内拉那样的驼背和肚腩，而是靠着那身白色的戏服和黑色的面具成为普尔奇内拉。威尔逊在此触及了表演的本质：穿上戏服，戴上面具，演员就脱离肉身而进入角色的人格，去承受一种"无人称的、至高的生命"[1]。舞者与哑剧演员有太多相似之处。在威尔逊的白脸妆容设计下，每个舞者都成了角色面具之下那具空白的身体，每一个都可能成为普尔奇内拉。正是在这层意义上，普尔奇内拉以一种当代的姿态呈现在舞台上。他脱下了角色的面具，却依然戴着面具。此刻的尼金斯基也是如此。他不仅是一个具体的历史人物，他同时也成了打破常规的舞者这一群体的概念本身，那是舞台上那些去性别化的舞者形象所组成的集合。古罗马的"面具"与"鬼魂"词出同源，演员戴上面具"化身"为鬼魂，代替死者说话和表演。[2]不论是论及死亡的书信，还是鬼魅的舞美设计，都在此刻让舞台成为死亡显露的大门。然而也正是在剧场中，艺术家获得了一种得以超越生命的能力，对表演艺术本质的追问也未曾停止。

---

1 吉奥乔·阿甘本：《普尔奇内拉》，尉光吉译，西南师范大学出版社2018年版，第105页。
2 同上书，第73页。

绘　画

周昉与《簪花仕女图》

　　周昉（生卒年不详），字景玄，又字仲朗，京兆（今陕西西安）人。唐代著名画家。其出身显贵的周似家族[1]，先后任越州、宣州长史等职。周昉不仅爱好文学，也擅长绘画，曾奉召画寺院壁画，创造著名的水月观音体，成为唐人佛像范本之一。周昉尤善仕女画，所画贵妇体态丰腴，衣着华丽，神气俱足。他虽然师法张萱，但也能独辟蹊径，自成一格，朱景玄评其"画仕女，为古今冠绝"。[2]周昉是继吴道子、顾恺之、陆探微后的又一名重要人物画家。历代著录的周昉作品有很多，代表作品有《簪花仕女图》《挥扇仕女图》《调琴啜茗图》等。

　　唐代是一个让人震撼的朝代。说到诗人，人们会想到李白、杜甫、岑参、王维、王昌龄、李贺、韩愈、白居易、杜牧；谈到书法家，会想到欧阳询、颜真卿、柳公权、虞世南、褚遂良；说到画家，会想到吴道子、阎立本、张萱、周昉、韩干、王维、李思训。有趣的是，无论是绘画还是诗词，都描绘

1　樊波：《唐代画家周昉家族世系补正》，《文献》2006年第4期。
2　罗胜京编著：《中外美术名作欣赏》，重庆大学出版社2013年版，第20页。

了许多贵族女性的形象。这些形象有一个共同的特征，即体态丰腴，神气柔美。唐诗有大量描写女性美的诗句，例如王昌龄《西宫秋怨》："芙蓉不及美人妆，水殿风来珠翠香。却恨含情掩秋扇，空悬明月待君王。"[1]杜甫《丽人行》："三月三日天气新，长安水边多丽人。态浓意远淑且真，肌理细腻骨肉匀。绣罗衣裳照暮春，蹙金孔雀银麒麟。头上何所有，翠为荀叶垂鬓唇。背后何所见？珠压腰衱稳称身。"[2]杜甫这里描摹的贵妇美人皮肤细腻柔滑，体态丰满，服饰奢华。尽管这些诗句中饱含了对骄奢生活的批判，不可否认，它们也不加掩饰地歌颂了女性的美。绘画中，展现女性美同样是一个重要主题，《簪花仕女图》《捣练图》《宫乐图》等作品中的女性，无论是在相貌，还是姿态上，给人带来的极尽舒展的艺术感受，后世画家难以超越。唐代诗画中有如此多对女性的描写，比较显见的一个原因是，追求奢华成为当时贵族女性的一种时尚，她们不仅装扮华贵，而且时常出游，活生生的优容生活尽收诗人和画家的耳目。比如生活中的美人落簪，就被写入诗词，袁不约《长安夜游》中说："长乐晓钟归骑后，遗簪堕珥满街中。"[3]又如张萧远《观灯》："宝钗骤马多遗落，依旧明朝在路傍。"[4]

　　《簪花仕女图》是周昉的一幅人物仕女画卷。从画名上看，簪花指出了仕女们鲜明的装扮特征。簪花指的是在头上戴花、插花，这是古代的一种头饰，它由鲜花或其他材料制成。据说

1　王昌龄：《西宫秋怨》，载许渊冲译：《唐诗三百首：汉英对照》，海豚出版社2013年版，第255页。

2　孟伟编：《唐诗选读》，上海交通大学出版社2022年版，第107页。

3　王启兴主编：《校编全唐诗》（中），湖北人民出版社2001年版，第2676页。

4　黄勇主编：《唐诗宋词全集》，北京燕山出版社2007年版，第1571页。

簪花始于汉代，至唐宋时期，男女簪花的风气盛行起来。唐代《簪花仕女图》就形象地再现了唐朝贵妇的簪花风貌。贵族女性喜欢用硕大明艳的花朵装饰自己，这后来发展为一种重要的风俗和时尚。此图中，我们可以看到硕大的荷花、牡丹、海棠花，都拿来作为头饰了。簪花甚至也被引入朝廷的礼仪规范，如在庆祝新科进士及第的"曲江宴"上，就设有赐花戴花的"簪花礼"。[1] 我们也可以从唐代诗人孟郊《登科后》的诗中感受到唐人对于簪花的热爱，诗中有这样一句："春风得意马蹄疾，一日看尽长安花。"[2]

周昉笔下的女性丰颊腴体，有着明丽鲜艳的妆容，加上丰厚饱满的发型和璀璨华丽的珠钗首饰，是宫廷贵妇的典型形象。横卷中有六个人物，包括五个贵妇，一个侍女。另有两只小狗、一只白鹤、一株辛夷花点缀其间。这幅画表现了春末夏初之际，贵族妇女在深宫庭院中休憩玩乐的生活场景。画中每个人物相对独立，从右到左姿态上依次为逗犬、撩纱、持扇、拈花、伫立、扑蝶。画卷人物使用了细柔婉转的线条，刻画出人物饱满富有弹性的肌肤。设色上使用了浓烈的红色，与轻纱的柔美色调相互映衬，烘托出画家勾勒敷色的绝妙技术。尤其是薄如蝉翼的纱衣，画出了轻纱透体的效果，令人叹服。此图不仅使我们见到了大唐上流社会妇女的奢华雍容，也反映了大唐富丽恢宏的气象。接下来我们依次分析画中人物和布景。

右边第一个是宫廷贵妇，她左手拿一把拂尘，前伸过去逗引一只小狗。我们看到，贵妇逗乐的是一只系着精巧红色蝴蝶

---

1 吴修丽编：《诗歌中的服饰》，河海大学出版社2022年版，第267页。

2 秦言编著：《中国历代诗词名句典》，中国商业出版社2011年版，第223页。

结的小狗，这显然是她的宠物。在唐代，宫廷盛行豢养宠物，除了常见的鹦鹉、白鹤、鸽子、金鱼等，还有蟋蟀、狗、猫、马、青虫等。[1]据唐书记载，唐代专门设立狗坊、雕坊、鹰坊等五坊，其中狗坊饲养猎犬和宠物犬，而宠物犬就是为后宫嫔妃所养，《杨太真外传》卷七载："昔上夏日与亲王棋，令臣独弹琵琶，（其琵琶以石为槽，鹍鸡筋为弦，用铁拨弹之。）贵妃立于局前观之。上数枰子将输，贵妃放康国猧子上局乱之，上大悦。"[2] "猧子"就是毛茸茸的小狗，在唐代由西域传入中原。在这里，唐玄宗放任小狗乱棋局，说明狗在宫苑中受到贵族宠爱。宋代王禹偁《园陵犬赋》中对宠物犬写得更细致："嘉彼御犬，既良且驯。蒙先朝之乃眷，向皇宫而讬身。有警跸以皆从，无起居而不亲。绣组饰以炜炜，金铃奋而振振。"[3]可见，在宫廷中，宠物的形象也是经过精心装扮的，就比如在画中显示的那样，随主人出行的小狗，其所系红色蝴蝶结，其实是为了配合贵妃的红色衣裳。这个细节反映了唐代的一种贵族文化。

细看手持拂尘的贵妃，她身着红色长裙外加披纱衣，这个纱衣明显是很薄的料子。透过薄纱，我们看到了她纤巧的玉手、丰腴的上身。周昉的勾勒呈现了不同衣料的层次，并且，生动呈现了轻纱附着的肌肤。顺着她的体态向上看，是脸上的峨眉，以及头上戴的一大朵牡丹和金步摇。金步摇是插在头发

---

1 关于青虫饰品，李贺有诗云："灰暖残香柱，发冷青虫簪"。见闵泽平编著：《李贺全集》，崇文书局 2015 年版，第 199 页。
2 转引自鲁迅编：《唐宋传奇》，江西美术出版社 2018 年版，第 163 页。
3 四川大学古籍整理研究所编：《全宋文》（第 4 册），巴蜀书社 1989 年版，第 206 页。

上的一种钗，用黄金宝石镶嵌而成，走路时会摇晃摆动。在唐代，金步摇极为流行。《杨太真外传》记载，杨贵妃觐见唐玄宗当日，玄宗就赏赐一枚，"亲与插鬓"。[1] 白居易《长恨歌》中也有说："云鬓花颜金步摇，芙蓉帐暖度春宵。"[2] 画中这位雍容华贵的美人，无疑将诗中的文字描写形象化了。

画中第二个女性，她隔着宠物，与前面的女性好像有某种对话关系。她的衣服可以说是画中最华丽的一件。这件衣服让人惊叹的是它的花纹：在这件拖地的红色长裙上，画家精巧地画上了一个个锦簇的紫绿色团花，线条勾勒精致，配色华贵。这位贵妇，也在长裙外披一件薄衣，且松弛地搭上了一条有流动云凤纹样的紫色帔子，展现了轻纱的曼妙。人物有一个令人兴奋的小动作：用右手微微提起了一边的薄纱衣领，这个动作我们现代人也不陌生。暑热难耐时，人们经常提起衣领来释放身体的热量，方便汗水排出。仅仅通过这样一个动作，让我们感到这位贵妇在烈日下，已经不胜闷热。关键是周昉笔下的这个小动作，画得既不拖沓，也不笨拙，他真切地画出了轻轻拉衣领的感觉，令人称绝。如果说，第一位贵妇的轻纱看上去还不够透明，那第二位贵妇的柔色薄纱，则是薄如蝉翼了。我们放大画中薄纱与附着肌肤的地方，可以看出周昉用了不同渐变的渲染，使粉嫩的肌肤和浅色的薄纱在自然贴合中，制造出一种薄纱透体的感觉。我们再细看，薄纱上似乎还画了细细的抽丝。可见，周昉能够巧妙地画出纱衣的轻软，以及精美的细节，这是技巧上的讲究。

1　鲁迅先生纪念委员会编：《鲁迅全集·第10卷》，花城出版社2021年版，第241页。
2　白居易：《长恨歌》，载孟伟编著：《唐诗选读》，上海交通大学出版社2022年版，第169页。

第三个是侍女，她手拿一把长长的宫扇，在为贵妇打扇。可想而知，这是炎热的天气。她身穿一件浅粉色的衣服，有隐约的透明质感，似乎在微风中有飘荡的感觉。衣服上也有勾花。从这里其实可以发现，唐朝的丝绸业已经达到鼎盛时期。唐代画家张萱的《捣练图》就描绘了唐朝妇女从事丝织品生产的过程。这幅《簪花仕女图》，从贵妇到侍女，都是轻纱曼体，极尽奢华，无不显露着唐代的富贵及其服饰美学。

然后到了第四和第五个人物。首先是白色仙鹤右边的贵妇。她内里穿着一件红色长裙，外搭透明的薄纱。红色在这个人物身上有了一种浓烈的跳跃感，它被薄纱分成了四个色块，这些色块又与拈在手上的红花构成了视觉上的平衡。贵妇注视着花枝，凝神遐思，好像在叹惋花期的短暂。一只仙鹤走过她的面前，也没有引起她的兴趣。唐代展现女性美，通常辅以赏花场景，唐代对于花儿的歌颂，实则也是对女性美的歌颂，经典如李白所写《清平调》，其中有这样的诗句："云想衣裳花想容，春风拂槛露华浓。""名花倾国两相欢，长得君王带笑看。"[1] 贵妇边上的白鹤，说明这也是宫苑中豢养的宠物。在白鹤左边，出现了一个看上去个头较小的贵妇，她的位置说明她站在较远的地方，似乎是周昉在表达一种近大远小的关系。不过，纵观这个人物长卷，这里穿插了一个拉远的小像，在视觉上制造出一种空间距离上的变化。而这种空间变化可以调动画面的节奏。就像在一首乐曲中，不仅要有强音，也要有相对的弱音，而强弱的对比构成了节奏的基础。因此，画中远近不同、大小各异的人物排布设计，使画面中一个个原本独立的人

1　田晓娜编：《四库全书精编　集部》，国际文化出版公司 1996 年版，第 416 页。

物看上去不再呆板：有的美人正从远处雍容地向画师缓缓走来，而有的已驻足在目前。远处的这位贵妇，身披大红色的长纱，明艳动人，隐约可以看到她的手卷在红纱下面。她神情庄重，似乎陷入了惆怅。

走到长卷的尾部，画的也是一个头饰和衣着极为华丽的贵妇。她手拿着一只蝴蝶，走到一株辛夷花前，但是她将头转向另一边，似乎不忍心去看花，不忍心去看蝴蝶。这里的贵妇仿佛一面赞叹花，一面怜惜花，哀叹盛放的花朵也终将凋败。她鬓上戴芍药花，身披浅紫纱衫，束裙带上似乎饰有鸳鸯图案，裙上有白色仙鹤图案，无论是鸳鸯还是仙鹤，显然它们的寓意都是富贵和浪漫，却与她惆怅的神态形成了鲜明的对比。她为何惆怅？为何不忍去看花和蝴蝶？我们也许会想到一首诗："寥落古行宫，宫花寂寞红。白头宫女在，闲坐说玄宗。"[1] 这显然描绘的是哀伤的情境。诗人如此来写美人，其实是在为美人倾诉。美人手拿蝴蝶，站在花边都不忍去看，仿佛从它们盛放又会死亡的命运中，看到了自己凄冷的结局。这是一种极其忧伤的情绪。所以，整体上看，尽管长卷上的美人穿着华丽，生活奢靡，心灵仍极度空虚、幽怨、落寞。读此画卷，从头到尾，如同走进了人物的跌宕生活，画卷最后便是对其命运的深刻揭示。

唐代绘画中的贵族女性富丽雍容，就像花儿，象征了女性的青春，女性的盛放，她们如花一样娇媚富丽，女性就像花儿之于春天一般，既让人倾慕，也让人怜惜。周昉的《簪花仕女

---

1 孙建军、陈彦田主编，于念等撰稿：《全唐诗选注》，线装书局2002年版，第3116—3117页。

图》通过对一个个娇艳欲滴的贵妇的描绘，让人们意识到，在华丽的簪花以及服饰下，是女性内心无法排遣的感伤。无论是簪花、拈花、观花，都带有某种领悟性的内容，不是单纯地描写美人们的尊贵生活。从这些宫廷贵妇的描绘中，我们看到了她们就像花儿一样华美，她们在青春的岁月中盛开，同时也看到她们像花儿一样凋零。花开是一种喜悦，凋零是一种忧伤。这是宫廷女性的命运。她们在最美好的年华被选入宫廷，但是，等待她们的未必就是幸福的生活，很多人可能一生都没有机会见到君王，更不用说得到君王的宠幸了。唯有日复一日、年复一年的期待、等候、无奈、哀怨，就像那些白头宫女一样，唯有孤寂相伴。纵观这幅长卷，画家不仅歌颂了宫廷女性的华美和雍容，也表达了对宫廷女性命运的怜悯。

崔白与《寒雀图卷》

　　崔白（1004—1088），字子西，濠梁（今安徽凤阳）人。崔白善画花竹羽毛、败荷凫雁、道释鬼神之类，技艺超群，极工于鹅。神宗熙宁元年（1068）初，受诏与艾宣、丁贶、葛守昌一起绘制垂拱殿花鸟屏风《夹竹海棠鹤图》。崔白技压群芳，"独白为诸人之冠"，得到神宗的赏识，即补为翰林图画院艺学。然而，崔白性情疏逸，恐受皇家羁绊而不自由，婉拒之，得到了神宗的特许。《宣和画谱》载："白性疏逸，力辞以去。恩许非御前有旨，毋与其事，乃勉就焉。"[1] 元丰年间（1078—1085），又升为待诏。崔白进入画院，其兼工带写、设色沉郁的花鸟风格打破了称霸宫廷百年的黄筌风格，改变了宋代院体花鸟画的格局。代表作有《寒雀图卷》《双喜图》等。

　　《寒雀图卷》上有清晰的款识："崔白"。并且，从鉴藏印上看，各印传承有序，可以定为真迹。在这幅画中，崔白描绘了一个日常生活化的花鸟场景：九只麻雀散落在一根蜿蜒曲折的树枝上，姿态各异，叽叽喳喳地在相互啼鸣，好像在传递什

1　于安澜编：《宣和画谱》，上海人民出版社1963年版，第226页。

么讯息。崔白对这些麻雀的组合方式做了精巧设计：这九只麻雀在画中被分成了三种组合方式：一是右上方的第一只麻雀，它从画外展翅飞向画内，目视树枝上的伙伴，准备停落下来；二是第四五和七八只麻雀两两作伴地贴身凑在一起，各为一组；三是剩下的麻雀各自伫立，而第五只麻雀成为这个麻雀队伍的中心，其左右两边各有四只麻雀，体现了一种均衡美。崔白对各只麻雀的姿态也进行了巧妙构思：一方面，由于画上的树枝总体上呈起伏状，犹如波浪，向左右两侧舒展开来，所以麻雀的排布姿态也顺应了树枝的起伏，高低上下错落排布，树枝成为穿引这些鸟儿的一根主线。随着树枝的波折，这些鸟儿可以做出不同的动作，有的飞在空中，有的落在树枝上，又细分出低头、倒转、啼鸣、闭目等不同的姿态，避免了画面的呆板，凸显了鸟儿的灵性。另一方面，他把这些身姿神色各异的麻雀，放了一个共同的故事场景中：从第一只开始，每一只麻雀的眼神都好像指向了下一只，就像在传递着什么信息，有的在这个信息传递过程中表现得很兴奋，抬头高鸣，有的低头不为所动，闭目不听，而有的似乎被惊醒，不得不睁开惺忪的睡眼，百无聊赖地耸耸肩，告知了旁边的伙伴。这样的设计安排非常精心巧妙。这些麻雀虽然是散落在树枝上的，但是它们又被纳入了集体关系，使得画面看上去不仅不显凌乱，反而充满了活泼的自然生趣。在这一根寻常无奇的树枝上，崔白通过这样一种与人类较为亲近的鸟儿演绎了一出精彩的剧目。实际上，前人笔下的花鸟更多体现的是花鸟世界的恬静淡然，一种超然于世的静穆。但是，崔白与前人画不同，他有意在描绘中强化了花鸟动态，让绘画具有情节性，加强了绘画的叙事风格。

　　崔白的画法富有新意。如果说前人以精勾细描为主，那么，崔白在用笔上体现了笔墨的任意挥洒，也就是加入了写意技巧，比如此图中，他的树枝就是用干笔皴擦画成，麻雀先用湿笔渲染后，再在翅膀、尾羽上用丝毛法。因此，这些麻雀在造型上给人一种毛茸茸的逼真感。这种兼工带写的用笔，是崔白的发明，《宣和画谱》说：崔白"所画无不精绝，落笔运思即成，不假于绳尺，曲直方圆，皆中法度"。[1] 也就是说，虽然崔白仍是走的工笔风格，但是方法上运用的是写意画法：他在画上不先画底稿，而是一次性落墨，不使用工笔画家们常用的界尺。换言之，崔白可以用写意的方法，画出工笔的精巧。所以，崔白的画较少使用勾线，几乎没有刻画的痕迹。这不同于前人经典的宫廷花鸟画法，如黄筌在《写生珍禽图》中表现的那样，即先用细笔勾勒，然后用色染成。[2]

　　为了加深对崔白风格的理解，我们再来欣赏他的另一幅著名花鸟画作品，名为《双喜图》。因为画上有两只喜鹊，所以命名为"双喜"。画上除了两只灰喜鹊，还有一只野兔。我们先来看灰喜鹊，一只伫立在枯木上，一只盘旋在空中，它们盯着树下土路上正在缓行的野兔，正紧张地不断发出刺耳的尖叫声，它们的羽毛也在风中被吹得凌乱抖动。路过的一只野兔，也被这一幕惊吓到了，它感到惊异、恐慌和紧张，驻足抬头观望，不安地抬起一只前爪做出了随时跑掉的动作。灰喜鹊看到了什么？它们是在空中为野兔预警，示意危及野兔的猛兽正在

---

1 《宣和画谱》，第 226 页。

2 "品其画格，诸黄画花，妙在赋色，用笔极新细，殆不见墨迹，但以轻色染成，谓之'写生'。"参见沈括著，国学经典文库编委会编：《梦溪笔谈》，四川美术出版社 2018 年版，第 188 页。

逼近？还是这只是发生在两只灰喜鹊之间的事端，引来了野兔的驻足？这让我们打开了想象的空间。但是，无论是哪种猜测，大概都是一个让人紧张的故事。实际上，画面上的布景也暗示了这一点：在一片冷峭凄凉的荒林中，落叶凋零、枯木干草，荆棘丛生，一片肃杀。

在画法上，崔白依然展现了他卓越的写意与工笔结合的表现功力。尤其是野兔的描绘，更是炉火纯青。野兔精细的毛发主要以丝毛用笔为主，一根根纤细的丝毛用浓墨写出，再配上淡墨刷出茸毛质感。同样的，野兔没有采用工笔勾勒的轮廓线，而是渲染出各种色彩的承接，描绘出了野兔的厚度和质感，使其整个身体看上去柔软肥硕。两只灰喜鹊也是极其精工，外轮廓由细线勾勒，依然使用了浓淡干湿的渲染，刻画了双翅和尾羽。布景上的竹子、竹叶、枯叶等使用了双钩填彩，用笔苍劲。土坡则表现得非常写意，寥寥数笔，笔简形具。这幅图的画法，依然延续了崔白的用笔特色，即呈现出一种兼工带写意的画风。

崔白的弟弟崔悫也擅长画野兔，并且承袭了崔白的风格，《宣和画谱》中记载："崔悫，字子中，崔白弟也。官至左班殿直。工画花鸟，推誉于时。其兄白尤先得名。悫之所画，笔法规模，与白相若。凡造景写物，必放手铺张而为图，未尝琐碎。作花竹多在于水边沙外之趣。"[1]又有吴元瑜，"子公器，京师人。……善画，师崔白，能变世俗之气所谓院体者。而素为院体之人，亦因元瑜革去故态，稍稍放笔墨以出胸臆。画手之盛，追踪前辈，盖元瑜之力也。故其画特出众工之上，自成一

1 俞剑华标点注译：《宣和画谱》，人民美术出版社1964年版，第287页。

周昉《簪花仕女图》(唐代，绢本设色，纵 45.75 厘米；横 179.6 厘米，辽宁省博物馆藏)

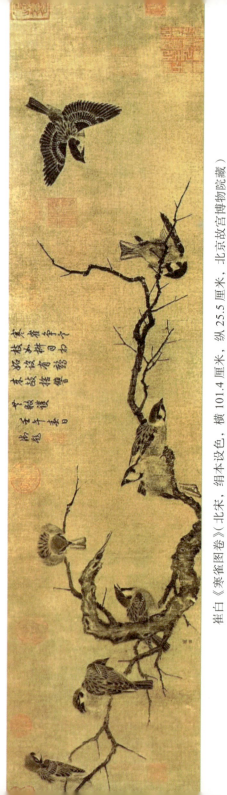

崔白《寒雀图卷》（北宋，绢本设色，横 101.4 厘米，纵 25.5 厘米，北京故宫博物院藏）

崔白《寒雀图卷》局部

崔白《双喜图》（北宋，绢本设色，纵193.7厘米，横103.4厘米，台北故宫博物院藏）

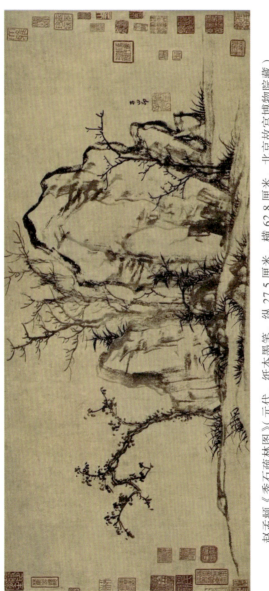

赵孟頫《秀石疏林图》（元代，纸本墨笔，纵27.5厘米，横62.8厘米，北京故宫博物院藏）

石如飛白木如籀，寫竹還於八法通。若也有人能會此，方知書畫本來同。

子昂重題

徐渭《水墨葡萄图》（明代，纸本墨笔，纵165.4厘米，横64.5厘米，北京故宫博物院藏）

提香《天上的爱与人间的爱》（1514年，布面油画，尺寸118 cm×279 cm，意大利罗马波尔葛塞美术馆藏）

家，以此专门。传于世者甚多，而求元瑜之笔者踵相蹑也"。[1]
也就是说，崔白这种画风在当时受到了追捧，力压群芳，已
经可以"出众工之上"。其影响力有多大呢?《宣和画谱》载:
"筌、居寀画法，自祖宗以来图画院为一时之标准，较艺者
视黄氏体制为优劣去取。自崔白、崔悫、吴元瑜既出，其格遂
大变。"[2]

1　吴玉贵、华飞主编:《四库全书精品文存》，团结出版社 1997 年版，第 413 页。
2　同上书，第 400 页。

赵孟頫与《秀石疏林图》

　　赵孟頫（1254—1322），字子昂，号松雪道人，宋太祖赵匡胤之十一世孙，秦王赵德芳的嫡派子孙。吴兴（今浙江湖州）人。元代著名画家。赵孟頫博学多才，精通诗文、书法、画论、音律。绘画上，他提出"作画贵有古意"，又提倡"以书入画"，这些创见对元代以及后世绘画有着重要影响。赵孟頫在文人画史上是一个承先启后的人物，明代王世贞评："文人画起自苏东坡，至松雪敞开大门。"[1] 他所涉猎的题材，不仅有山水、人物，还有鞍马、花鸟、兰竹；他在画法上不仅擅长水墨写意，还擅长青绿设色；在水墨用笔上，也是把五代董源、巨然，以及北宋李成、郭熙两大体系结合起来，从中提炼出秀逸、清雅、含蓄的特质，创作出一种静谧温和、刚柔相济的艺术效果。此外，赵孟頫重视书法、诗意、写意的融合，将传统"游观山水"转换为"抒情山水"，后来的元四家更是将"抒情性"推向了新高度。赵孟頫的主要绘画作品有《秀石疏林图》《鹊华秋色图》《双松平远图》等。

1　转引自陈云琴：《一代美术大家赵孟頫》，昆仑出版社 2003 年版，第 266 页。

　　《秀石疏林图》是赵孟頫的水墨代表作品之一。画中有一山石，山石周边画有兰草枯木。自宋代苏轼等人提倡文人画以来，文人画家往往喜画竹石枯木，用水墨来抒写胸中逸气，比如文同《墨竹图》、苏轼《枯木竹石图》。赵孟頫在此画中，展示了他绝妙的书法用笔，并将这样的用笔方法凝结为一首题画诗："石如飞白木如籀，写竹还于八法通。若也有人能会此，方知书画本来同。"这是告诉人们，用不同书体，如篆书、隶书、飞白书，就可以直接画山石、竹木。换言之，画石头、竹木等用笔的道理跟书法的道理相通。画上很明显，画家表现的竹石、兰草，不是对现实物象的如实勾勒，而是用单色的书法性线条画出：山石的用笔是以侧锋斫扫，在苍劲挥洒中笔触露出丝丝飞白，这是飞白体的运用；枯木、竹草笔笔中锋，点画之间兔起鹘落，顿挫有力，显示着不同运笔的意趣；画草也是用笔细劲坚挺，毫无娇弱之感。画竹采用典型的八分法。八分书是一种书体，讲究用笔的侧、勒、努、趯、策、掠、啄、磔。用八分法画竹，早在宋代的文同就开始了，这样画出的竹叶八面出锋。文同擅长用此法画竹，画出的竹子鲜活灵动，他也被后人称为画竹的宗师。[1]赵孟頫在前人文人画的基础上，对文人笔法加以精纯提炼，更为清晰地展示了笔法的书法特征。

　　实际上，画始终是画，它展现的永远不是文字（书法），而是形象。赵孟頫推崇以书入画，目的是让绘画的旨趣不体现在对山石、竹木原本状态的客观勾勒上，而是放在书法特征的形态上。这意味着书法用笔的线条形态才是画中展示的形

1　李恒编著：《宋代绘画艺术鉴赏》，陕西人民美术出版社 2011 年版，第 9 页。

象，其艺术趣味的转移，使之有别于南宋主流的院体画，即精巧勾勒、精密细皴。宋代文人画家其实也拒绝形似的刻画，苏轼就有"论画以形似，见于儿童邻"[1]说法。在元代文人画兴起之后，画家对书法用笔表达山水形象的画法有了更为清晰的认识。例如，作为元四家之一的黄公望在描述董源画时，已经不是从物象体积、质感等形色角度上分析，而关注构形的书法化：黄公望认为，董源用笔的关键是他在描绘河岸、山岩中使用了点划披离，这让形象突出的特征不是什么形象化要素，而是书法用笔上的破、皴、扫。再举一例，对于山石树木的用笔，清代布颜图就充满自信地说："用笔起伏，起伏之间有折叠、顿挫、婉转之势，一笔之中气力周备而少无凝滞，方谓之使笔不为笔使。此等笔法当施之于山之脉络、石之轮廓、树之挺干。"[2]很明显，这些形象需要借助书法才能显示自己的存在。当然，这也不是说，如此画出的物象与现实中的完全不像，实际上它也是像的，用明代王绂的话说，这是"不似之似也"。[3]

　　显而易见，"以书入画"既标示了所用线条的形式特征，也由此定义了此种形式所反映的风格类型。《过云楼续书画记·龚半千廿四幅巨册序》载："画有繁简，乃论笔墨，非论境界也。北宋人千丘万壑，无一笔不减；元人枯枝瘦石，无一

1　苏轼著，李之亮笺注：《苏轼文集编年笺注（诗词附）十一》，巴蜀书社 2011 年版，第 299 页。

2　布颜图：《画学心法问答》，载俞剑华编著：《中国古代画论精读》，人民美术出版社 2011 年版，第 84 页。

3　现代绘画大师齐白石也有类似的说法，如"作画妙在似与不似之间"。见周积寅主编：《中国画论大辞典》，东南大学出版社 2011 年版，第 274 页。

笔不繁。通此解者，其半千乎？"[1]《书画篆刻实用辞典》对此解释说：这是"对宋元山水画下笔用意迥异的鉴别。宋画往往笔迹繁密，而用笔方法却较单纯，因而黄宾虹称之为'千笔万笔，无一笔不简'（即笔多而法简），由于宋画用笔较实，这样可避免笔法变化过多而至烦琐细碎，尤宜于表现千岩万壑大景致的恢宏气象。元画则相反，往往笔迹疏疏落落而笔法所包含的意趣变化却很丰富，因而黄宾虹称之为'三笔两笔，无笔不繁而意无穷'"。[2]很明显，相比宋代山水画，元代山水画在特征上更强调笔简意繁，并且，还要在运笔上呈现出更多的变化，书法用笔无疑在创作构思中发挥了关键作用。赵孟頫领导了元代文人画的运动，但是，真正将这个运动推到顶峰的则是他之后的元四家。作为元四家之一的倪瓒，用笔极为疏简，可以说是惜墨如金。倪瓒在《答张藻仲书》谈到自己的画时就写道："自在城中，汩汩略无少清思，今日出城外闲静处，始得读剡源事迹，图写景物，曲折能尽状其妙处；盖我则不能之。若草草点染，遗其骊黄牝牡之形色，则又非所以为图之意。仆之所谓画者，不过逸笔草草，不求形似，聊以自娱耳。"[3]

　　我们再来欣赏赵孟頫的其他作品。《鹊华秋色图》是赵孟頫为好友周密所作的纸本水墨设色山水画，现藏于台北故宫博物院。他在画面上安排了两座山峦，一是峭立的华不注山，一是圆方的鹊山，在长卷拉开的平远清旷的视野中，芦荻草树，轻舟出没，屋舍隐现，而两山突起，遥相而立，他用披麻

1　孟繁玮：《中国绘画大师精品系列：龚贤》，江西美术出版社 2012 年版，第 225 页。

2　转引自《中国画论大辞典》，第 226 页。

3　倪瓒：《答张藻仲书》，载汪馥泉编：《复旦国文课》，团结出版社 2020 年版，第196 页。

皴表现出山峦山体的层次，用笔松动、潇洒，富有书法运笔的意味。画上经过水墨淡彩的渲染，让笔法看上去更显苍秀简逸。这种特殊的用笔，赋予了超越山水形貌之外的一种独特的美感，而这种美感明显来自笔墨本身独有的特征。很明显，这不是为了复现真实的景致。他在《双松平远图》中，画树石如同写字一般，用草书或篆书笔法描写了树干、树皮上苍劲的斑驳。《幼舆丘壑图》是赵孟頫创作的一幅绢本画，采用了青绿设色法，画中山水的轮廓线条则运用了丰满圆融的铁线描，显示出篆书的用笔特征；尽管这是设色画，但是色彩妍而不甜，如同追求水墨的素雅，打造出一种静穆效果，而不是富丽堂皇。不可否认，客观如实的再现对象不是赵孟頫所关心的内容了，他的朋友们如钱选、曹知白、王渊、高克恭等也是这种笔法的坚定支持者。据说，赵孟頫问画道于钱舜举："何以称士气？"钱曰："隶体耳。"[1]

　　如果说，笔法发轫于唐代，那么入元以来，笔法更是得到了系统化和观念化的理解，也许可以说，以书入画也作为一种理念成为文人画领域的集体性共识。这意味着，赵孟頫等人所领导的文人画运动，较之宋代苏轼、米芾等人发起的文人画运动的影响更大。作为明代文人画集大成者，董其昌在他《画禅室随笔》中讲："士人作画，当以草隶奇字之法为之"。[2] 清代董棨《养素居画学钩深》也说："书成而学画，则变其体不易其法，盖画即是书之理，书即是画之法。如悬针、垂露，奔雷、坠石，鸿飞、兽骇，鸾舞、蛇惊，绝岸、颓峰，临危、据

1　钱选：《雪川翁论画》，载《中国古代画论精读》，第 38 页。
2　董其昌：《画禅室论画》，载《中国古代画论精读》，第 313 页。

槁，种种奇异不测之法，书家无所不有，画家亦无所不有。然则画道得而可通于书，书道得而可通于画，殊途同归，书画无二。"[1]即使是离经叛道的画家如石涛，也以书论画。例如，石涛在《大风堂名迹》中一册页渴笔山水上自题："必定画沙，然后成字"，[2]这是告诉人们，此图也是书法用笔画成。在这幅画中，石涛用渴笔繁复勾勒山体的轮廓线，岩石纹理上采用了荷叶皴和解索皴之类的线条，渴笔带来的山体张力，增强了画面的苍劲感。山峦上用一个个抽象的、厚重的圆笔点缀，强化了山体结构的几何化特征。画中的一些具象化的要素，如屋舍、瀑布，也卷入了渴笔编织的网络。这片山水没有给人制造出现实感，而是像一片奇异景观，显示了它的某种超然性。

以书入画作为一种特殊的用笔技巧，形成了中国传统文人士大夫特有的画风，这与西方艺术中所追求的逼真写实风格有很大差异。美国艺术史家乔治·罗丽说过这样一段话："当竹子的茎叶被有意识地塑造，以暗示表意文字时，竹子的生命运动便已枯竭；而在人物画中，若我们一味留意'钉头描'和'鼠尾描'，那么衣纹的褶纹就会沦为一种装饰性手法。在中国，书法效果宣告了绘画的死亡，犹如欧洲绘画的幻觉感破坏了其设计价值一样。我们的画变得太具象，而中国画变得太抽象。"[3]很明显，西方绘画中讲究的是科学透视法，中国绘画

1　董棻:《养素居画学钩深》，载《中国古代画论精读》，第107页。
2　卢辅圣主编:《朵云石涛研究》第五十六集，上海书画出版社2002年版，第183页。
3　乔治·罗丽:《中国画的原理》，刘晶晶译，浙江人民美术出版社2022年版，第67页。

则受到书法，当然还有诗歌的影响。两种艺术追求的风格旨趣不同。清代邹一桂就有这样一个著名观点："西洋人善勾股法，故其绘画于阴阳远近，不差锱黍。所画人物屋树，皆有日影。其所用颜色与笔，与中华绝异。布影由阔而狭，以三角量之。画宫室于墙壁，令人几欲走进。学者能参用一二，亦具醒法，但笔法全无，虽工亦匠，故不入画品。"[1]从这段文字中可知，传统文人对于西方再现性画法的不屑，并非不愿承认透视法能产生逼真的效果，而是认为这一效果并非绘画的真谛。他们相信，如果说到技法，那么重点应该放在笔法上。那么笔法何以受到如此重视呢？方闻如是说："理解中国绘画的关键，并不是强调色彩与明暗，而是书法性用笔，呈现了作者的心迹。"[2]作者的心迹才是赋予绘画以生命的东西，而要追求这样的绘画理念，笔法是达到这一目的的至关重要的艺术手段。换言之，它追求的不是"目画"，而是"心画"，就是画出事物的"神韵"。"神韵"在实践的具体操作中依赖的是笔墨，而非西画中的形色。也如汉学家卜寿姗所说，中国传统的描绘远远地脱离了自然原型。[3]

除此之外，赵孟頫将绘画上的造景与诗意、写意、书法化进一步融合，画中出现了清晰的题款、钤印、诗文，它们作为绘画不可分割的部分，与画中物象构成了一个整体。实际上，在画上普遍加上清晰的题款跋识，是文人画出现后才兴起的，

---

1 邹一桂：《小山画谱》，载于安澜编著：《画论丛刊》（卷四），河南大学出版社 2014 年版，第 1391 页。

2 方闻著，谈晟广编：《中国艺术史九讲》，上海书画出版社 2016 年版，第 72 页。

3 卜寿姗：《心画：中国文人画五百年》，皮佳佳译，北京大学出版社 2017 年版，第 237 页。

唐以前很少有人在画上题款。即使有题款，也是放在不太显眼的地方，比如树干枝叶、山石岩缝之间。自北宋苏轼文人画运动以来，款识题跋多了，但是仍不盛行，而是元代开始才明显变多：不仅题字的内容，字体的形式也会根据画面内容和形式来设计。好的款识题跋，无疑会与画面配合在一起，增强画意，提高艺术感染力。绘画构成要素中纳入诗歌，也意味着宗炳、郭熙眼中的"游观山水"已经转向了文学化的"抒情山水"，这为元四家（黄公望、倪瓒、王蒙、吴镇）抒发个人隐逸、超脱的文人画格调奠定了基础。尽管以诗入画这一主张，在宋代苏轼那里就已经提出，但是它在元代，才真正实现了理论规导和实践垂范。石守谦在《中国文人画究竟是什么》一文中就指出："苏轼所提出的'诗是有声画，画是无声诗'的概念，后来成为文人画讲求'诗画合一'的根源，究竟可以如何在创作上加以实践，连苏轼本人也没有经验。即使在他的朋友圈中富有绘画创作经验的李公麟与米芾，似乎也从未对引诗入画的理论表示过明确的兴趣，更不用说在他们的画中加以实践了。"[1]

1　石守谦：《从风格到画意：反思中国美术史》，台北石头出版股份有限公司 2010 年版，第 59 页。

徐渭与《水墨葡萄图》

　　徐渭（1521—1593），子文长，号天池，又号青藤道人。浙江山阴（今绍兴）人。徐渭在诗文、戏曲、书画等方面才华横溢。徐渭一生坎坷，其放纵不羁、玩世不恭的性格也体现在了他的艺术创作中。他的画风充斥着大面积的泼墨、狂放的用笔、讽刺现实的诗文、嬉笑怒骂的隐喻。徐渭的花鸟画继承了自北宋苏轼以来的写意花鸟画传统，并将之推进到一个新阶段，创造了被世人所称道的水墨大写意新风。在徐渭生活的时代，他的绘画艺术其实不受画坛的重视，当时画坛上流行的是吴派与董其昌的摹古画风，他的绘画价值是在后世得到再发现，才备受推重。清代陈洪绶、朱耷、石涛、扬州八怪，近代吴昌硕、齐白石等都是他的拥护者：清代郑燮曾刻"青藤门下走狗"[1]印章，钤印在画上；近代吴昌硕将徐渭称为"青藤画中圣""书法逾鲁公"；[2]齐白石更是对徐渭叹服不已，他在《老萍诗草》中写："青藤雪个远凡胎，缶老衰年别有才。我欲九泉为走狗，三家门下转轮来。"[3]从某种意义上说，

1　陈传席：《陈传席文集·续集2》，天津人民美术出版社2021年版，第44页。
2　转引自任军伟：《书画同源·徐渭》，荣宝斋出版社2013年版，第130页。
3　齐白石著，朱天曙选编：《齐白石论艺》，上海书画出版社2012年版，第9页。

徐渭是明代最伟大的画家。除此之外，徐渭也是文学家、书法家，以及戏曲家、军事家。徐渭的绘画代表作有《水墨葡萄图》《榴实图》《黄甲图》等；诗文集有《徐文长集》《徐文长佚稿》及杂剧《歌代啸》《四声猿》等传世。

　　《水墨葡萄图》是徐渭的传世作品之一。这幅画可以分为两个部分来看。一是画中的形象：我们看到，画中的这个形象大部分是由狂乱的水墨狂涂而成，形象轮廓暧昧不清，使人无法确信这画的到底是什么。我们根据画名可知，他画的是葡萄。然而，这幅画画的是否真的是葡萄，经常引发人们的议论，有人认为画的像紫藤。[1]实际上，抛开人们对形象的争议，更吸引人的是徐渭对墨的使用：在用不均匀的墨色所渲染出的一大片斑驳墨迹中，浓墨淡墨交融在一起，碰撞出某种晶莹剔透、饱满欲滴的墨色；墨色交接处渗化的边线自然清晰，水墨控制得恰到好处，富有墨韵；在这片看似随意涂抹、任性而为的水墨挥洒中，画家用半干的草书笔法写出藤叶、藤条，将下垂的葡萄串轻松地串了起来，枝叶与葡萄之上是用笔迅疾、具有韵律感而自然纠缠的藤须。清代李佐贤《书画鉴影》评："墨笔写意，老干横出，双枝下垂，穗穗团圆。驱墨如云，运笔如风，想见作画时解衣磅礴之概。"[2]
　　用墨来表现兰草、梅花、竹石等，已经是花鸟画的一种传统，这里用水墨画葡萄，也是继承了这一传统。在宋代，花鸟

1　高居翰：《江岸送别：明代初期与中期绘画（1368—1580）》，夏春梅等译，生活·读书·新知三联书店2009年版，第173页。
2　转引自单国强主编：《中国艺术通史·明代卷》下编，北京师范大学出版社2006年版，第112—113页。

画领域中已经有黄家富贵、徐熙野逸之分。黄筌代表的是精工富丽的宫廷风格，徐熙也不是说只画野逸的风格，而他确实是有"落墨"这一画法，所以相比黄筌的"妙在赋色""殆不见墨迹"[1]，徐熙更受宋代文人士大夫的认可。后来，文人多用墨来画竹子、梅花、兰草等，渐渐地淡化了色彩，出现了大量的墨兰、墨竹、墨梅等。其次，在用墨的力度和强度上，此画中用墨似乎比用笔还要重要。值得注意的是，徐渭用墨之法不是对古人画法的亦步亦趋，而是出于规矩之外。不同于明代大写意画家陈淳，徐渭则在大写意画法上做了一些巧妙的变化，用高居翰的话说，这"使得传统不像传统，从而成为一种新鲜的描绘方式"[2]。这种新方式其实是一种更为放浪形骸，更加肆无忌惮的"狂涂"和"泼墨"[3]。在徐渭笔下，墨得到了放荡不羁的挥洒，水墨写意画的趣味也得到了极大的释放。鉴于这样的豪纵，甚至可以说，徐渭真正实现了艺术个性的解放：他的水墨大写意中有一种强大的冲动，乃至笔飞墨舞，错落交叠，导致所画的物象难以辨认[4]。如果说过去花鸟大写意还是文人化的、朴素清雅的，那么徐渭的大写意则充满了力量、冲突、激烈的动荡。

　　但是，画面上的狂涂乱抹，并不意味着徐渭的画法简单、

---

1 《梦溪笔谈》，第 188 页。

2 《江岸送别：明代初期与中期绘画（1368—1580）》，第 173 页。

3 就泼墨画法而言，宋代梁楷已经用泼墨作画，如他的《泼墨仙人图》，图中他以大写意泼墨的方式创造了一种简笔人物画风，影响了后来的文人画法。梁楷可以视为写意简笔人物画的鼻祖。

4 徐渭的《鱼蟹图》中，单纯看这个用墨扫抹出来的鱼的墨迹，其实也无法清晰地分辨出画的是什么"鱼"，就像葡萄图中的"葡萄"一样，这些图像所画的事物实际上是暧昧不明的。

随意、毫无章法。写意虽然是笔简形具，但也不是乱画。这种看似随意的风格实际上却是最难画的，因为大写意，就是一笔墨，画在纸上，成败皆在这一笔，完全不像工笔这样的画法，可以慢慢地画，画错了再修改。所以大写意这样的画法，看似下笔随意，画家在用笔上实则十分谨慎。这需要有相当的技术控制力，巧妙的构思，丰富的艺术体验，等等。更进一步，还要从潇洒恣意的大笔大墨中凝练出一种高度概括性的物象，付诸笔端。徐渭的大写意实现了一种恰到好处的收与放。细看画上的这一大片的葡萄墨迹，水墨的叶子和葡萄里面那些斑斓的深浅变化，其实形态都很美，它们有层次，有变化，相互交织渗透，浑然天成，具有韵律，没有深厚且精巧的笔墨功夫很难用几笔画出来。他在《杂花图》卷中同样展示了一种狂放的大写意画法，画中展示了各种花卉和蔬果，包括牡丹、石榴、荷花、菊花、南瓜、扁豆、紫藤等。我们以画中南瓜为例。我们放大南瓜的局部，可以看到在狂怪的用墨中，多片叶子的前后关系和层次依然分明，例如叶子之间的疏密、聚散、错落、重叠，营造出了轻松的空间感，不可否认，它们的形态也都是美的。南瓜的形象则用吸满了墨汁的笔触画出，表现出南瓜浑圆饱满的体积和厚度。另一幅《榴实图》，也是徐渭的一件代表作品。在此图中，徐渭画了一个已经成熟的石榴，这个石榴是用墨笔点染而成。可以想象，徐渭这是用一支蘸饱了水墨的大笔，在淋漓酣畅的墨块中感乎性情地寻找石榴的灵气，并反复地画上细节，使这个石榴的形态看上去特别考究。好的大写意可以把墨迹笔迹与画家的运笔动作凝结在一起，通过作品来反推画家的作画动作和下笔过程。在这样的反推中，我们可以感受到，画家看似用笔很豪放、霸道、张扬地施展笔墨，但是一旦笔墨落到纸面上，他就极为小心。《杂花图》中小花枝、小叶子形体就描写得极为灵动，就比如文学上或电影上的鸿篇巨制，它们也是精心构思出来的，在恢宏的气象中又不失精致，这样的作品才耐人寻味。绘画也是如此。无论是《水墨葡萄图》还是《杂花图》卷，徐渭笔下的这些蔬果、花卉，在狂放的泼墨与细巧的细节中，营造了美学上的反差。

我们再看画上的诗歌。在《水墨葡萄图》中，如果只看画上的一片墨迹，会知道徐渭这是要表达什么主题吗？很明显，只看画作本身的话，回答起来并不容易。看了这首题画诗，这个答案才变得清晰起来。这首诗是这样写的："半生落魄已成翁，独立书斋啸晚风。笔底明珠无处卖，闲抛闲掷野藤中。天池。"[1] 原来这首诗是告诉我们，这幅画的主题是怀才不遇，是不满现实。徐渭出生在一个官宦家庭，从小饱读诗书，据说八岁会作八股文，二十岁考取了秀才。然而，他后来遭遇了一系列的变故，不仅八次考取乡试未中，做幕僚也险些受牵连，因精神压力过大，由佯狂变为疯癫；又因失手误杀继妻入狱，出狱时已经五十三岁。内心的焦灼、挣扎、愤懑，使之性情变得愤世嫉俗、恃才傲物、张扬狂怪。那么这首诗中"呼啸"的是什么？是"笔底明珠无处卖"。葡萄与明珠相似，由葡萄想到了明珠，可谓字字珠玑。徐渭通过这首诗，借助葡萄图，是说自己的满腔学问（明珠）无人能识，只能扔到满藤的野葡萄之中了。再看他的《黄甲图》，画上画一只螃蟹。这又是什么寓意呢？画上自题诗："兀然有物气豪粗，莫问年来珠有无；养

1　徐建融主编：《徐渭书画全集·绘画卷》，天津人民美术出版社 2014 年版，第1 页。

就孤标人不识，时来黄甲独传胪。"[1] 螃蟹给人的感觉是横行霸道、粗鲁无礼，徐渭借螃蟹来暗讽进士，嘲讽那些无真才实学却能考取功名的人。所以表面上，黄甲指的是螃蟹，实则是指进士：螃蟹有甲壳，外刚内柔，用来指金玉其外、败絮其中的人，这种人却可以获得进士名次，徐渭表达了对这类人的讥讽。"传胪"是指科举考试中二甲中的第一名，因此，徐渭在嘲讽进士的同时，批判科举制。徐渭这样有才识的人，考了八次进士都以失败告终，在巨大的打击之下，他对进士这个功名地位不再钦佩。画面上，一只螃蟹在秋天凋零的荷叶下孤独地爬行，秋意已浓，无尽凄凉。

再看《榴实图》。石榴本来是寓意多子多福，但是在徐渭的笔下，石榴的寓意改变了，石榴这个符号变成了宣泄愤懑。他在此图上写下这样一首诗："山深熟石榴，向日笑开口；深山少人收，颗颗明珠走。"[2] 这意思是说，深山中的石榴成熟了，但是没有人来采摘。自己裂口露出果实，颗颗明珠就这样空置于山中，风吹日晒，无人赏识。很明显，这同样是借物寄情，表达徐渭对自己人生境遇的哀叹，对怀才不遇的气愤。

最后再来看一件作品《雪蕉梅竹图》。同样徐渭在画上题诗曰："冬烂芭蕉春一芽，雪中翻笑老梅花。世间好事谁兼得，吃厌鱼儿又拣虾。"[3] 在这首诗中，原本长于不同季节的芭蕉和梅花被四时颠倒地并置在一起，显然，这种做法使人想到王维的雪中芭蕉，然而这里的意义与王维不同。如果说，王维的雪中芭蕉用来表示隐逸、避世这样的超然之志，而徐渭一生落

---

1 张晨主编：《中国题画诗分类鉴赏辞典》，辽宁美术出版社 1992 年版，第 242 页。

2 乔国强：《绘画与中华文化》，天津人民美术出版社 2021 年版，第 212 页。

3 《徐渭书画全集·绘画卷》，第 198 页。

魄，他则是借雪中芭蕉这个题材讽刺世事荒唐。通过这些作品中题画诗的解读，可以感到，徐渭之所以用如此大胆的、自由的笔墨来作画，其实是将绘画视作他的满腔情感的一种宣泄。我们不得不承认，深入理解中国画，很必要的一件事是读懂中国的诗词。

自清初以来，徐渭艺术的影响力越来越大，画史对他的评价也越来越高。清初周亮工认为，他的戏曲和绘画才是第一，所谓"青藤自言：书第一，画次；文第一，诗次。此欺人语耳。吾以为《四声猿》与竹草花卉俱无第二。予所见青藤花卉卷皆何楼中物，惟此卷命想著笔，皆不从人间得"。[1] 清中期以后，石涛、戴熙、汤贻芬、张之万等名家也盛赞徐渭花卉之妙，石涛说"青藤笔墨人间宝"（《题四时花果图》卷），齐白石诗文稿中更是表达了对徐渭的崇拜，不止一次写出愿为"青藤门下走狗"。并且，画比徐渭，也成为赞美画家超高画技的一种方式，如罗惇融题齐白石《花鸟》册写："青藤雪个皆神笔，三百年还见此人。"[2]

徐渭活到 73 岁，在古代也是高寿了。虽然他的一生很悲凉、凄惨，但是，他的画、他的诗，没有给我们一种自怨自艾、怨天尤人、顾影自怜的感觉，相反，充满了批判现实的力量。即使在遭遇了牢狱之苦后，他依然不为五斗米折腰，坚守自己的气节。这种性情在他的画中也得到了体现，比如他的画重视用墨，笔上有活力，画上也有厚度、力度，画面上含有一种不平之气，这应该是徐渭对自己落魄一生而不得志的宣泄，

1　周亮工：《题徐青藤花卉手卷后》，载熊礼汇等选注：《明清散文集萃》，湖北人民出版社 1999 年版，第 291 页。

2　转引自《中国艺术通史·明代卷》下编，第 114 页。

是对社会、官场、人世的深刻反思。然而，面对这些人生困局，徐渭选择了不妥协，可以说，这也是他对自己的一种终极关怀：借用徐渭在其画《题雪压梅竹图》中的自题诗说，这是"云间老桧与天齐，滕六寒威一手提。折竹折梅因底事，不留一叶与山溪"。[1]

---

1 潘运告主编：《明代画论》，湖南美术出版社 2002 年版，第 405 页。

提香与《天上的爱与人间的爱》

　　提香（1477—1576），出生于意大利威尼斯北部风景秀丽的山区小镇卡多莱，是意大利文艺复兴盛期威尼斯画派的代表画家，擅长肖像、风景以及神话、宗教主题绘画，尤其是他的肖像画和裸体画，被认为是文艺复兴风格的代表之一。相比其他文艺复兴盛期的画家，提香的作品更加重视色彩的运用，在用色方面造诣最高，特别擅长描绘金色的调子，甚至有"提香的金色"这种说法。[1]提香是西方美术史上少有的天才且长寿的画家，在文艺复兴画坛上活跃了60余年，作品之丰富在16世纪文艺复兴画家中无人能及。他的作品气势宏大，色彩柔美鲜艳，构图严谨，对后来的鲁本斯和普桑影响很大。代表作品有《天上的爱与人间的爱》《乌比诺的维纳斯》《圣母升天图》《基督下葬》等。

　　《天上的爱与人间的爱》创作于1514年，是提香的成名作。这幅画取材于一个希腊神话故事：爱神阿芙洛狄忒劝说阿

1　相良德二等：《西洋绘画史话》，彭正清译，周正校，人民美术出版社 1981 年版，第 47 页。

尔喀斯的公主美狄亚帮助忒萨利亚的王子伊阿宋觅取阿尔喀斯的金羊毛，这幅画应该是挑选了故事中两人见面的一个场景。文艺复兴以来，无论是巴洛克时期、新古典主义时期，还是浪漫主义时期，这种从神话主题中寻找绘画创作灵感的做法就一直很流行。西方一些著名的画家如波提切利、乔尔乔内、布歇，都擅长运用神话题材进行创作。在众多神话人物中，画家们钟爱的形象之一无疑是阿芙洛狄忒，也就是罗马神话中的维纳斯，有时她会和丘比特一起出现在画面上，并且常常裸露着身体。提香这幅《天上的爱与人间的爱》也显示了这个特征。

　　这幅作品采用横向构图，依次安排了三个人物，从左到右分别是美狄亚、丘比特以及阿芙洛狄忒。画左边身穿白蓝色长袍的是美狄亚，她右手扶着一只黑色的瓷罐，瓷罐里放着光彩夺目的白珍珠，她面对观众，表情严肃忧郁，似乎有什么心事。画右边是阿芙洛狄忒，她裸露着身体朝向观众，头却转向美狄亚一边，正全神贯注地对美狄亚说着什么。从神色上看，阿芙洛狄忒自信、热忱，即使身上的两条披巾已经随风滑落，露出了白皙柔软的身体，她也不以为然，仍沉浸在谈话的激情之中。她右手撑在石沿上，左手托起一个小瓶，仔细看过去，小瓶里正冒着青烟。两个女性中间是我们熟悉的丘比特，正快乐地低着头玩水，他对正在发生的谈话并没有表现出什么兴趣。三个人物由一个古典石棺式的水池连系在一起，构成了画面的重心：两位女性分别倚踞在水池的两侧，丘比特则趴在水池后侧紧挨着美狄亚。丘比特的出现打破了左右分布均衡的构图，使画面结构活泼了起来。三个人物身后是多种景色的混搭：美狄亚身后是丘陵寨堡，周围是起伏的山峦，茂密的树木；阿芙洛狄忒身后是湖滨城镇，远处是农舍和教堂，湖近岸是羊群和牧羊人。两处景色由泉石树木连成一体。整片风景浸染在柔美的色调中，呈现出一种田园牧歌式的抒情气氛。

这是一幅可以从多个角度阐释的寓意画。人们主要倾向于三种解释：首先是关于爱的主题。美狄亚象征世俗之爱，阿芙洛狄忒象征神圣之爱。她们两个人分别执掌不同的器物：美狄亚手中的珍珠，象征了短暂的美好，因为短暂，所以这份美好终会化为乌有。它反映了世俗人间之爱的样态；相反，阿芙洛狄忒手中的小瓶，源源不断地冒出青烟，象征的是爱的永恒，它不会消失，因为它具有崇高的神性；丘比特在两个形象中间，作为爱的符号，发挥了强化主题的作用。另一种看法认为，这是对中世纪禁欲主义的反抗。故事中，阿芙洛狄忒劝说和引导美狄亚勇敢地接受希腊英雄伊阿宋的爱，所以代表天上神圣之爱的阿芙洛狄忒，向世俗中的美狄亚公主歌颂爱的美好。因而，画家也许通过描绘这样的一幅画，表达了自己自由的、热烈的、抒情的爱情观念；提香将阿芙洛狄忒的裸体画得如此柔软细腻，仿佛全身散发出金色的光辉，充满魅惑力。这种表现方式无疑增强了感官体验上的欢愉，也因此感到这种画法所传达的东西，是对传统禁欲主义的否弃。还有一种看法认为，这只是一件恭贺新婚的礼物，以美好的女性形象赞美华丽的新娘，寓意这对男女不仅找到了世俗之爱，在精神上也坚守了神圣之爱。[1] 这三个看法，其实都围绕一个核心，那就是爱欲。这是文艺复兴绘画中最被广泛触及的主题。阿芙洛狄忒代表神圣之爱，提香笔下的她露出自己的身体，这副身体丰腴健美、光彩照人，使人爱慕。在提香的笔下，阿芙洛狄忒的形象

---

1 乔会根编著：《世界名画全知道》，北京联合出版公司 2016 年版，第 113—115 页。

像爱情一样炙热、美好、充满活力。与之形成鲜明对比的，是全身包裹在长裙下的美狄亚，她的神态庄严高傲，但细细观察，她的神情中流露出一些复杂又矛盾的情绪。我们不禁好奇，在这场谈话中，美狄亚在想什么呢？我们知道，中世纪教会对人性的压抑，不仅对人的行为，对人的欲望也加以束缚。从情爱的解放角度来看，提香笔下的阿芙洛狄忒，可以视为一位美好爱情的启蒙者和传播者。作为爱与美的女神，阿芙洛狄忒也完美地演绎了这个女性角色。在阿芙洛狄忒对面，作为倾听者的美狄亚，神态安静深沉，听着爱神的教导，若有所思。

　　这幅画在气氛上展现出一种恬淡的宁静感，并没有浓厚的宗教气息。这说明，提香画中宣扬的爱欲观念应该来自一种新的解释：原始的、混沌的爱欲，已经被人化的情感部分所取代，关于性的部分也变成了爱情与欲望之间的衔接，这是一种新的、人化的、与社会关系紧密结合在一起的爱欲。与此同时，这种新的爱欲又居于由爱情所产生的美之下。我们看到，丘比特成了阿芙洛狄忒的儿子，意味着爱从属于美。作为丘比特，他实际上是最早参与世界创造的一位原始神厄洛斯。他是创化宇宙万物的基本动力，同时是与生命和繁衍联系在一起的爱欲的象征。但是，在希腊神人化的过程中，对于神的艺术表达也发生了变化。爱欲成为一种可以在艺术中加以纯粹展现的主题，或者说，爱欲脱离了希腊神话中关于创世力量的理解，成为可以观照的审美活动，无论是肉体丰腴柔软的女神，或是犹如淘气孩童的丘比特，他们实则已经被人化了，给人世俗的亲近感。因此，画中的女神、丘比特缺少了神性，而富有人性。

　　提香运用了怎样的技巧来表现画面呢？我们可以选择几点

来分析。首先，提香善于运用色彩，这是不可否认的事实。在画中，他用热烈的鲜红色画披衣、白蓝色画绸缎华服、米黄中带粉调的色彩画丰腴的肉体，以及用沉郁富丽的蓝绿色画风景，将画面区分出许多个鲜明的色块。每一种色块之间的衔接都很和谐，色彩中不仅运用了冷暖对比，也有明度上的对比，比如沉郁的背景与明亮到甚至发出金色光辉的女神肉体碰撞在一起，使得阿芙洛狄忒肉身的美好全然暴露了出来，给人一种强烈的感官享受。当然，提香降低了色彩上的饱和度，使画面看上去柔和沉静。实际上，从提香的其他作品中，我们也能发现，他对色彩的控制能力是无与伦比的。提香有一幅作品《男子肖像》（布面油画，1540—1554），更为突出地体现了他用色的能力，色彩成为支配画面的决定性因素。在画面中，一位男子整个被置于阴暗的光线中，只有他的脸部在一束柔和的暖光中显出了轮廓。在暗色的光线映衬下，男子眼神深邃有力，他的嘴巴放松闭合，神色肃穆沉静。这幅画中的光影塑造成为关键，而这依靠的是对色彩表现力的控制。提香故意弱化了人物五官之外的其他因素：我们看不清人物脸庞的轮廓线，看不清这个人物所处的环境，甚至看不清他穿了一件什么风格的衣服。然而，这些细节已经变得不重要了，重要的是色彩制造出的光影效果，我们的注意力被集中在可见的面部特征上，可以更深入地感受这个人物的内心世界。在幽暗的空间中，人物以其深邃的目光，从容的神色，获得了一种神秘的、优容的、迷人的气质。这完全是一幅光影的杰作，游戏了我们的视觉。又如《雅各布·斯特拉达的画像》（布面油画，1567—1568）中，提香笔下的这位斯特拉达身穿昂贵的裘皮大衣，戴着金色的圆形佩章项链，身穿红色绸缎衬衣，一副贵族气派。每种服饰的材质借助光影呈现出了真实的触感，尤其是那件裘皮大衣上的毛领，皮毛蓬松自然，顺滑柔软，并且富有层次，泛出皮毛的光泽。这个人物的奢华生活得到了淋漓尽致的体现。提香对于色彩的倚重，就犹如米开朗琪罗重视素描一样。可以说，色彩成为提香作画的主要手段：他不是将色彩作为画面造型的辅助手段来看待，而是用色彩直接来塑造形象和渲染氛围。他驾驭了色彩。不得不说，色彩也的确具有如此强大的表现力，很多艺术理论家都关注到了这一点。例如，英国著名艺术评论家约翰·罗斯金就指出："每种用于绘画的颜色（除了纯白或纯黑），都同时既是光又是影，对于比它暗的颜色而言，它就是光；对于比它亮的颜色而言，它就是影。"[1]因此，善于运用色彩的画家，完全可以凭色彩本身的表现力描绘出光线、体积、空间效果，让画面中各个元素融为一体。

其次，提香对细节的刻画更为感性化，例如对于人物服饰上的褶皱处理。画中的阿芙洛狄忒的那件鲜艳的红色披衣，缎面上几乎处处褶皱，但是，层叠却很有韵味，不会有凌乱的感觉。这件华丽的披衣在风中摆动着，自然不做作。相比早期的绘画大师，提香呈现出的用笔更为大胆。我们可以对比拉斐尔的《西斯庭圣母》《该拉特亚的胜利》《圣母加冕》中的那些长袍，很明显，拉斐尔对于衣褶纹理的刻画看上去简明许多，基本上是大块面，是一种整体性的线条勾勒。而在这里，提香相比拉斐尔的长袍画法，他将衣服形态画得更为浪漫，衣上的褶皱看上去似乎拥有了更多的情绪，用笔也表现出强烈的动感。

---

1 罗斯金：《线条、光线和色彩：罗斯金论绘画元素》，李正子、刘迪译，金城出版社 2012 年版，第 4 页。

众所周知，褶皱是在绘画中表现衣物形态的一种方式，它根据人体的姿态和动作发生变化。通过褶皱的风格和样式，甚至我们可以确定一个时期的艺术风格。例如，在拜占庭艺术中，人物身上的衣服褶皱是用大块面的装饰物勾勒出来，或者直接用线条标明，透视上显得不那么自然，有某种平面化特征；相反，在哥特式的画作中，褶皱充满了节奏感、韵律感，并且褶皱的线条也变得灵活，产生了复杂的装饰效果；到了文艺复兴时期，褶皱已经成为画上的不可缺少的重要部分，为了使衣服的褶皱看上去更真实生动，自然舒适，画家们还对此进行专门研究，甚至运用解剖学的知识来学习如何来表现它。文艺复兴大师达·芬奇认为："衣服的褶皱看上去要像它们本来就住在衣服上一样。"不仅如此，褶皱也参与了人物的动作、情感的塑造，也成为画中光影效果的表达形式。因此，提香借助阿芙洛狄忒衣服上的华丽的褶皱，成为表现阿芙洛狄忒灿烂性格的一种方式。

此外，在人物体态的塑造上，提香很重视对女性曲线以及动态的描绘，并且，在女性动感的体态中透露出雕塑般的气质。但是，这种气质明显不是希腊人像那样使人陷入沉思，而是追求一种纯粹的感官体验。阿芙洛狄忒的腰身向右少许倾侧，拉长了身体的左侧线条，一高一低的手势恰好构成了姿态上的平衡，使得这种倾侧不至于失去重心，力点支撑在身体右侧，使身体展现出了一种迷人的姿态，充满了魅惑。尤其是右侧腰部挤压出了一个性感的臀腰分界线，显出了丰腴的臀部，给人一种健硕的体态美。实际上，提香笔下的阿芙洛狄忒，被誉为文艺复兴艺术中表现理想女性美的典范。对于天性乐观的提香来说，他确实懂得如何用技巧来展现女性身体的曲线。提香就像他的师兄乔尔乔内一样，追求着艺术上的抒情与欢愉。或许也可以这样说，提香并不想在自己的作品中表现太多的象征意义，观众静静地沉醉在他谱写的抒情曲调之中就可以欣赏它的美了。

杜尚与《泉》

　　杜尚（1887—1968），法国艺术家，20世纪先锋派艺术的代表人物，被誉为"现代艺术的守护神"[1]。作为达达主义及超现实主义的代表人物和创始人之一，杜尚一生创作了许多惊世骇俗的作品，其中代表性的作品有《下楼梯的裸女》《大玻璃》《泉》《L.H.O.O.Q.》等。其中《泉》被视为现代艺术史里程碑式的作品。杜尚通过自己大胆的艺术实践，向艺术的边界和本质提出了质疑，让人们重新思考何为艺术。杜尚发起的艺术革命影响了20世纪世界大战以后的西方艺术发展。约瑟夫·科苏斯说："自杜尚以后，艺术就在观念的层次上存在着。"[2]

　　1917年杜尚从纽约莫特铁艺工坊的展厅购买了一件男用小便器，随后他在上面签下一个名字"R. Mutt1917"，将它提交给了独立艺术家协会展览组委会。该协会是在杜尚本人的帮助下成立的进步组织。该协会向任何一位艺术家开放，只要交一美元就可以成为会员，再交五美元，就可以携带展品参加。

1　何政广主编：《杜尚》，河北教育出版社2005年版，第3页。
2　转引自王洪义编著：《西方当代美术》，哈尔滨工业大学出版社2008年版，第113页。

然而，杜尚以匿名的方式将《泉》提交给组委会时，却遭到了
拒绝。同年，杜尚将《泉》拍成了照片刊登在达达主义艺术期
刊《盲人》上，随这张照片同时刊登的是一篇为《泉》辩护的
文章，这位匿名的编辑宣称："莫特先生是否亲手做了这件作
品并不重要，重要的是，他选择了它。他将生活中的一件平凡
的物品拿出来，放在那里。在新的标题和观点下，这件物品的
实用意义消失了，因为它们为该物品创造了一种新的想法。"[1]

按照传统的艺术观念来看，艺术品应该是艺术家精心雕
琢、构思、反复打磨的产物，它具有美的外观和特性。也就是
说，艺术品有赖于艺术家的加工，须体现人为性。现成品不过
是一件普通生活中的日用品，艺术家并未参与其制作过程，更
不是艺术家的天才造物。然而，当现成品实现了变容，被接受
为艺术品，这种转变是革命性的，传统艺术体系遭到了前所未
有的质疑和攻击。

从外观上看，这件小便器与其他出售在日用品商店的小便
器唯一的不同之处，在于作为艺术家的杜尚在上面签了名字。
我们清楚，这件被艺术体制所承认的艺术品，其个体性已经稀
薄到了只剩下签名的程度。或者说，签名使之有了某种标识作
用。那么，如此一来，是否一个随便怎样的现成物品，在某种
特定的情势下，只要艺术家签上名字，便可以被接受为艺术品
了？正如英国艺术史学家戴维·霍普金斯所指出的："杜尚的
遗产就是'指定'。"[2] 当然，杜尚对现成品艺术观念的发掘，与

1 西蒙·莫利:《这是艺术吗?》，赵晖译，四川美术出版社2020年版，第67页。
2 David Hopkins, *Dada and Surrealism: A Very Short Introduction*, New York: Oxford University Press, 2004, p.147.

他的绘画理念一脉相承。杜尚在绘画中，主张这样一种原则，那就是"减少，减少，减少"。[1] 在这里，"减少"指向的内容，不是别的，是传统艺术中那些形式化因素，包括色彩、构图、线条、透视、空间等。也就是说，杜尚对这样的传统艺术形式并不感兴趣，或者说，认为它们已经不重要了，重要的是艺术的观念。那么，这就导致那些传统美学上视为重要的艺术感性形象，在杜尚这里遭到了抛弃。按照这个发展方向，杜尚从绘画走向现成品，并不意外，并且，也更加凸显了这一意图："杜尚对绘画的态度一直延续到紧随其后的现成品中。它已经被选择，并且现在具有一个思想的意义，这一事实战胜了它作为寻常的物理性存在。"[2]

显然，观念的赋予使这件小便器从日用品变身成艺术品，进入了艺术领域，有了《泉》这样的名字。那么，如何来评价《泉》呢？按照传统美学的惯例来说，需要对艺术品做出一个趣味判断，在杜尚看来，这却是他要反对的东西。迪特尔·丹尼尔斯（Dieter Daniels）回忆杜尚时说："杜尚经常想要抑制'趣味'。事实是，这些作品也不是用来展览的——或者至少看起来这像是它们的原始意图。因此，用'冷漠的处理'这样主观上的感受来表达——这类可以通过随机选择（在现成品中），或者通过机器般的精确操作（在大玻璃中）实现——杜尚的表达目标是克服'趣味'，从而使自己远离艺术美学中所表达的

1　Herschel B. Chipp, ed., *Theories of Modern Art*, US: University of California Press, 1968, p. 393.

2　Steven Goldsmith, "The Readymades of Marcel Duchamp: The Ambiguities of an Aesthetic Revolution," *The Journal of Aesthetics and Art Criticism*, Vol. 42, No. 2 (Winter, 1983), p. 201.

对天才的崇拜。相反，他希望再次制造艺术来表现智性。"[1] "冷漠的处理"其实传达的是"冷漠之美"[2]，这显然来到了传统美学所认为的美的反面，即艺术实践或者说艺术制作似乎不会再带来美的愉悦，甚至艺术家也可以对自己的艺术实践采用充满嘲讽的冷漠态度。所谓的"冷漠之美"实则构成了杜尚认识艺术和艺术家的核心。显然，这不是传统艺术上所主张的资产阶级艺术趣味。的确，不可否认的事实是，这件被命名为《泉》的小便器，以其藏污纳垢的物质存在，挑战了资产阶级艺术那种阳春白雪的高雅美学观。在这个意义上说，杜尚迫使艺术家们认可《泉》，实际上是告诉世人，他用现成品挑战了传统上崇奉的"美的艺术"体系，而相比那些现代主义画家，如马奈、毕加索、马蒂斯、马列维奇等人，杜尚的攻击无疑是力度最大的，因为那些现代画家们说到底还依托于美学传统上的某些基本原则，并且将之视为不容置疑的内容，但是，杜尚成功地挑战了这些不容置疑的内容，从根本上挑衅了"美的艺术"的理念，颠覆了艺术的神圣性，并公然地亵渎了它。

说到这里，就不得不提到与理解现成品紧密联系的一个概念，那就是炼金术。这也是杜尚经常提到的一个词。炼金术是由传说中的赫尔墨斯所开创，这种技艺可以将低贱的金属转变为贵金属，尤其是黄金。它又发展出不同的研究，但是核心目标是从原始材料中进化、提炼与转变出新的东西。现成品与之有关联，在于从炼金术的角度看，现成品作为日常物品，当它以某种方式被接受为艺术品，其实意味着这个物品经历了自身

1 John F. Moffitt, *Alchemist of the Avant-Garde: the Case of Marcel Duchamp*, New York: State University of New York Press, 2003, p. 226.
2 《这是艺术吗？》，第 73 页。

的某种进化与转变。从这个角度上看，艺术家类似于炼金术士。对此，杜尚指出，现代艺术家功能的变化，即已经扩展为一种可以公开充当媒介的角色了：现代艺术家不仅是一种精神媒介，而且也是在观众欣赏行为中起重要作用的媒介。[1] 为了阐释艺术家和观众共同参与的创造性行为，杜尚公然使用炼金术这个隐喻。因此，杜尚认为，"艺术家的意象是从'原始材料'中'提炼'出来的。在观众对一件神秘的前卫艺术作品进行'解码和阐释'的这个高深莫测的行为过程中，敏感的观众经历了一场精神上的'嬗变'"。[2]

无论是从哪个角度欣赏《泉》，传统的美学传统以及规范都遭到了釜底抽薪的挑战。当然，让现成品进入艺术领域，杜尚也不是最早这样做的人。在《泉》出现之前，毕加索、布拉克就创作了现成品拼贴画。以毕加索为例，他在 1912 年创作了第一件著名的拼贴画，名叫《有藤椅的静物》：毕加索将画布和一片印有藤编图案的商用油布合并在一起，以此取代了在画布上直接画出藤编图案的方式。从画面上看，商用油布所发挥的作用还只是辅助性的，画布才对整件作品起到支配性。从这个意义上说，这里的现成品拼贴物其实还是受到传统美学的支配，它没有脱离艺术对形式美的要求，依然要经过线条、色彩、构图等形式主义的审查。而布拉克有所不同，他用各种各样的现成品粘贴在一起，比如报纸、香烟盒、扑克牌纸片、纸板等，完全舍弃了传统绘画的表现手段，完全是用拼贴物来构建画面。很明显，拼贴画中的现成品作为一种反叛的元素，不

---

1 *Alchemist of the Avant-Garde*: *the Case of Marcel Duchamp*, p. 228.
2 Ibid.

完全具有颠覆性意义，因为现成品拼贴画说到底还是一幅画作。而且，毕加索和布拉克对现成品的实践也是偶然的、尝试性的。然而，杜尚则把现成品的运用推演到了极致：它不仅仅是一种艺术技巧或手段，还成为艺术的内容。

杜尚的《泉》，也就是那件被签上了艺术家名字的小便器，它作为一种新艺术的范例，一种新艺术形态，对艺术理论的发展有极大的价值。现成品艺术的出现，迫使艺术家改变了传统上思考艺术的方式：从"什么是艺术"转换到"是什么使某物成为艺术"，即从艺术本质问题转换为艺术的资格和身份问题。[1] 也正因为这一思考方式的改变，人们更为深刻地认识到艺术体制的重要性，而艺术体制也因此成为理解现成品艺术的一个重要的艺术社会学概念。实际上，艺术体制也不是由于杜尚的创作才被发明出来，它早已存在。那么，什么是艺术体制呢？主要有这样三个重要的表述：一是美国分析哲学家阿瑟·丹托的观点，他认为："把某物看作是艺术，需要某种眼睛无法看到的东西——一种艺术理论的氛围，一种艺术史知识：一个艺术界。"[2] 也就是说，在丹托看来，某物之所以被视为艺术，是因为有这样一个接受此物为艺术品的"语境"存在，这个"语境"是由艺术观念和知识构成。二是美国分析美学家乔治·迪基认为："代表某种社会制度（即艺术世界）的一个人或一些人授予它具有欣赏对象资格的地位。"[3] 很明显，这个艺术体制涉及广泛而复杂的关系网络，包括艺术家、展览

1　《艺术学概论》编写组：《艺术学概论》，高等教育出版社2019年版，第19页。
2　转引自霍华德·S.贝克尔：《艺术界》，卢文超译，译林出版社2014年版，第135页。
3　转引自M.李普曼编：《当代美学》，邓鹏译，光明日报出版社1986年版，第110页。

馆、批评家、美学家，等等。第三个观点来自法国社会学理论家布迪厄，他对建构艺术体制的结构成分和要素做了详细的概括，他指出："作品科学不仅应考虑作品在物质方面的直接生产者（艺术家、作家，等等），还要考虑一整套因素和制度，后者通过生产对一般意义上的艺术品价值和艺术品之间差别价值的信仰，参加艺术品的生产，这个整体包括批评家、艺术史学家、出版商、画廊经理、商人、博物馆馆长、赞助人、收藏家、至尊地位的认可机构、学院、沙龙、评判委员会，等等。"[1] 我们知道，艺术体制是构成传统艺术条件的基石，它决定了哪些东西才可以被视为艺术。但吊诡的是，这与杜尚将现成品拿来作为反艺术的一种方案相悖：杜尚用现成品对抗传统艺术体系，事实上也是对艺术体制的否定，但是现在，现成品成为一种新的艺术形态，它被艺术体制理解和接纳了，还被写入了艺术史册。看上去，它对艺术体制的攻击失去了效力。然而，进一步思考，杜尚的艺术革命是否真的失败了呢？或者说，现成品艺术是否不再具有其革命的潜能了？答案是否定的。当然，这是另外一个问题了，这里不再展开。

　　杜尚将这个后来被命名为《泉》的小便器搬到博物馆，它的意义是巨大的。现成品反转成为艺术品，小便器的实用功能被取消了，并因此成为仅仅被观看的对象，而且如鲍里斯·格洛伊斯所说，这一新的艺术形式也可以引起一系列纯粹的文化联想：比如就有人从《泉》的形式中看到了《蒙娜丽莎》的影

1　布迪厄：《艺术的法则：文学场的生成和结构》，刘晖译，中央编译出版社 2001 年版，第 276—277 页。

子，或者使人联想到了东西方流行的坐佛的形象。[1] 但是，不论怎么说，现成品艺术可以进入艺术领域，同样，它也可以从其中再次反转出来，重新回到日常生活中去，即仍是一件日常物品。说到底，现成品艺术所呈现的面相，其实并不是作为现成品的小便器或者罐头、自行车、雪铲等，而是借助于这些现成品所呈现出来的艺术观念。

1　鲍里斯·格罗伊斯：《论新：文化档案库与世俗世界之间的价值交换》，潘律译，重庆大学出版社 2018 年版，第 77 页。

大众文化

小径分岔的大清：从"清穿文"看女频穿越小说的网络性

回顾中国网络文学短短 20 年的发展历程，兴起于 2004 年的"清穿文"无疑是其中创作成果格外丰硕，也是最早引起广泛关注的子类型之一。到 2010 年以后，更因陆续被改编为电视剧（如《步步惊心》《梦回大清》等）而家喻户晓。如果单看题材与写作风格，"清穿文"似乎是再普通不过的古代言情小说，但只需转换视角，从它挪用的文化资源，以及"穿越"设定的分类等细节入手，其背后独属于网络文学的"网络性"（虚拟性和游戏性）便能清晰地显现出来。

"清穿文"中的"清"与"穿"

所谓"清穿文"，通常特指描写现代女性穿越到清朝，与阿哥、亲王们（或别的王公大臣、贵族子弟）恋爱的言情小说作品。单从字面上理解，"清"指清代，限定的是时空范围，"穿"为"穿越"，点明了核心设定。如此诠释虽未尝不可，但毕竟过于普泛。如果从"网络性"这个角度切入，又能从中解读出什么特殊的含义呢？

首先，"清"字虽然泛指清代，但清穿文中最常见的时代背景，事实上集中于康熙朝末期，女主人公穿越之后，也往往会与卷入九龙夺嫡乱局的某位皇子坠入爱河。公认的"清穿三座大山",即《梦回大清》(金子,晋江原创网[1],2004)、《步步惊心》(桐华,晋江原创网,2006)和《瑶华》(晚晴风情,晋江原创网,2006)这三部清穿文代表作的男主人公,就恰巧分别是康熙朝的十三皇子胤祥、四皇子胤禛(即后来的雍正皇帝)和八皇子胤禩。

令人疑惑之处正在于,清穿文本质上属于言情小说,何以对一场争夺帝位的血腥政治斗争给予如此深切的关注,以至于将情感、欲望投射到参与其中的皇子们身上?这就不得不引出一个有关清穿文的基本判断:凡以康熙朝末期为背景的,绝大多数是基于电视剧《雍正王朝》[2]的人物形象、人物关系以及故事框架所展开的二次创作,或者准确地说,同人创作[3]。也就是说,清穿文中的"清"字,虽然的确指向朝代,却也隐含着清宫剧同人的意味。[4]

1　晋江原创网,是文学网站晋江文学城于2003年至2010年间使用的站名,突出"原创"二字,是为了与此前扫描、校对港台言情小说的主营业务切割,转型为刊载原创作品的文学网站,招揽培养本网站的签约作者。2010年2月之后,又再度更名为晋江文学城,并沿用至今。

2　《雍正王朝》改编自二月河创作的长篇历史小说《雍正皇帝》,导演胡玫,编剧刘和平,由中国国际电视总公司发行,1999年1月3日起在中央电视台综合频道首播,共44集。

3　同人,一般指借用流行文化文本中的人物形象、人物关系、基本故事情节和世界观设定所展开的二次创作。参见邵燕君主编:《破壁书:网络文化关键词》,生活书店出版有限公司2018年版,第74—79页,"同人"词条,该词条编撰者为郑熙青。

4　清穿文作者对清史尤其是与雍正帝相关的历史知识的了解,几乎都来自《雍正王朝》,包括但不限于人物形象、历史细节等。当然,还有《孝庄秘史》《少年天子》《康熙王朝》等作品。参见李轶男:《"集体"的再现:电视连续剧与改革中国的第三个十年(1998—2008)》,北京大学博士学位论文2019年。

其次是"穿越"设定。"穿越",指的是"主角由于某种原因（通常是意外事件）来到了过去、未来或平行时空"。[1] 该词由英文 travel through 或 traverse 翻译而来，语源为"穿越虫洞"（travel through a wormhole），是物理学界普遍认可的一种实现时空穿越的理论可能。[2] "穿越"的理论化与设定化，始于英国作家 H.G. 威尔斯（Herbert George Wells）发表的科幻小说《时间机器》（*The Time Machine*，1895）。小说创造的新概念"时间旅行"（time travel），意在将时间指认为三维空间之外的第四维度：既然人类可以在三维空间中来去自如，那么在第四维度的时间尺度之上，也应当存在逆向或不匀速位移的可能。直到 1930 年代，"虫洞"理论诞生，"穿越"才随之成为"时间旅行"的同义词。

到清穿文开始流行的 2004 年，时间旅行 / 穿越设定在文艺创作中的运用早已是司空见惯，描写现代女性穿越时空来到清代的桥段，自然也不是什么开天辟地的创想。但值得注意的是，绝大多数清穿文实现时空穿越的手段，相比普通的"时间旅行"，还多出了两个步骤：离魂与附身。也就是说，穿越者（即所谓的"时间旅行者"）并不是以意识（或可称之为"灵魂"）与身体完整统一的状态来到古代，而是灵魂 / 意识脱离了原本的身体，穿越时空，再附身到某个古人身上。这一穿越

1　参见《破壁书：网络文化关键词》，第 263—267 页，"穿越文"词条，该词条编撰者为李强、肖映萱。

2　虫洞（wormhole），即爱因斯坦—罗森桥（Einstein-Rosen bridge），它指的是某种由星体旋转和引力共同作用而形成的时空隧道，穿过这个隧道，就能够实现空间位移或时间旅行。电影 *Interstellar* 之所以被译作《星际穿越》，就是因为在剧情中，主人公穿越了一个位于土星附近的虫洞。

方式有个专门的称谓叫作"魂穿",即"灵魂穿越"的缩写。至于不包含离魂 / 附身动作的穿越方式,也就是最原始版本的"时间旅行"设定,则被追认为"身穿",即"身体穿越"。

自"时间旅行"演化而来的"魂穿"设定,尽管并非起源于清穿文[1],但也确实是伴随着清穿文的流行才大规模普及的。这意味着,清穿文中的"穿"字,在更为严谨的语境之下,理应被表述为"魂穿"。相较于"身穿",清穿文显然更加青睐"魂穿"这个设定,而两者的差异看似只在毫厘之间,却绝非无关痛痒,因为"魂穿"设定不仅仅隐喻着网文作者 / 读者的虚拟化生存经验,更与清穿文的清宫剧同人属性深深地纠缠在一起。

恋爱中的虚拟化身(avatar)

为什么绝大多数的清穿文都采用了"魂穿"设定?

现实层面的原因显而易见:因为清穿文的故事主线,是"穿越女"[2]与男主人公(通常是清朝的皇帝、阿哥或其他王公贵族)相知相恋的过程。在这样的前提条件之下,如果机械地照搬"时间旅行",也就是所谓的"身穿"设定,则至少会遭遇两个很难处理的困局。首先是年龄上的矛盾,清穿文女主的现代身份大多为白领或高校学生,至少是 20 岁上下,但要在清代保持未婚状态甚至选中秀女顺利入宫,那么 13 至 16 岁

---

1 目前能追溯到的最早采用"魂穿"设定的文艺作品,是台湾言情小说作家席绢的长篇处女作《交错时光的爱恋》(1993)。席绢创造性地在"时间旅行"设定之中嵌入了部分神话、巫术的元素:小说主人公因遭遇车祸意外身亡,魂魄被修习异能的母亲传送至古代,附身在一名阳寿将近的少女身上,从而达成了时空穿越。这正是后来被清穿文反复借鉴的"魂穿"设定的基本雏形。

2 网络文学读者通常将穿越文的女主角简称为"穿越女"。

的年纪才是较为合适的；其次，皇室自来看重后代血统的纯正性，穿越女来路不明，想要混入皇宫内院，无异于痴人说梦。

相比之下，同时期男性视角的穿越小说，如《明》（酒徒，起点中文网，2003）和《新宋》（阿越，幻剑书盟，2004）等，男主人公虽然也是一路结交王公贵胄、封侯拜相，境遇却相对宽松自由得多，即使采用"身穿"设定，也不至于妨碍故事的进展。

归根结底，清穿文选择安排女主人公直接"魂穿"到一个清朝勋贵大臣的女儿身上，借用她的身份和身体接触皇室成员和贵族子弟，确实是一劳永逸地消除所有障碍的最佳策略。事实上，在既有的创作实践中，穿越女的魂穿目标大多锁定在与清朝皇室有通婚记录的大家族中的少女，或历史上确有其人的后妃与福晋们身上。其中，雍正帝后妃钮祜禄氏（例如妖叶《清梦无痕》的女主人公，晋江原创网，2006）、雍正帝后妃年氏（例如璃雪《权倾天下》的女主人公，晋江原创网，2007）和廉亲王福晋郭络罗氏（例如白菜《看朱成碧》的女主人公，晋江原创网，2006）等，都是极受穿越女青睐的附身对象。

虽然从结果来看，"身穿"与"魂穿"这两个设定，都不过是达成时空位移的装置，其间的一点小小差异，却导致了主人公生命形态的大相径庭。如前文所述，对于通过"身体穿越"来到古代或异界的主人公而言，其灵魂/意识与身体是完整统一的。而"魂穿"设定下的主人公则不然，他们不可避免地将会遭遇到一次生命经验、个体意识与"自然身体"的脱离与重组。这甚至是比穿越时空本身还要更具颠覆性的惊异体验。也就是说，"魂穿"设定下的清穿文女主们，在生物学意义上已经无法被视作纯粹的"人类"，而是成为某种比吸血鬼、外星人之类的超自然生命还要更为复杂暧昧的存在。

　　美国电影《阿凡达》（*Avatar*，2009）或许能为我们理解这种存在状态提供参考。在影片中，为了进入并不适宜人类生存的潘多拉星球开采矿产，科学家们融合当地土著纳威人和人类的 DNA，克隆出一批在外形上与纳威人高度近似的义体。人类可以将自己的意识上传到义体中，结合成为拥有纳威人外形和人类意识的"化身"（avatar）。男主人公杰克·萨利在以化身形态执行开采任务的过程中，因遭遇意外事故被纳威族的公主涅提妮所救。情急之下，只得伪装成普通的纳威人随公主回到部落，渐渐融入了当地土著的生活，并与涅提妮公主相爱。

　　这样一个科幻题材的后殖民主义、生态主义文本，看起来的确与清穿文沾不上边。但只需剥掉 DNA、克隆等科幻概念的外壳，那么，通过上传意识操纵义体的阿凡达和"魂穿"到古代少女身上的清穿文女主，他们的生命形态，其实并不存在任何本质上的差异。

　　他们都是恋爱中的阿凡达，恋爱中的"化身"。

　　显然，无论阿凡达还是魂穿设定，都提示着一个足以拓宽人类想象力边界的重要事实，即自然身体的唯一性的丧失。雪莉·特克（Sherry Turkle）曾在《虚拟化身：网路世代的身份认同》（*Life on the Screen：Identity in the Age of the Internet*）一书中，将我们登录网络，并以账户 /ID 为中介进入一个网络社区的行为，解读为"在虚拟世界里建构另一个自我"[1]。如今，

1　雪莉·特克：《虚拟化身：网路世代的身份认同》，谭天、吴佳真译，台湾远流出版社 1998 年版，第 241—243 页。

我们随时随地都可以打开电脑或手机，一边在网游世界里扮演纵横江湖的侠士，一边在社交网络上谈笑风生，或许还有余暇打开微信群，处理各种工作和生活上的事务。而这些网页或应用界面，虽然由同一个使用者操作，但其对应的身份认同，或者说虚拟化身，是大相径庭的。[1] 这意味着，在互联网时代，人类自我认同的多重化已不再是罕见的经验。

再回到清穿文，按常理推测，一个正常的人类在历经灵魂出窍和附身的奇遇之后，难免会对这副陌生的身体产生排异感，并引发身份认同危机。然而在清穿文中，却很少出现类似的描写。这固然有可能是作者为了快速推进情节、避免同质化描写而采取的一种叙事策略[2]，但清穿文女主借助"魂穿"设定进入某个清代贵族少女身体的过程，又何尝不是登录账户/ID 这一网络时代日常生活经验的复现呢？[3] 如此看来，"穿越女"们泰然自若的表现，反倒从侧面印证了穿越小说的"网络性"。

---

1 在雪莉·特克的众多受访者中，有一位名叫道格的大学生。他在文字网络游戏 MUD 上扮演着好几个角色，这些角色里有女人、有牛仔，甚至还包括一只毛茸茸的兔子。他总是同时打开三个网页的窗口，以便随时在三个不同的虚拟世界和虚拟化身之间切换。他向特克坦言，现实世界对他来说不过是荧幕上的另一个窗口罢了，并且，通常不是最好的那一个。

2 大部分清穿文对女主人公穿越之后的心理落差和不适感，都只是略略提及，旋即理所当然地进入"既来之，则安之"的状态。并且越是后期的作品，对女主穿越前的经历和穿越过程的描写就越是简略，甚至只用一句"我穿越了"便足以交代完毕。这显然是清穿文在类型演化过程中的某种自我扬弃，即剔除读者业已司空见惯且同质化极高的滥俗桥段，直接进入故事主线，以提高叙事效率。

3 特别值得注意的是，只有"魂穿"这种包含附身动作的设定才能等价于登录账户/ID，因为这些账户和 ID 属于某种虚拟人格，而"身穿"设定的本质则是"旅行"。

事实上，网络穿越小说比传统言情小说更显新意之处，从来都不是任何写法、叙事或风格上的突破，而是提供了一个数量庞大的、抹除了自然身体唯一性且以非人类的阿凡达形态存活着的主角群像。这一既成事实，在整个言情小说的类型史上，都是从未出现过的。这种直面网络时代虚拟化生存经验的创作，难道不才是当下最直接的现实投射吗？

清穿文中的"游戏性"

除"魂穿"设定之外，清穿文作为清宫剧，尤其是《雍正王朝》同人小说的这一属性，也有许多值得挖掘之处。由于受《雍正王朝》的影响极深，相当一部分清穿文将故事发生的时间段设定在了康熙四十年左右至雍正继位初期。涉及的重要历史事件，大体上以电视剧为蓝本，而具体的情节走向，则根据女主的出身、情感归属等细节差异而有所变化。

如果我们将这批清穿文汇总到一处，再把每本书都提到过的关键性历史节点标记出来，例如康熙四十七年废太子或者康熙驾崩雍正继位等，据此拉出一条公共的时间轴；再以这条时间轴为参照系，把每一部清穿文的剧情一层一层地叠加在这个时间轴上，凡遇到发生冲突的情况，例如有些小说里女主选上了秀女，有些小说则没选上，就画成两条分岔的线索，以此类推。那么不难想象，最终形成的剧情流程总图，就会像是一条从康熙四十年发源的长河，先是迅速分裂出无数条平行的支流，偶尔收束，再分流，最后不断向着雍正初年的入海口奔涌而去。

正如博尔赫斯在《小径分岔的花园》中构想的那样，"在所有的虚构小说中，每逢一个人面临几个不同的选择时，总是选择一种可能，排除其他；在彭㝡的错综复杂的小说中，主人公却选择了所有的可能性"。[1] 这意味着，在博尔赫斯所虚构的这部小说中，一个人可能试图杀死一个人，也可能放弃；受害人可能死了，却也可能侥幸逃生。"各种结局都有；每一种结局是另一些分岔的起点。"[2]

如此看来，任何一部孤立的单篇的清穿文，都只是非常普通乃至平庸的言情小说，几乎不具备任何先锋气质，当它们层层叠加在一起之后，却构成了某种行为艺术：即通过累积海量的相同题材的创作实践，去穷尽同一历史背景和历史时期之内，依循同一条故事主线演绎出的剧情桥段的所有可能性。显然，全体"清穿文"的总和，以及它们累加而成的复杂拓扑结构，正是那部存在于博尔赫斯想象中的小说，一座"小径分岔的清宫宇宙"。只不过其先锋性的根本来源，是低门槛高产量的网络文学生产机制，以及鲜活流动的网络同人社群文化，而绝非任何天才作家独立的天才创造。[3]

这一观点谈不上惊世骇俗[4]，但如果结合清穿文女主的虚

1 豪尔赫·路易斯·博尔赫斯：《小径分岔的花园》，王永年译，上海译文出版社2015年版，第94页。
2 同上。
3 许多超文本或数字文本的研究者，例如莱恩·考斯基马（Raine Koskimaa）和艾斯本·阿尔萨斯（Espen Aarseth）等，总是倾向于将某些具有极强先锋性的单篇作品视作超文本的代表，例如卡尔维诺的《命运交叉的城堡》等，毕竟在他们所处的时代，事实上并没有真正原生于网络这个媒介环境的创作。而清穿文的出现却足以提醒当下的研究者，网络文学的"网络性"乃至于先锋性，往往并不是通过单篇作品体现的，它事实上隐含在网络文学的底层生产逻辑之中，只有把视野扩大到整个类型的范围方能察觉。
4 储卉娟在《说书人与梦工厂：技术、法律与网络文学生产》中，也曾有过类似的表述，但储文的重点在于论证"网络文学的发展演进应当以类型为单位进行判断"，与本文的角度存在很大差异。参见储卉娟：《说书人与梦工厂：技术、法律与网络文学生产》，社会科学文献出版社2019年版，第159页。

拟化身（avatar）属性，足以揭示出清穿文文本内部隐藏着
的"游戏性"。在游戏界，由玩家操控的游戏角色，一般被称
为 avatar，它也正是《虚拟化身：网路世代的身份认同》这部
专著的核心研究对象。由此反观前文所描绘的"清穿文"剧情
流程总图，便不难发现，它已然非常接近于一部文字冒险类游
戏 [1]（冒险类游戏即 Adventure Game，以下简称 AVG）的策划
流程图，复杂程度则更胜百倍。

　　所谓文字 AVG，其实也可以被称作交互式小说，它以文
字叙述为主，配合少量图片、动画来演出一段剧情。当出现类
似《小径分岔的花园》里描述的那种矛盾冲突，例如主人公是
试图杀死还是放弃杀死某人，文字 AVG 就会把这两个截然不
同的选择具象化为游戏界面上的两个按钮，接下来会出现怎样
的剧情，就取决于玩家自己的选择了。毫不夸张地说，每一部
文字 AVG，都是一座"小径分岔的花园"。而以康熙朝九龙夺
嫡为背景的所有清穿文的总和，也刚好是一部复杂且完整的
文字 AVG 脚本。当读者们透过清穿文女主这个字面意义上的
"avatar"，一遍又一遍地经历大体上相仿而又略有不同的剧情，
一次次与相差仿佛的男主角们相遇，这样的阅读体验，实在与
游玩一款同题材的文字 AVG 并无差别了。

　　清穿文的"清"字，指的是清宫剧同人，而"穿"则意味
着"魂穿"设定。在这看似清晰简单的类型名称中，既包含着
对网络时代虚拟化生存经验的隐喻，也和同人文化、粉丝文化

---

1 文字冒险游戏，是冒险类游戏的一个分支，又名电子小说，或交互式小说。参见
　邵燕君主编：《破壁书：网络文化关键词》，第 323—326 页，"AVG"词条，该词
　条编撰者为高寒凝。

等网络亚文化之间保持着深刻而微妙的联系，甚至有意无意地突破了文字媒介的边界，探索起"游戏性"的疆域……这一切，无不昭示着，尽管"清穿文"的故事取材于前现代社会的宫廷生活，又极大地得益于电视、出版等传统媒介的滋养，在其肌理之中，仍蕴含着丰富的"网络性"，是诞生于互联网媒介之中的，不折不扣的"网络文学"。

福尔摩斯在纽约

——对《基本演绎法》的空间化解读

2012年由美国哥伦比亚广播公司（CBS）制作的《基本演绎法》（*Elementary*）成为10点档的热播剧。如果不是其中的人名和少量细节暗示了该剧与创作于19世纪末20世纪初的经典英国侦探小说《福尔摩斯探案》的关系，它与另一部美国罪案剧《超感警探》（*The Mentalist*）的相似点远多于其与原作的相似处。

然而，正是由于这一点点暗示，人们从不会认为它不是福尔摩斯剧。

《基本演绎法》（以下简称《基》）将故事的地点从19世纪维多利亚时期的英国伦敦，搬到了21世纪繁华热闹的美国纽约。故事里的夏洛克·福尔摩斯（约翰尼·李·米勒［Jonny Lee Miller］饰）曾是苏格兰场（伦敦警察厅）的顾问，因毒瘾问题被送到纽约康复中心进行强制戒毒。结束这段不光彩的历史后他在布鲁克林安顿下来。他有钱的父亲安排了一位名叫琼·华生（Joan Watson，刘玉玲［Lucy Liu］饰）的陪护陪他度过出戒毒所后艰难的六个星期，以防福尔摩斯毒瘾复发。华生原是一名出色的外科医生，因失误致病人死亡，失去了行医执照。纽约警署警官格瑞森（Gregson，艾丹·奎因［Aidan Quinn］饰）"9·11"后曾与福尔摩斯在伦敦有过合作，对他的能力印象深刻。福尔摩斯赴美后，格瑞森邀请他担任纽约警署的刑事案件顾问。华生在与福尔摩斯的朝夕相处之中，见识了他的办案能力，不仅用自己的医学专业知识在关键时刻帮助了他，而且发现自身也在探案中找到生活的意义。陪护期满之后华生正式与福尔摩斯合作办案，由辅佐、看护，转而独自办案，完成了自身的职业过渡与心灵的成长。

据称英国广播公司（BBC）曾一度威胁要状告该剧剽窃英国版《神探夏洛克》(*Sherlock*，以下简称《神》)的创意，虽然最终不了了之，CBS为避免惹官司，把经典人物华生改成了女性，而且是亚裔女性。作为一种典型的大众文化形式，标新立异是罪案剧的常态，对于大众耳熟能详的作品的改编，改变人物性别是一种很好的文本陌生化策略。在笔者看来，将华生改为亚裔（华裔）女性，并非完全出于无奈，某种意义上说，它是有意为之，甚至可以说带有相当的必然性。

一部面向大众的、改编自经典文学作品的电视连续剧，其作为一种当代社会空间的文化表征形式，蕴含的信息量相当丰富。美国文化地理学家爱德华·索亚（Edward W. Soja）曾借用博尔赫斯《小径分岔的花园》来比喻洛杉矶的难以在时间线上展开描述[1]，索亚对洛杉矶进行的建立在"第三空间"上的解读方式，可以成为解读这部电视剧的有益参照。

1　参见爱德华·苏贾：《后现代地理学——重申批判社会理论中的空间》，商务印书馆 2007 年版，尤第九章。苏贾，又译索亚，为行文统一见，本文一律用索亚。

纽约伦敦，中心在哪？

"20世纪后半叶空间研究成为后现代显学以来，对空间的思考大体呈两种向度。空间既被视为具体的物质形式，可以被标示、被分析、被解释，同时又是精神的建构，是关于空间及其生活意义表征的观念形态。由是观之，索亚的第三空间正是重新估价了这一二元论的产物。根据索亚自己的解释，它把空间的物质维度和精神维度包括其中的同时，又超越了前两种空间，而呈现出极大的开放性，向一切新的空间思考模式敞开大门。""索亚强调，在第三空间里，一切都汇聚在一起：主体性与客体性、抽象与具象、真实与想象、可知与不可知、重复与差异、精神与肉体、意识与无意识、学科与跨学科等等，不一而足。"[1]

第三空间是个富有"他者"性、去中心，抑或多中心的无限开放的空间，这正是索亚描绘出的洛杉矶的特性，"……似乎一切事物都汇聚于洛杉矶，它是一个整体化的交叉小径的花园。洛杉矶对空间性和历史性的各种表征，是生动性、同存性和相互联系性的范型。这些表征吸引各种考察，立即深入到这些表征具有揭示性的独特性里，与此同时，又深入到这些表征过分自信的但又是劝人谨慎的概括性里去"。[2]

反观《基本演绎法》，我们同样可以找出这些生动、独特、富有揭示性的同存又相互联系的要素。它以鲜明的特色邀请观众进入，又在这邀请中将各种并存的要素空间化显现，使观众

---

1 陆扬：《析索亚"第三空间"理论》，《天津社会科学》2005年第2期。
2 《后现代地理学——重申批判社会理论中的空间》，第371页。

走进一个无限开放的意义空间。

福尔摩斯和华生是《基》剧绝对的主角，他们破获一个又一个案件，在破案的过程中各自找到了自己的生活目标，解决了自己的心理疾患，将彼此的关系由对立调整为更为舒适的合作。然而这两个主角自剧被搬上荧屏之时，其合法性就频遭质疑。

原著中的福尔摩斯个性鲜明、观察力和智力超常，注重衣着、彬彬有礼，这个典型的英国绅士怎能摇身变成一身文身、衣着邋遢的纽约混混？总是胸有成竹的推理之王，怎么可以常表现出孩子般的任性？华生怎么可以是女性，而且还是亚裔？

《神》剧中英国版的现代福尔摩斯，虽然用上了现代化的电子产品，把反社会的特性发挥到淋漓尽致，但他的三件套西装也还是中规中矩。原著中的反派人物莫里亚蒂是作者为让福尔摩斯死亡而设计出的形象，强大的功能夺去了他的形象和个性，这个形象空洞的人物在《神》剧中却是性格最为丰满的反派，福尔摩斯和莫里亚蒂的明争暗斗成了《神》剧的主线。这样的情节安排与原著有一定的距离，但在已经播出的剧集中，我们还是处处可以见到原著的影子，比如福尔摩斯关于华生家世的推理，与原著如出一辙，只是编剧将原著中的哥哥改成姐姐，以英国式幽默轻嘲了一下自大到"反社会"的福尔摩斯。

《基》剧剧情基本与原著无关，除两个主角名字与原著一样之外，我们还可以看到莫里亚蒂、莫兰这些原著中出现过的人名，而这些同名同姓的人，所行之事却与原著大不相同。第一季结束时福尔摩斯和华生一起在楼顶看新蜂的出生，合了原著中福尔摩斯退休后隐居养蜂、著养蜂书自娱的结局，这样的细节，其实与剧情毫无关系，除能表明编剧向原著靠近的努力之外，别无他用。

　　与原著的远离，使《基》剧人物的合法性受到双重质疑，一个来自原著，一个来自英国风的现代改编，两种质疑归结起来就是一点：美国的纽约绝不是展开福尔摩斯故事的场域，《基》剧的"他者"地位在一开始就是注定的。

　　或许是意识到了这种"他者性"，《基》剧也会用一些手段来拉近伦敦与纽约的距离：与华尔街大鳄见面时，福尔摩斯不听华生提醒，依然我行我素，以便装赴约；福尔摩斯在伦敦时的女友艾琳现身时，尽管艾琳是一个不修边幅的艺术家，是美国人，福尔摩斯的服装仍悄悄地发生了变化——即使在家，也穿着西装马甲，一副英国绅士相。纽约浪荡子的伦敦绅士本性由此被暗示。

　　还有，《基》剧对纽约的建筑和景致的表现往往是模糊的，福尔摩斯家看出去，灯光璀璨，灯光构成的夜景美丽却也模糊。与窗外的灯光相比，封闭而杂乱的室内才是福尔摩斯坚实的落脚处。形成对照的是，对伦敦不太多的展示只出现在福尔摩斯对他与艾琳相识相处的回忆中，那个空间里有艾琳的画室，摆放着珍贵的艺术品；福尔摩斯带领艾琳游览伦敦的下水道、黑暗中他们借着手电的微光欣赏墙壁上的石碑，而这碑已有上千年的历史。纽约的地下呢，是拥挤又快速的地铁。相较于纽约的趋利（华尔街大鳄们是其代表）、务实（地铁），伦敦古老而富有艺术气息。《基》剧以这种方式向伦敦致敬，悄悄向有权威意味的出生地位移。位移只是象征性的惊鸿一瞥，回忆的闪回是为交待现实行为产生的缘由，伦敦的历史与艺术，也并没有成为趋利、务实的纽约的对立项，而是以一种特殊的方式，包容进了福尔摩斯此时此刻生活的纽约之中。

正如本文开篇时所言，《基》剧是一部典型的美式探案剧。除人名之外，与原作鲜有联系，本雅明发现原作的灵韵正在消失，机械复制时代不可抑止地到来，然而，在这超越机械复制的信息时代，原作却与其改编后的复制品形影相伴，质疑其合法性，又在这质疑中丰富其复制品的内涵。福尔摩斯和华生绝不只是一个姓名，产生出这两个名字的原作就位于两位处于中心位置的主角背后，以质疑他们合法性的方式，不断将他们向边缘处拉扯，他们的中心位置因而动摇，这种动摇又让观众在认同与否认中观剧，又在一种互文本景观中，体会远比单纯现代罪案剧更多的体验。在《基》剧的文本空间中，原作与改编相互对立又相互阐发包容，共同组成了一个开放性空间。

华生，助手还是搭档？

熟悉原著和稍早的 BBC 改编剧的人都知道，在福尔摩斯故事中，福尔摩斯是绝对的主角，原著中的华生名为助手，实际只是一个类似旁观者的记录员和倾听者，作为退伍军人，他忠诚和勇敢，提供的是一个作为参照系的"正常人"形象，用以衬托福尔摩斯的超常才能，他所能提供的帮助，大多只是体力上的。在角色功能上，华生完全是一个利他的角色。

BBC 的《神》剧增加了华生的戏份，他不再仅是一个忠诚且利他的朋友，而是通过与福尔摩斯共同办案，克服了自己由战争而来的心灵创伤。在网络上，英国常被戏称为"腐国"[1]，原因大致有二，一是英国电视剧喜欢"卖腐"，即以同性

---

1 "腐国""卖腐"皆由"腐女"而来。腐女来自日语，是"腐女子"的简称，腐女子主要是指喜欢 BL（boy love），也就是喜欢幻想男男爱情的女性。

恋暗示作桥段；二是因为英剧中帅哥容易引发"腐女"们的联
想，《神》剧中就有不少"卖腐"情节：华生与福尔摩斯合租
房时，房东就拿他们是否同性恋说事。除却这种面向特定观众
的"卖腐"作用之外，在《神》剧中，福尔摩斯虽然还是当之
无愧的主角，华生却不再只是个不偏不倚的"正常人"和记录
者，他有自己的个性和成长，是真正意义上的"助手"。

《基》剧中的人物关系，多样态并存。人物出场时，华生
是受雇的陪护，几乎寸步不离地守护着刚从戒毒所出来的福尔
摩斯，并督促他参加康复交流活动，此时的福尔摩斯如同不听
话的孩子，叛逆，又不会太过出格，所以在国内网站上，对他
们的关系，我们能够看到"麻麻（妈妈）与熊孩子"的概括，
这种概括得到许多的认同。

母子关系？对主人公关系的这种设定，在罪案剧中是极为
罕见的，事实是否真的如此？

我们先看下福尔摩斯对他与华生关系的定位。福尔摩斯
对华生的看法一直在变，演变过程从剧中出现的几个词可以
见出：第一集中，当福尔摩斯需要向警长介绍华生时，他先
说她只是一个"助手猴"（helper-monkey，助手猴通常承担些
帮助失能者饮食起居的简单任务），尽管华生建议用"同伴"
（companion），正式介绍时福尔摩斯还是称华生为"贴身仆人"
（personal valet），两种称呼就是初识华生时福尔摩斯一厢情愿
的定位。有趣的是 valet 一词通常指男性，是带有性别意味的。

事实呢，作为陪护的华生所做的不只是陪护。在第一集
中，她及时喝止了为获得证据而对受害者步步紧逼以致大发雷
霆的福尔摩斯，轻描淡写地获得了他想要的嫌疑者的姓名，正
是由于她的敏锐观察，让福尔摩斯发现了作为关键证据的施暴

者的手机，她对于药品的熟悉，印证了福尔摩斯最初的判断。总之，华生一出场就让福尔摩斯心有不甘，又不得不真心接受并感谢华生所提供的各种帮助。伴随剧情的推进，他对华生，也由自然接受同伴的定位，发展到反复强调彼此间的平等的搭档（partner）关系。

从华生的角度看，福尔摩斯最初只是一个工作的对象，是一个因面临呼吸危险随时需要她监护的病人，是个不听劝告的不可理喻的"熊孩子"，福尔摩斯的工作又让她着迷，在与他一起工作的过程中，她认识了福尔摩斯的另一面，也在真正了解福尔摩斯的同时，真正了解了自己究竟想要什么，并在福尔摩斯的培养与引导下，成了可以独自办案的真正的侦探。

华生曾以福尔摩斯害怕照镜子来指责福尔摩斯不敢面对真实的自我，华生对真实自我的认识，也是由于各种外力的介入而完成的。工作期满时正是福尔摩斯情绪低落之时，出于责任，甚至出于类似母性的同情心，华生不要报酬地留在了福尔摩斯身边，福尔摩斯知道真相后要求她留下来，而且是为她自己留下来，让她了解了自己的天性和需求。除福尔摩斯外，母亲的作用也非常重要。母亲在与华生共处时，发现陪护工作让她无精打采，而一旦涉及案件，却能让她两眼发光，焕发激情。

华生留下了，不是为了福尔摩斯，而是为了自己，福尔摩斯成了雇用者、引导者，雇用和引导却是为满足华生本人的需求。也正是此时，华生与福尔摩斯的关系由同伴转换成了搭档。

从原著到《神》再到《基》，福尔摩斯的自我中心是一以贯之的，华生则是逐渐褪去其利他的色彩，变成一个坚守自我的真正与福尔摩斯并肩而立的人。两个独立、平等又性格各异的人，无疑会让容纳他们的空间充满张力和不稳定性。

华生与福尔摩斯关系的不稳定性，不仅表现在由称呼表明的权力定位的转变中，同时也是一种空间的不稳定性。华生的陪护工作最初定为六周，工作结束意味着稳定关系的解除，华生会离开与福尔摩斯的住处。华生本是收入颇高的外科医生，又自称颇有积蓄，父母也是富裕之人，家人之间亲密的关系，暗示着她随时都能获得来自家庭的经济上的支持，这些因素决定了她对工作的态度：做陪护工作绝非生计所迫，她在寻找真正适合自己又给自己带来快乐的工作。所以，不仅故事里这六周的时间不断暗示着华生终将离去，华生自己也会在尊严受到福尔摩斯伤害时宣布自己会在为福尔摩斯安排好继任者后离开。

华生的陪护，让福尔摩斯的公寓成了一个相对封闭的空间，她随时离开的可能性，时刻冲击着这个空间的封闭与稳定。受雇者华生行使的是监管者的权力，而且雇用华生的不是福尔摩斯本人，而是空间之外的父亲，权力空间的复杂性由此形成，在寓所内外的空间里，福尔摩斯与华生的关系都不是简单的支配与受雇关系，它多元，而且极不稳定。

在华生决定留下，福尔摩斯变成了事实上的雇主之后，华生依然有离开的可能。警探格瑞森就曾提醒，福尔摩斯的自我中心，让他意识不到华生随时面临的生命危险，还亲自为华生介绍陪护工作。格瑞森的提醒曾让华生对福尔摩斯是否有意愿和有无能力保障自己的安全产生过怀疑，面对这样的疑虑，福尔摩斯有意识、不间断地训练华生的防护意识和能力，对于此种训练华生以反抗的姿态接受下来。两个自我中心的人，以相互关心的方式形成一种全新的关系，彼此在这一全新的关系中，完成自身的成长。

可以说，正是这个不稳定的空间，促成了华生和福尔摩斯的自我认识和自我塑造。如果华生不是一位亚裔女性，我们对空间不稳定性对人格塑造的影响的分析也许就可以到此为止了。然而，华生的亚裔女性的设定，让我们从性别和种族政治角度，读出了更多的内容。

性别与种族，不经意间的和解

《基》剧所展示的华生与福尔摩斯之间关系的复杂样态，因华生性别和种族的关系，有了进一步解读的空间。

应该说，《基》剧的整个文本空间中，从不刻意突出华生的"女性特征"。人物关系的发展，除由观众归纳出的带戏谑意味的"母子关系"外，我们看不出华生与福尔摩斯之间有任何男女之情。对华生来说，福尔摩斯是需要保护的病人，是住在同一个空间里的室友，是新工作中的引导者，是失意时送上热情鼓励的朋友，是帮助自己发现内心真实的智者，唯独不是恋人或潜在恋人。

福尔摩斯在原著中不解风情，只有在探案中才能找到生活的乐趣，懒得恋爱，认为这世界所有女性配不上有着聪明大脑的他。《基》中的福尔摩斯并非如此，他深爱艾琳，艾琳的"死"让他染上毒瘾不能自拔，艾琳的"复活"又让他无心工作。华生也或明或暗地有过几次恋爱经历。恋爱，而且是异性恋，是他们生活中不能缺少的。

他们没有成为恋人，而且据制作方宣称，二人关系的定位不会落入恋人的套路。恋爱是影视剧用以展示性别身份的最好手段，《基》剧既然选择了一个女性主角，它是怎样表现其性

别身份的呢？回答也许有点出人意料：《基》剧根本没有着力
表现华生是个女人。

　　她曾经是医生，做着陪护工作，经过历练，成为出色的侦
探，所有一切都与性别无关。依靠直觉通常被定义成女性特
质，在华生对自己的医学判断产生怀疑时，福尔摩斯也确实鼓
励她要相信自己的直觉，但使华生成为出色侦探的，绝不是这
被鼓励的直觉，她有着和福尔摩斯同样的洞察力，勇敢而富有
正义感，外科医生的经历让她的医学知识在探案过程中屡屡起
关键作用。

　　西班牙作家罗莎·蒙特罗在评价阿加莎·克里斯蒂时曾说
过，阿加莎与弗吉尼亚·伍尔夫生活于同一时代，这个时代的
作家接受生存的无序与破裂，并以此构建自己的作品，阿加莎
则不同，"她一生都在同混乱作斗争。她想蔑视这种混乱，试
图恢复先前那个有序有规则的世界，那个她童年时代完美无缺
的时代。所以这也是侦探作品……是完全可以解释的环形世
界，是不只舒心而且健脑的数学游戏，那是可预见的世界，在
那里，好与坏占据着预定的位置"。[1] 阿加莎要回去的童年时代
就是福尔摩斯原著产生的时代，所以原著中，通过观察与推理
来获取真相的演绎法（deduction）无所不能。各种稀奇古怪不
合常情的案件，是对世界秩序的破坏，演绎法让真相大白，世
界秩序得以恢复。破坏与恢复的循环往复中，福尔摩斯得到了
最大的心理满足。

　　演绎法也是《基》剧中的关键词，华生每有斩获，福尔摩
斯都要将之归结为演绎法的功劳。然而纽约的福尔摩斯远不及

1　罗莎·蒙特罗：《女性小传》，王军译，南海出版公司2005年版，第16页。

伦敦绅士那般自信，他自身也经常依靠直觉接近真相。在一个
后现代的碎片化时代，秩序与理性屡遭质疑，福尔摩斯对演绎
法的不自信，与其说来自性别，毋宁说来自这个时代。

没有恋爱来安排性别角色，没有"直觉"这类特质来标示
性别，无怪乎改变性别的华生会被认为只是出于害怕官司缠身
的无奈之举。

事实真的如此吗？丁玲当年在《三八节有感》中曾慨叹：
"'妇女'这两个字，将在什么时代才不被重视，不需要特别的
被提出呢？"[1]《基》也许就是对她这一慨叹的很好回答。20世
纪中叶女性主义第二次高潮中，贝蒂·弗里丹等人就曾经指出
过所谓"女性特质"的意识形态性，经过半个多世纪的努力，
这些前辈们的努力收到了切实的成效。"无视"性别特性，不
去为性别人为划界，消解男女间人为的壁垒，正是拓展性别空
间的不二法宝。关键是在21世纪的纽约，这种消解本身亦已
如盐在水，无迹可求了。

《基》剧最骇人听闻的改编是让福尔摩斯的挚爱艾琳与劲
敌莫里亚蒂合为一人，艾琳或者说莫里亚蒂，一个人承载着福
尔摩斯最强烈的爱与恨，这种化爱为恨、爱中有恨、恨中有
爱、又爱又恨的设置，这种消解爱与恨、敌与友的对立的方
式，所有观者无论评价如何，印象定会深刻。一直被认为是
男性，手段和智力与福尔摩斯旗鼓相当甚至略胜一筹的莫里亚
蒂，也与华生一样化身为女性，只是不知这种性别逆转，是否
也是为回避官司了。

1　丁玲：《三八节有感》，《解放日报》1942年3月9日。

后记

在这本著作的编撰过程中，除了我本人完成了大部分的写作工作外，也得到学界师友的鼎力支持。每一位合作者都以其卓越的专业研究和学术精神，为本书的完成作出了宝贵贡献。

我在复旦大学的学姐崔玉玲女士，她以其深厚的文学功底和独到的见解，为文学板块贡献了关于阿特伍德和汪曾祺作品的深刻解读。她的阐释不仅丰富了本书的内容，也贡献了文学鉴赏的新视角。

山东大学外国语学院的冯伟教授撰写了《邵宾纳剧院〈哈姆莱特〉：奥斯特玛雅的新现实主义》一篇，他以其精湛的戏剧学知识和对莎翁戏剧的深刻洞察，为戏剧板块贡献了精彩见解。华东师范大学的张可涵博士撰写了《跨越先锋剧场作品〈相对平静〉：艺术的本质是什么？》一篇，她对先锋艺术剧场作品的深入分析揭示了戏剧作品的深层内涵，为读者提供了极具价值的先锋戏剧鉴赏指南。

山东师范大学新闻与传媒学院的赵卿副教授，以其对绘画艺术的深入研究和专业见解，为本书绘画鉴赏章节提供了全面的论述。她的研究不仅充分展示了绘画艺术的独特魅力，也为读者呈现了一种全新的艺术欣赏方式。

中国社科院文学研究所的高寒凝助理研究员撰写了《小径

分岔的大清：从"清穿文"看女频穿越小说的网络性》一篇，她对穿越小说的细致分析为大众文化板块增添了新的维度。她的研究不仅拓宽了我们对大众文化的理解，也为本书的学术探讨提供了新的视角。复旦大学中文系的张岩冰教授撰写了《福尔摩斯在纽约：对〈基本演绎法〉的空间化解读》一篇，她对美剧《基本演绎法》中空间解读的独到分析，为大众文化研究观察板块提供了深刻的洞见。张教授的研究不仅丰富了我们对文化理论的认识，也提供了切入影视剧鉴赏的有力工具。

在本书付梓之际，我心中不免感念给予我关怀和帮助的诸多师友。

本书得到江苏省高校优势学科项目的资助。苏州大学文学院的曹炜院长对本书的写作和出版给予了大力支持。自我工作以来，李勇教授、宋清华教授、王尧教授、季进教授、程水龙教授一直无私地给予我诸多指点、提携与鼓励。他们的激励与支持让我心存感激，成为我不断奋进的源泉。我的同事顾迁、张春晓、张驭茜，在与他们日常的思想交流中，我受益良多。

复旦大学的张岩冰教授在本书出版过程给予我诸多鼓励。多年来，她对我的关爱、鼓励与支持从未改变，如一股强劲的东风，赋予我前进的勇气与动力，让我乘风破浪，勇往直前。陆扬教授的思想兼容并包，学术研究勤勉严谨，对我产生了深远的影响。在他的熏陶下，我对学术前沿动态及跨学科研究的关注热情经久不衰，始终保持着旺盛的探索欲望与创新精神。

华东师范大学的朱国华教授，每次想到朱老师，我心里都感动不已又无比敬佩。这些年来，他时刻关心着我的成长，朱老师的耳提命面和关爱时时鼓励着我，他的言传身教让我受益终身。汤拥华教授、王嘉军教授、吴娱玉教授、葛跃教授也一直关怀与支持着我。与他们相伴的岁月里，我常常感受到温暖。每次大相聚，都颇有一番江湖儿女的气概。那份真挚的情谊与相互激励，成为我人生中难忘的珍贵记忆。

中央音乐学院作曲系的姚晨教授、香港戏剧导演林奕华先生，与他们在艺术领域的交流总能让我受益匪浅。他们的艺术造诣与独特见解，为我的学术探索注入了新的活力与灵感。在享受艺术交流带来的愉悦时，他们也激励与支持着我在艺术研究和批评的道路上继续前行。

刘芊玥

2024 年 10 月 7 日于上海

图书在版编目(CIP)数据

感受的力量：像艺术家一样观看 / 刘芊玥编著.
上海：上海人民出版社，2024． -- ISBN 978-7-208
-19332-1

Ⅰ. I106-53

中国国家版本馆 CIP 数据核字第 2024DJ2171 号

责任编辑　陈佳妮
封面设计　夏　芳

感受的力量
——像艺术家一样观看

刘芊玥 编著

出　　版　上海人民出版社
　　　　　（201101　上海市闵行区号景路 159 弄 C 座）
发　　行　上海人民出版社发行中心
印　　刷　上海商务联西印刷有限公司
开　　本　890×1240　1/32
印　　张　9.25
插　　页　8
字　　数　205,000
版　　次　2024 年 12 月第 1 版
印　　次　2024 年 12 月第 1 次印刷
ISBN 978 - 7 - 208 - 19332 - 1/I · 2195
定　　价　52.00 元